절창

절창

切創

구병모
장편소설

문학동네

칼로 당신에게 구애하고
상처 입혀서 사랑을 얻어냈지
—윌리엄 셰익스피어, 「한여름밤의 꿈」

차례

절창
切創
009

인용 구절 출전
347

원칙과 형식에 얽매이지 말고 자유롭게 서술하라 하셨으니 그리하겠습니다. 비단보로 감싼 은수저도 시나브로 닿은 공기에 검게 변해버리듯이, 사태는 굳이 그것을 훼손할 의도가 없다 하더라도 입을 열어 말하기 시작할 때부터, 펜을 들어 글을 쓰는 순간부터 재구성이라는 명분으로 변질됩니다. 그러나 인간의 머리와 심장이 그리 안전하지도 무결하지도 않으며 오히려 온 우주에서 제일 불안정한 공간임을 상기하면, 뭐라도 말하거나 쓰는 편이 아무것도 말하지 않거나 쓰지 않기보다는 한 발자국만큼이나마 낫습니다. 그러므로 저는 말로도 하고 글로도 써내려가겠지만 가능한 한 저의 해석과 감정이 그 일들을 덜 변색시키기를 바라는 마음에 몇 겹의 문장으로 감싸게 될 것 같습니다. 어떤 진실은 은닉과 착란 속에서 뒹굴 때 비로소 한 점의 희미한 빛을 얻기도 합니다.

대여섯 살 무렵 동화를 읽다보면—특히 그중에서도 신화와 민담과 전설을 아우르는 설화를 읽을 때면, 아무리 상상과 환상의 영역이라도 이것만큼은 도저히 양보 못하겠다는 개인 상식선이 명확한 나머지 분노에 가까운 의문에 사로잡혔던 적 없습니까. 예를 들어 이 오르페우스라는 머저리는 뒤돌아보지 말라는 걸 왜 꼭 돌아봐서 에우리디케를 놓칠까. 그맘때는 인간의 본능인 의심이나 빈곤한 믿음에 대한 교훈 내지 운명 비극 같은 걸 조리 있게 고찰하기보다는 생리적인 안타까움이 앞서게 마련이니까요. 에우리디케가 등뒤에서 소리 없이 따라오다가 지옥으로 다시 끌려갈 때, 반드시 오르페우스의 눈과 손이 닿을 수 없을 때라야 비로소 그의 궁극의 노래가 성립된다는 삶의 본질적 아이러니를 떠올릴 나이는 아니니까요. 글쎄요, 지금은 워낙 아이들 어릴 때부터 독서 논술 교육을 하드

하게 시키니까 또 모를 일이지만. 이브는 왜 먹지 말라는 열매를 먹고 판도라는 열지 말라는 상자를 열고 프시케는 보지 말라는 얼굴을 굳이 어둠 속에 등불을 밝혀가면서까지 들여다보고. 그렇잖습니까. 하지 말라는 걸 해야만 비로소 세상 모든 이야기가 시작된다는 이치를, 이야기의 배태란 일상의 붕괴와 질서의 와해 그리고 소망의 파탄에 기대고 있다는 사실을 깨달을 만한 시기는 아니니까요.

이야기의 세부에 의문을 품었던 최초의 기억으로 거슬러올라가보면, 제 경우는 인어공주였습니다. 마녀에게 목소리를 주어버려서 말을 못한다면, 왜 사실은 바다에서 당신을 건진 게 바로 나라고 편지로 써서 왕자에게 호소하지 않나. 이야기의 핵심이 그게 아닐뿐더러 주제와 상관없는데도 저는 그토록 지엽적인 요소가 답답했답니다. 어릴 적부터 억울한 걸 조금도 못 참던 성격이기도 하거니와—내가 아니에요, 오빠가 그랬어요! 길길이 뛰다가 입 안 닥치고 변명에 말대꾸한다고 더 얻어맞는데도 거품 물고 쓰러질 때까지 끝끝내 말하기를 멈추지 않았지요, 내 입장을 해명하기를, 잘못된 정보를 바로잡기를. 그런다고 오해나 오독이 일소되기는커녕 더 깊은 억측의 못이 박히고 재단의 늪에 빠져버린다는 사실은 웬만큼 자란 뒤 알게 됐지만, 차라리 규명하기를 단념하는 선택에 이르기까지는 더 오랜 세월이 걸렸지요—이야기를 글로 읽고 있었으니, 이야기 속 인물들에게도 문자 전달 체계가 존재하리라 믿었던 겁니다. 국적도 시대도 불분명한 어느 상상의 공간이라는 걸 모르는 채, 왕자가 있으니까 당연히 국가라는 것도 있겠지, 문명이 있고 종이와 펜과 잉크가 있겠지, 하고요. 이야기에서는 서술되지 않았지만 있었을 법하지요, 종이와 펜과 잉크 정도는. 설령 그런 게 없더라도 사람은 나뭇가지 끝에 재를 묻혀 바닥에라도 쓸 수 있는 존재니까요. 그런데 인어공주에게 문자에 대한 지식이 없으리라는 생각은 못한 겁니다. 단지 기존 삶의 터전이 해저라서가 아니라, 동서양을 막론하고 근대 이전 귀족과 성직자가 아닌 사람들에게 듣고 말하기 외에 읽고 쓰는 행위 자체가 불가능했으리라는 개연성은, 훗날 정규 역사 교육을 받은 다음에나 인식하게 되었고요. 마녀의 힘으로 지느러미가 다리로 변하고, 사람이 물거품이 되어버리고, 더욱 납득할 수 없는 장면들이 동화 속에는 태반인데 저는 그런 현실적인 요소들에만 이의를 제기하고 싶었답니다.

한편 설화에는 권력자가 부과한 세 가지 과제를 해결하고—텍스트에 따라 어떤 경우 과제는 일곱 가지, 헤라클레스는 열두 가지에 이릅니다—그 보상으로 왕국을 얻는 청년을 다루는 이야기가 흔한데요, 안데르센도 그런 모티프에 충실한 동화를 쓰곤 했습니다. 이를테면 사악한 마법에 걸린 공주가 구혼자들에게 해결 불가능한 문제를 내고 그들을 사형시키기를 반복하는데, 역시 구혼자로 입후보한 주인공 청년을 처리하기 위해 마법사에게 상담하는 겁니다. 그러자 마법사는 '네가 무슨 생각을 하는지 알아맞혀보라고 해라. 너는 아무거나, 가령 네 구두 같은 거나 생각하고 있으면 돼'라고 하지요. 공주는 그의 조언대로 구혼자에게 '내가 무슨 생각을 하는지 맞혀보세요'라 하는데, 능력 있는 정보원을 길동무로 데리고 있던 청년은 단박에 '구두!'라고 말하는 겁니다. 구두에 장갑까지 청년이 연달아 두 번이나 답을 맞혀서 낭패에 빠진 공주가 마지막 문제를 내기 전날 밤, 마법사는 '이건 절대 못 맞히겠지. 내 얼굴을 생각하고 있어라' 귀띔하기에 이릅니다. 다음날 세번째로 '내가 무슨 생각을 하는지 맞혀보세요'라는 공주의 말에, 구혼자는 길동무가 베어 온 마법사의 머리를 그 앞에 올려놓습니다. 공주는 약속대로 결혼식을 올렸고, 아마 그뒤에 무슨 술책과 변신 장면이 더 이어졌던 것도 같습니다만, 여기서 말하려는 건 제가 이 이야기를 처음 읽었을 때 얼마나 어리둥절했는지 하는 점입니다. 구혼자가 실제로 타인의 마음을 읽는 능력이 있던 게 아니라 불가사의한 존재인 길동무, 실은 망자의 영혼에게 도움을 받았을 뿐이라는 건 차치하고, 애초에 본질적으로 말이 안 되는 질문이었습니다. 스핑크스도 지나가는 사람에게 수수께끼를 던지고 죽이지만, 거기에는 발이 네 개였다가 다음으로 두 개가 되었다가 마지막으로 세 개가 되는 게 뭐냐는, 최소한의 서술형 단서라는 게 존재합니다. 그런데 밑도 끝도 없이 내가 무슨 생각을 하는지 알아맞혀보라는 게, 수수께끼로서 요건 성립이 된다 할 수 있나. 타인의 마음속인데, 주인공이 자신만만하고도 뻔뻔하게 '구두!'라고 답하는 순간 출제자는 얼마든지 마음을 바꿔먹고 시치미를 뗄 수 있지 않나. 구두 아니라고 실은 황금 술잔이라고 붉은 장미 한 송이라고, 아니 그보다 뭐였는지 네놈한테 알려줄 까닭도 필요도 가치도 없고 아무튼 틀렸다고, 이놈을 끌어내어 목을 치라고 하면 그만이지 않습니까. 사전에 공정을 기하기 위해 증인 노릇으로 구두라는 답을 미리 받아둔 신하들이 있다면 몰라도, 동화에 그런 전후 상황까지 구체적으로 서술되지는 않았습니다.

  무언가를 읽을 때는, 읽음의 행위 끝에 도출한 결론이 틀렸을 가능성을 언제나 염두에 두어야 합니다. 하물며 무언가가 아닌 누군가를 읽을 때는 더욱 그러합니다. FBI가 코와 입술과 눈썹에다 손끝까지 미세한 보디사인 리딩 기술을 전문적으로 연구하여 기계보다 정확하게 거짓말 탐지를 하고 사실관계를 가리는 일은 가능하나, 그것은 사람 마음속에 가라앉은 빙하 가운데 극히 일부의 꼭대기를 포착하는 데 불과하며, 가짜와 진짜를 가려낸 다음 그 사람이 왜 거짓을 말하게 됐는지 알아내기까지 하려면 좀 다른 방식의 접근이 필요할 겁니다. 더 깊은 물밑에 자리한 상대의 생각을 읽는 일은, 그 마음의 복잡성과 가변성으로 인해 대체로 오답을 내게 된다는 사실을 알아야 합니다. 아니, 모두 오답인 동시에 정답일 수 있다는 마음의 속성을 전제로 시작해야 합니다. 청년의 입에서 구두라는 말이 나오는 순간 공주는 언제든지 머리에서 구두를 치워버리고 완두콩이나 부싯돌을 떠올릴 수 있음을 알아야 합니다.

오답이든 정답이든 간에 뭐라도 답이라는 걸 내놓는 게 미덕 내지 당위로 여겨지는 독서 교육 풍토와, 그에 따라서 주제―눈앞의 이 텍스트는 무엇을 전달하고자 하는가?―에 대해 정확하고도 안심되는 길잡이 및 인물 행위에 대한 명료하고도 공감되는 설명 내지 그것의 총합 결론 격인 교훈이 책 안에 모범 답안처럼 직관적으로 제시되기를 기대하는 독해 경향은, 지금부터 꺼낼 이야기와 직접적인 관계가 있지는 않으니 다음 기회로 말하기를 미루도록 하겠습니다. 어쨌든 이 일의 처음은 '읽는' 데에서 비롯했기에, 나는 그 행위의 목적어가 어떤 사태와 사람에 닿아 있다 할지라도, 본질적인 오독을 전제하지 않고는 생각하기가 어렵습니다.

관리인의 뒤를 따라 정원을 가로지르는 동안 나는 그 저택을 일종의 호화 유배지 혹은 요새라 불러야 마땅하지 않나 생각했습니다. 손질이 잘된 꽃나무들의 열립 사이로 뻗어나간 돌바닥 끝자락에 보이는 삼층 건물은 층마다 조금씩 어긋난 각도로 쌓아올려 일종의 나선층계 형태를 이룬 디자인이라, 누군가의 손에서 고심과 망설임 끝에 돌아가다 그대로 방치된 삼단 구조의 큐브 블록을 떠올리게 했습니다. 전면 통창이나 발코니는 없이 한 마리 참새나 고양이 정도 드나들 만한 창이 드문드문 났을 뿐이어서, 살림집이라기보다는 안에 담긴 예술품과 귀중품에…… 혹은 그보다 더 금이 가거나 부서지기 쉬운 어떤 존재에 직사광선과 습기가 닿지 않도록 함을 최우선 과제로 두고 설계한 개인소유 박물관으로 보이기도 했습니다. 가문의 진귀한 소장품을 자랑할 의도로 조성한 옛날 메디치 사람들의 스투디올로 같은 것 말입니다. 부지를 둘러싼 담장의 높이와 두께로 인해 지나가는 사람은 이 안에서 누가 무엇을 하는지 결코 들여다볼 수 없을 터였는데, 교외의 살짝 외진 사유지여서 누군가가 목적 없이 지나다닐 만한 위치도 아니었지요. 전화 너머 관리인이 불러주는 대로 내비게이션에 주소를 찍고 온 나는, 풍채가 그토록 눈에 띄는 건물을 외곽 도로에서부터 포착하고도 정작 정문에 닿는 진입로를 찾지 못해 코앞에서 몇 번이나 턴을 했는지 모릅니다. 담장이며 건물 형태에 이르기까지, 적지 않은 경호 인력을 거느리는 기업 총수 내지 정치인이나 연예인의 별장이 이런 느낌일까 싶었는데, 좀더 시대를 거슬러올라가면 서양식으로 매너하우스라는 꼭 들어맞는 명칭이 있겠네요.

저만치 앞 넝쿨무늬가 돋을새김된 쌍여닫이 현관문을 향해 나아갈 줄 알았으나 관리인이 건물 외곽의 왼쪽 벽을 끼고 돌기에 지금 건 본채고 후원에 별채라도 있나 싶어 잠자코 따라갔는데, 뒤뜰에 닿기 전 문득 쇠붙이 냄새가 코끝을 잡아 비틀었습니다. 그와 함께 들려오는 말소리는 자음과 모음이 분별 없이 허공에 던져져 우연한 음절을 이룬 무언가이자 웃음과 신음이 서로의 경계를 망각한 분요 紛繞의 소리에 가까웠기에, 정체 모를 부흥회에서 강렬한 종교적 경험에 탐닉하는 이의 방언처럼 들리기도 했습니다.

내장을 강타하는 생존 본능을 느끼며 내가 지금 어디로 가고 있는지 묻기 직전, 관리인이 멈춰 서더니 입을 열었습니다.

"대표님, 여기 면접 보러 오셨습니다만."

"그래? 지금 몇시였지."

관리인의 거대한 등이 시야를 가리고 있었으므로 나는 나의 보스가 될 사람의 목소리만을 들을 수 있었습니다.

"오래 걸리실 것 같으면, 응접실로 안내할까요."

"아니, 거의 다 끝났어."

그가 말하는 동안에도 흐느낌과 욕설 사이 그 어딘가에서 반향의 상대를 찾지 못한 소리는 여전히 들려왔고, 그렇다면 저 뜨락에서 대관절 몇 명이 무얼 하고 있으며 거의 다 끝난 건 또 뭐란 말인지 굳이 유추하고 싶지 않았습니다. 관리인의 소개를 더는 기다리지 않고 도망가는 게 나으려나 망설이기 시작한 내 눈에 핏빛 잔디가 펼쳐진 건 그때였습니다.

나는 풀과 나무의 생태니 종류에 대해 무지하지만 세상에는…… 처음 돋아날 때부터 검붉은 잔디도 존재하겠지요. 지구상 모든 잔디가 초록이라는 법은 없겠지요, 신이시여. 관리인이 옆으로 한 발 비켜서자 비로소 그 모습이 드러난 대표라는 이가 나를 보고 말하기를,

"기다리게 해서 미안합니다."

첼로의 C현에 활을 댄 듯한 음성이 평화로운 템포로 귓바퀴

를 타고 미끄러져들어와서 외이도의 그물망에 걸렸지만, 눈앞의 장면은 전혀 장르가 다른 이야기를 잘못된 자리에 따다 붙인 것처럼 보였습니다. 원래 얼굴이 어땠을지를 짐작하기 어려운 거구의 남성이…… 어쩌면 덩어리가…… 아직 살아 있는 사람은 맞는 듯싶은데 아닐 수도 있고, 아무튼 그 무언가가 의자에 묶여 있었습니다.

그 거구의 얼굴을 그렇게 만드는 데 주된 역할을 맡았을 것 같은 자가 의자 옆에 열중쉬어 자세로 서 있었고, 그 앞에 마주앉아선 얼굴만 내 쪽을 돌아보고 말하는 이가, 나의 보스였던 겁니다. 손에 쥔 펜치와 앉은 자세로 보자면 조금 전까지 저 덩어리의 입을 벌려 생니를 뽑아내기라도 했을 법한데, 어쩌면 일은 다음 예령豫令을 기다리는 듯한 남자가 진작 다 해놓고 보스는 막판 유효타만 날리기 직전인가 했습니다. 이 광경 앞에서 내게 닥친 기이하고도 번지수가 다소 맞지 않는 감정을, 당신이 이해해주실지도 모른다는 기대는 단념하겠습니다. 경악과 공포 못지않게 머릿속 지분을 차지한 사고가 뭐였는지 아십니까. 내 고정관념이겠지만 이런 일은 으레 소리가 새어나가기 힘든 지하실이나 폐창고 같은 데서 은밀히 이루어지는 게 상식 아닌가. 상식이라는 낱말을 동원해서는 안 되는 상황임을 모르지 않습니다. 그러나 아무리 인근에 이만한 소리를 포집할 민가도 없고 담벼락이 높다 한들 세상에는 드론이라는 게 있고, 위성으로 촬영한 걸 구글어스에서 확대해볼 수도 있잖아요. 무슨 생각으로 이렇게 대놓고 야외라고 할 법한 공간에서 범죄 현장을 노출하는가. 하루가 멀다 하고 구혼자들의 목을 베는 공주의 존재는 이상하지 않은데, 구혼자가 정답을 맞혔을 때 그녀가 자의적인 답을 끝내 변경하지 않은 건 왜일까 싶었던 어린 날의 의문이 지금과 비슷했겠군요. 당면한 스펙터클이 압도적인 까닭에 상식과 보편의 기준이 뼈대부터 해체 및 재구성되어 지엽적인 데 집착하고 마는 경험을, 우리는 생각보다 자주 할 겁니다. 그러나 나는 서둘러 이 자리를 벗어나야 한다는 위기감 또한 완전히 잊지는 않았습니다.

"그게, 저기……"

나는 뒷걸음질하면서 웅얼거렸습니다.

"저야말로 예정보다, 이른 시간…… 죄송……"

그렇게 말하며 거의 반쯤 돌아섰으나 주차장까지 무사히 달아나리라는 기대는 하기 어려웠습니다. 바로 옆에 있는 관리인 하나만은 체구와 상관없이 방심만 해준다면 발을 걸어 넘어뜨릴 수 있을까 생각도 아예 안 해본 게 아닌데, 사반세기 전 폐부를 앞둔 중학교 유도부에서 두 해쯤 머릿수만 채워주다시피 하다가 그만뒀을 뿐인 내가 마지막으로 사람에게 기술을 써본 게 전생의 기억처럼 멀게 느껴져 자신 없기도 했거니와, 당장 한 사람의 움직임을 멈추는 데 성공하더라도 근처에는 나를 쫓아와 제압할 만한 신체 조건을 지닌 자들이 최소 두 명 더 있었습니다.

"그게 아니라, 제가 잘못 찾아왔나봐요."

하던 거 하세요 이만 실례, 정도로 마무르고 내뺄 수만 있었다면 얼마나 좋았을까요.

"선생님이잖아요? 제대로 오신 거 맞습니다."

그게 그렇게 우호적인 미소를 띠면서 할 말인지. 백번 양보하여 기다리게 해서 미안, 대신에 못 볼 꼴을 보였네요, 같은 맘에 없는 소리라도 보스가 했다면 그나마 최저선의 의사소통은 가능한 상대일지 모른다는 희망이 엿보였을 겁니다. 살아 있는 사람이나 짐승에게 그런 일을 해선 안 된다는 인식은 일단 없음이 분명하나, 그 현장을 생면부지의 타인에게 노출하지 않음이 바람직하다는 수준의 본능과 원칙은 있다는 뜻일 테니까요. 여러모로 내가 알아서는 안 되는 공간에 들어왔다는 확신이 공포의 갈피에 삽입되었는데, 어느새 관리인이 등 뒤로 바싹 다가섰고 나는 원치 않는 장면의 사정거리 안에서 벗어날 수 없게 되었습니다. 그때 보스는 그 덩어리, 아니 거구한테 뜻 모를 말을 건네더군요.

"털어놓을 기회도 시간도 줬는데. 그렇게 읽어줬으면 좋겠다는 거지, 네가."

보스가 펜치를 버리자, 질척거리던 잔디가 묵직한 소음 한

가운데 몸서리치면서 핏방울을 털어냈습니다. 그러니까 면접 보러 온 나를 여기다 세워놓고 저 짓을 마저 이어가려는 모양이었습니다. 내가 안 보이는 건지, 나는 일반인이며 애초에 고용주도 식당을 운영하는 그냥 부유한 일반인일 뿐이라는 다소 나이브한 사고방식으로 왔는데―식당 주인이라고만 하면 저와 같은 서민은 집 근처 골목에서 흔히 접할 수 있는 자영업자의 애환을 떠올리기 마련이나 여기서의 식당이란 저는 이전에 이름을 들어본 적 없음은 물론 평생 문턱도 넘을 일 없는 그런 곳이긴 합니다―이걸 목격한 나를 그들이 어떻게 할 셈인지 알 수 없었습니다.

"그런데 읽는 게 생각만큼 간단하지 않아서 어쩌나. 최대한 정확하게 읽어내려고 든다면 몇 가지 조건이 있어서."

그렇게 말하는 보스의 손에 어느새 칼이 들려 있는 걸 나는 그래도 이해해보려고 했습니다. 식당에 널린 게 칼이니까요.

"상처가 깊고 광범위할수록."

그러나 그걸로 거구의 가슴을, 읽던 책에 붉은 펜으로 밑줄이라도 치는 것처럼 혹은 빵에 버터라도 펴바르는 식으로 얕게 그어 가르는 것까지 이해할 수는 없었습니다. 이미 목의 어딘가를 끊어먹거나 부숴놓기라도 했는지 거구는 제대로 된 비명도 지르지 못했고 음산한 바람소리와 구분되지 않는 신음만 뜨락에 울려퍼졌습니다.

"생긴 지 얼마 안 된⋯⋯ 그러니까 아물기 전일수록."

그렇게 말하면서 보스는 그의 넓적다리에 칼을 꽂았습니다. 칼끝이 근육 일부만을 헤집었는지 더 깊숙이 뼈까지 닿았는지 살이 찢기는 소리만으로는 짐작할 길 없고, 거구가 절규했을지도 모르지만 내 귀는 터질 듯 밭아지는 심장소리로 가득하여 다른 소리가 더 끼어들기에는 비좁았습니다.

"무엇보다 치명상에 가까울수록."

다음으로 보스가 그의 늑골 사이 어딘가를 찔렀을 때는 칼날이 살과 힘줄을 파고드는 둔탁한 파열음 외에 거구의 신음은 들리지 않았습니다.

"정확도가 높아지더라고."

어쩌면 거구는 이미 중음中陰의 세계에 들어서버렸고 다시 받아 나올 다음 생의 몸도 없는 것으로 보여 나는 입으로는 구토가, 눈으로는 눈물이 쏟아지려는 걸 참았는데 거구의 어깨와 다리가 꿈틀거리는 걸 보니 여태 살아는 있는 모양이었습니다. 놀랍도록 끈질긴 생명력이었습니다. 내가 졸도하지 않고 그 자리에 버티어 선 힘의 원천 가운데 하나는, 저 곤죽이 되어버린 거구를 향한 측은지심 이전에 이런 현장을 목격한 나부터 무사하고 봐야겠다는 생각이었을 겁니다. 되도록 티 나지 않게 가방 속 휴대전화에 손댈 방법을 궁리할 때—그런 일이 가능할 리가요, 하필이면 나는 백팩을 메고 있었답니다―뒤뜰로 두 명의 여자가 걸어나왔습니다.

역시 고용인 가운데 하나로 짐작되는 중년 부인이, 암만 봐도 본인의 딸은 아닌 듯한 여성과 함께였습니다. 젊은 쪽이 앞장서고 중년이 작은 스테인리스 트레이 하나를 받쳐들고 뒤따르는 모습이었지만, 저항감이 있는 대로 드러난 젊은 쪽의 표정을 보면 강제 연행의 느낌이었습니다. 스물 하고도 예닐곱 먹었을까요, 그 몸속에 어떤 실패의 잔재가 집적되어 있으며 무슨 허황된 꿈이 엉글어가고 있더라도 이상하지 않은, 나 역시 언젠가 지나온 시절의 중턱에 있는 아가씨였는데 그 얼굴이며 몸짓은 어쩐지 퍼져나가는 악취를 마지못해서 맡고 있는 사람의 그것이었습니다. 보스에게로 다가서기 전 나와 눈이 마주친 그녀는, 한순간 눈을 동그랗게 뜨고 위아래로 나를 훑어보기만 했을 뿐 딱히 무언가를 호소하는 느낌은 없었으며 오히려 이물질의 영역 침범을 거부하는 엄포 비슷한 기운마저 풍겼습니다. 나의 보스는 저 인간 백정에 준하는 자이나, 내가 주로 함께해야 할 사람은 바로 이 아가씨임을 한눈에 알 수 있었습니다.

자리에서 일어난 보스는 왠지 무언가로부터 달아나기를 시도하는 듯한 몸짓으로 비켜서더니 나직하게 단 한마디를 뱉었습니다.

"읽어."

그러니까 아까부터 계속 읽네 마네 하는데 대체 무엇을……
나는 읽는다는 말에 예민합니다. 읽기, 듣기, 쓰기, 말하기에
관한 한 양보하기 어려운, 마지막의 마지막까지 훼손되어서는
안 되는 한 점의 신성한 가치가 있다고까지 주장하자는 건 아
니지만 이런 현장에서 읽기라니 나로서는 상상하고 싶지 않은
일이었습니다. 아가씨는 조금 전까지 보스가 앉아 있던 자리
를 차지했습니다.

"아저씨, 실례 좀 할게."

그러면서 아가씨는 우선 한번 부수어 흩어놓았다가 억지로
끼워맞춘 퍼즐 같은 얼굴에 한 손을 대어보곤 고개를 기우뚱
하다가 두어 번 젓는 것이었습니다. 그런 다음 아까 보스가 칼
을 꽂았다가 뽑은 넓적다리에 손을 올리는가 싶더니, 마지막
으로 늑골을 손바닥으로 눌러보곤 그대로 가만히 눈을 감더군
요. 그러는 동안에도 거구의 몸은 미미하게 경련이 계속되고
있었습니다. 아무리 좋게 해석하려 해도 진찰 행위는 아닐 성
싶고, 사람을 거의 다 죽여놓고선 무슨 안수기도라도 올리자
는 셈인 걸까요. 그러나 그 순간에는 거기 둘러선 모든 인간
이 숨을 죽이고 있었고 나도 왠지 그녀를 방해하면 안 될 것
같다는 느낌에 여전히 오심을 참고 있었는데, 아가씨가 태연
한 얼굴로 손가락을 상처에 담그기까지 할 때는 고개를 돌렸
습니다.

마침내 아가씨가 손을 빼내고 한 번 털자 핏방울이 잔디에 흩뿌려졌습니다.

"K빌라 A동 105호, 거기 여자가 살 텐데, 그 여자 화장대 세번째 서랍 바닥을 들어내면 돼. 일부는 소분해서 대여 사무실의 화장실 거울장에 쌓인 휴지심 속에 끼워두었고, 합해서 몇 개나 되는지는 모르겠어."

무슨 일인지 알고 싶지 않은데 아가씨가 주문 내지 진언처럼 읊는 그 말들을, 오늘 처음 보는 내가 들어도 되는 거였을까요. 보스의 눈짓을 받고 부하가 자리를 먼저 뜨니, 필시 남의 집 화장대 서랍이며 사무실을 뒤집으러 가는 거겠지요. 이때 아가씨는 망설이는 듯하다가 말을 덧대었습니다.

"여자는 이 일하고 관계없어. 그러니까 여자는."

"그냥 놔두라는 거지?"

보스가 아가씨의 말을 끊고 채어갔습니다.

"알았어. 입막음 조로 돈 쥐여서 내보내면 되겠지."

아가씨는 이제 자신의 일은 끝났다는 듯 일어났습니다.

"그런데 그거."

빠르게 그 자리를 떠나려는 아가씨의 덜미를 잡아채듯 보스는 질문인지 단정인지 모를 어조로 말했습니다.

"이 새끼 부탁일까, 아니면 너의 희망사항인 걸까."

아가씨는 돌아서서 보스를 노려보았습니다.

"어느 쪽 요청이라고 밝히면, 들어는 주게?"

그때 중년 부인이 공손히 내미는 트레이 위의 물수건을 집어다가 양손을 닦으며 그녀는 내뱉었습니다.

"언제나처럼 나는 그냥 읽은 대로 말할 뿐이야."

"참고는 할 거야. 수고했어. 들어가서 손 꼭 제대로 씻어."

아가씨는 대답 대신 거구의 피가 묻은 물수건을 보스의 얼굴에 후려치듯이 던지곤 돌아갔습니다. 사실 보스의 당부는 진지하게 옳습니다. 타인의 개방형 상처에서 건너올 세균과 감염은 현실적이면서 중대한 문제니까요. 정석대로 하자면 여기 있던 우리 모두가 소독 게이트라도 통과하는 게 안전할 겁니다. 아가씨가 집안으로 모습을 감춘 뒤 보스는 반송장의 머리에 물수건을 신경질적으로 떨구곤, 이미 내가 그의 고용인……이라기보다는 막 입양한 개라도 된 것처럼 나를 한 손가락으로 불렀습니다.

"선생님은 저 따라오시지요."

앞서 상황을 목도한 마당에 고작 손가락질 정도로 불쾌할 여유라는 게 있을 리 없으니 시키는 대로 하긴 한다만 그러면 저 시신 직전의 무언가는 어쩐단 말인가 싶어 관리인과 중년 부인을 번갈아 바라보자, 그들은 저마다 고갯짓과 눈짓을 내게 건넸습니다. 자기들이 알아서 자리를 정리할 테니 잠자코 들어가보라는 뜻이었습니다. 보스의 살짝 대각선 뒤에서 걷는 동안, 나는 몇 번이나 백팩을 앞으로 돌려 메고 안에서 전화기를 꺼내는 상상을 했습니다. 그러나 백주에 이런 일이 벌어지는 집이라면, 안테나가 몇 개나 뜰까요. 와이파이가 터지기는 할까요. 방해전파나 흐르지 않을까요. 그보다 내가 상상한 적 없는 영역에 존재하는 돈과 힘을 가졌을 법한 사람이 무슨 짓을 저질렀다 한들, 공권력이 신고를 받고 곧이곧대로 들이닥쳐주리라는 믿음이 내게는 부족했습니다. 들이닥치기까지는 어쩌면 가능할지도요, 출동 체계라는 게 있으니. 그런 다음 절차상 문제인지 짬짜미인지 몰라도 잡아놔야 할 사람을 도리 없이 풀어줘서 별 사달을 다 내는 게 문제지만. 문득 보스를 따라 본채로 한번 들어가고 나면, 눈앞의 반송장을 모르는 척한 죄책감이 무디어지는 날이 언제고 오리라는 예감이 들었습니다.

하여 보스가 본채로 통하는 후문을 열기 전, 나는 자리에 멈춰 섰습니다.

왜 안 오시느냐고 묻는 대신 보스는 내가 먼저 입을 열기를 기다리는 듯 도어핸들에 손을 얹어놓은 그대로 나를 돌아보았습니다. 시간을 빼앗아서 죄송합니다만 아무래도 저는 여기하고 맞지 않는 것 같습니다 실례했습니다…… 머리로는 분명 회피와 도주에 해당하는 말들을 나열했는데 입에서는 다른 말이 나왔습니다.

"저 사람 어떻게 할 겁니까."

고작 몇 분 안팎으로 캐치했을 뿐인 인상이 실제와 같다는 가정하에 보스의 반응을 어느 정도 예상할 수 있었습니다. '그걸 당신이 알아서 뭐하게요.' 또는 좀더 각 잡고 비꼰다면 '와, 선생님 진짜 쓸데없이 정의로우시다. 본인 걱정을 해도 모자랄 판에 그게 궁금하세요?' 그러게 말입니다, 여기까지 보아 버린 나는 이제 어떻게 되는 걸까요. 시멘트와 함께 드럼통에 담기는 걸까요. 그러나 내가 보고자 했던 게 아니라 그들이 내 의사와 무관하게 보여주었습니다.

"치료해주고, 돌려보낼 건데요."

짐작한 내용과 방향이 크게 다르긴 했지만, 아까 지켜본 아가씨의 반응으로 미루어 그 말에 믿음이 가지 않았습니다.

"죽여버리기라도 할 줄 알았어요?"

일견으로도 그 거구는 관짝에 이미 한 발 들여놓은 모습이었는데 보스는 천연덕스럽게 반문했습니다. 혹시 그 치료 방식이라는 게 무수한 타박상 혹은 자상과 창상을 뜨거운 납으로 용접하여 화상으로 덮어버리는 차원의 무언가가 아닐까 싶었습니다.

"치명상이 어쩌고 하셨지 않습니까."

"그런 거 당연히 겁박에 불과하지요. 또 궁금한 건?"

"정말 보내줄 건가요. 저 사람이 그길로 고소한대도."

"그래봤자 소용없는 거 잘 알걸요. 원래 우리 밑에 있던 애고."

최소한의 형태는 유지했으나 사람이 완전 다 짜고 남은 지게미가 되어버렸는데, 거느리던 이를 저 지경으로 우그러뜨리는 게 일반적인 일인 양 보스는 어깨를 으쓱해 보였습니다. 이쯤 되니 그가 운영한다는 식당이 정상적인 요식업체인 건 맞는지 아니면 페이퍼컴퍼니인지도 의심스러웠습니다. 그것의 모기업은 연혁이 삼십오 년에 이르지만, 어쩌면 사실은 상관도 없이 이름만 훔쳐서 투자도 받고 운영하고 그런 거 아닐까. 물론 이름과 실체가 일치하는 그럴듯한 간판의 회사라고 직원이나 하청업체를 상대로 한 물리적 폭력이 없지 않습니다만 내가 실제로 목격하거나 주워들은 사례는 빗자루부터 야구방망이, 골프채나 파이프 등 주로 구타 도구였고 그 이야기들 속에 칼이 등장한 적은 없었던 겁니다. 젊은 날 아침저녁으로 욕설과 고성이 난무하며 직원의 조인트를 까는—영업부 직원들은 사흘돌이로 탈주했고 매번 새 얼굴이 사무실에 나타났습니다—주상복합 건설 분양 업체에서 석 달간 사무 보조로 일하다 도망쳐 나왔던 경험을 비롯하여 각종 아르바이트 현장을 거쳐본 이력을 토대로, 나는 '우리 밑에 있던 애'라는 소유격 조사가 생략된 구 속에 담긴 광범위한 폭력성을 감지할 수 있었습니다.

 "뭐가 됐든 그걸 굳이 제 앞에서, 이렇게 백주에, 가림막도 없이."

압니다, 마지막 말이 당신 귀에 어떻게 들릴지 정도는 저도 아는데요, 이것이 만약 내 눈에 띄지 않는 지하 창고에서 벌어진 일로 앞으로도 내가 모르는 척 지낼 수 있다면 그걸로 오케이라는 뜻이 아닙니다. 두려움 앞에서 인간이 고작 가림막 여부에 화살을 돌리곤 하는 건 기초 윤리와 무관합니다. 남들 안 보는 커튼 뒤에서라면 나 또한 누군가를 그렇게 만들고도 남는다는 뜻이 아니니, 그걸로 제 본성의 눈금을 판독하지는 말아주십시오. 평생에 걸쳐 도덕성이 아무리 바닥을 친대도 이렇게 대답한 사람보다 더할 일은 없을 테니까요.

"그럴 예정까진 아니었는데, 마침 일찍 오신 바람에요. 장소는 글쎄요, 그리 적절하지는 않지만 오늘은 마침 날도 따뜻하고 빛도 잘 들었거든요. 아무튼 선생님이 첫눈에 보인 그대로 강심장인 걸 확인할 수 있어서 저는 나쁘지 않았습니다."

그러고 보니 나는 용케도 끝까지 토하지 않고 여기까지 왔습니다. 평소에 담대하다는 말을 자주 들어보진 못했지만 그건 사십 년 인생에서 이렇게까지 담대해져야만 할 상황을 마주할 일이, 내 남편의 장례 때를 제외하곤 별로 없었다는 뜻이기도 합니다. 아무려나 어느 정도 사람의 대화는 가능한 것 같고 무엇보다 그의 손에는 이제 연장이 없었습니다.

"저는 그리 강심장까지는 아니고 올바른 사람은 더욱 아니지만, 인간으로서 무엇을 해도 되고 해선 안 되는지 정도는 알아요."

 애초에 그런 걸 보여주는 일로 사람 심장의 무게를 달아보아서는 안 된다는 레벨의 이야기는, 상대방에게 아무래도 무리일 것 같았습니다.

 "저걸 본 이상 저는 이 집에서 일하지 않을 거고, 무얼 해도 소용없다 하시니 제가 신고해도 상관없겠지요."

 비빌 언덕이 어디에 얼마큼 깔렸고 얼마나 높은지는 몰라도 보스의 파안은 이루 말할 수 없이 여유로워 보였습니다.

 "첫번째 조건, 기억하시지요?"

 그러고 보니 그런 항목이 있었는데, 그가 언급하기 전까지 잊고 있었습니다. '입이 무겁고 심지가 굳을 것.' 그건 옵션이라기보다 남의 돈을 받아서 먹고사는 사회인이라면 디폴트라고 여겼으므로 뭐 이런 새삼스러운 얘기가 다 있나 싶어 대수롭지 않게 넘겼을 겁니다. 그렇다면 조금 전의 그 난장판도, 면접의 일부가 되어버린 걸까요. 내가 만일 정문을 못 찾고 몇 번이나 더 턴을 하여 늦게 도착했다면, 조금 다른 방식의 면접을 볼 수 있었을까요. 보스는 후문을 열고 나더러 먼저 들어가라는 듯, 에스코트인지 위협인지 분간되지 않는 손짓을 했습니다.

 "일단 들어와서 얘기나 좀 나누실까요. 궁금한 게 그것만 있지는 않을 거잖아요."

절창 35

칠갑이라 할 만큼은 아니나 옷과 손에 군데군데 피가 튄 것을 들어 보이며 보스는 덧붙였습니다.

"그리고 저도 좀, 보시다시피 씻어야 해서요. 봐줄 만한 꼴을 갖추고 나올 시간을 주시겠습니까?"

여기서 그의 발을 걸어 자빠뜨리고 튀어보았자 주차장에 닿기 전 관리인에게 붙들릴 테지요. 문안으로 결국 들어선 이유가 그것만은 아닌데, 읽는다는 게 구체적으로 무슨 행위인지 듣지 못한 채 이대로 떠나기가 마음에 걸렸습니다.

물론 작동 방식과 원리를—그런 게 도대체 존재할 리 없었습니다—이해하지 못하면서도 눈앞의 사태를 있는 그대로만 접수한다면, 딱히 전후 설명 없이도 단 한 가지 정황만은 파악할 수 있었습니다.

그 아가씨가 이 보스의 무녀라는 사실을.

억측까지 보탠다면, 이와 같은 입지에 놓인 교외의 저택부터가 어쩌면, 흙먼지와 우설雨雪을 비롯한 이런저런 풍화風化의 요인으로부터 무녀라는 귀중품을 보존하기 위해 설계된 곳일지도요.

차라리 신전이라고 부름이 어울릴지도요.

나는 분명 그 집 아가씨와 책을 읽고 이야기를 나누어줄 입주 튜터를 찾는다고 해서 면접을 보러 온 겁니다. 문학을 전공했고, 많지는 않아도 알음알음으로 여러 기업체의 홍보물을 번역하면서 입에 풀칠하는 형편에, 입주라는 조건이 부담스럽긴 했으나 단 한 명의 아가씨에게 수능이나 논술고사 대비 용도가 아닌 독서 교육이라니 동종업계 종사자들이 들으면 만만하다못해 꿀을 빠는 일이라고 했을 겁니다. 각 잡고 수험을 준비시키는 과목별 과외에 비하면 당연하게도 급여가 낮았지만, 숙식 제공이라는 점에서 주거가 불안한 구직자에게 나쁜 조건은 아니었습니다. 설마 독서 토론을 하루종일 하지는 않을 테니 틈틈이 번역 일과 병행하면 되겠다는 기대도 은근히 있었습니다. 일과표 구획을 명확히 지어두지 않으면 기대와는 달리 늘 붙어 아가씨를 케어해야 할지도 모르는 일이나, 심신에 큰 문제 없어 보이는 성인의 감정적 시터 노릇을 할 생각은 솔직히 없었습니다. 그래도 예전 논술학원에서 사용했던 교재도 다시 들여다보고, 최근 수년간 주요 대학교 인문학부의 신입생 권장 도서 목록도 갱신 정리한 다음 나름대로 커리큘럼 궁리도 하면서 차를 몰고 온 겁니다. 거기에 더해 그동안 살던 낡은 아파트의 전세금이라면 생전에 남편이 남긴 채무를 상환할 수도 있었고요. 아, 대단한 건 아닙니다. 뭐 보증 잘못 서주고 그랬던 건 아니에요. 시부모님 두 분 모두 오래 앓다 가셔서 병원비가 컸던 거예요. 우리 세대 부부에게는 흔히 있는 일이지요. 남편이 떠난 뒤 마치 그 사실을 인식이라도 하신 듯

두 어르신도 차례로 갈 길을 가셨고 제가 장례를 치렀습니다.

일을 소개해준 사람은 이 보스가 운영하는 레스토랑 모기업의 사보를 펴내는 외주 기획실 담당자였습니다. 모기업은 당신도 이름을 들어보았을 법한, 예, 그 호텔 말입니다. 호텔이 메인이고 그 집 큰딸은 광역시에 분점 하나 내서 지역 유지 같은 거라고. 아들은 주류 유통업체를 하고요. 호텔 본점 일층에 입점해서 전 좌석 방음 완비 룸 형태로 중요 거래 상담시의 철통 보안을 자랑하는 고급 한정식은 작은딸 거고요. 그런데 이 보스의 레스토랑은 호텔에서 조금 떨어진 데 있고 매장도 작은 편인데다 연혁이 그리 오래되지 않아서 일반 손님들은 그 호텔 계열사인지 잘 모를 겁니다. 뭐 흔한 케이스 아니겠나요, 회장님 핏줄이긴 하나 그 집안 일원으로는 인정받기 힘든 혼외 자식이라는 존재는요.

그전에 내가 기획실에 아쉬운 소리를 한 건 인공지능 번역 시대에 분량 대비 단가가 높은 기업체 홍보물 번역 일이 아직 남아 있는 것만도 다행이지만 아무래도 문학 번역에 미련을 버리지 못해서 혹시 좀 괜찮은 출판사에 연줄이 있느냐는 의미였는데, 담당자는 나의 경제적 곤경에 포인트를 두어서 과외 자리가 났다고, 좋은 마음으로 소개해준 거였습니다. 짧지 않게 거래해온 믿을 만한 이였으므로 나를 위험에 빠뜨릴 의도는 없었을 테고, 다만 호텔 홍보팀의 귀띔으로 몇 다리나 건

너 들어온 제안이다보니, 이 집 보스가 어떤 사람인지 외주 사보 담당자로선 대강만 알지 꿰뚫기는 어려웠을 겁니다. 그럴 수밖에 없는 것이, 한 요식업체의 대표가 딸의 입주 교사를 찾는데 첫번째 조건이 출신 대학 타이틀이나 유학 여부 및 경력이 아니라 '입이 무겁고 심지가 굳은 사십 세 이상 여성'이라는 게, 형편이 딱한 사년제 대졸자 일용직의 일터로 알선하기엔 뭔가 좀 신경쓰이는 항목이라고 눈여겨보기가 어려웠던 겁니다. 일단 실제로 만났을 때 내 남동생보다 연하임이 분명한 보스가 아가씨만한 딸을 직계 혈연으로 얻을 생물학적인 가능성은 거의 없다는 점부터 고용인의 입이 무거워야 할 이유를 알았고—이 동거인을 외부에는 입양딸 비슷한 걸로 말해두었으나 그중 일부 구절만 따서 그냥 딸인 걸로 와전됐나본데, 실상과 무관하게 우리는 혈연의 농도에 따라 추문을 빚어내며 찧고 빻기를 일종의 레저활동 정도로 여기는 문화권에 속해 있으니까요—한편으로 고의건 우연이건 나는 그 집에 도착하자마자 뒤뜰에서 그런 사태를 맞닥뜨렸으니, 그게 이 집안에 처음 있거나 드문 일은 아닐 듯싶다는 점에서 굳은 심지가 필요한 까닭 또한 알게 되었습니다.

내가 결국 계약서에 서명한 셋 중에 두 가지 이유라면, 그러지 않고서는 그 자리를 모면할 성싶지 않아서가 첫째였고 둘째로는 아가씨가 신경쓰여서였습니다. 이미 잔디밭에서 온몸이 칼집이 된 남자를 한번 외면한 내게 그런 생각을 할 자격은 없겠지만, 최소한 같은 잘못을 되풀이하고 싶지 않았습니다. 단지 억측과 망상이기를 바라나 이 젊은 여성이 본인 의사로 보스 옆에 있는 건지, 혹은 빚을 졌거나 협박을 당했거나 여하간 피치 못할 이유로 푸른 수염의 성에 붙들려 있어서 타인의 도움을 필요로 하는 상황인 건 아닌지 확인하고 싶었습니다. 아가씨의 얼굴색이며 차림으로 보아 기초 생활 수준은 높은 듯하고 보스를 대하는 태도에 주눅든 데라곤 없었지만, 보이는 게 다가 아니니까요. 한 조직 내의 바닥에 깔린 침전물은 보통 신규 멤버 내지 제삼자 눈에 잘 띄게 마련입니다. 그리 세심하게 객관적인 관찰자 입장으로 들여다보지 않더라도, 지시에 따라 피투성이 남자를 만지는 그 아가씨를 보았다면 누구나 그 정도는 짐작할 수 있었을 겁니다. 겉으로는 괜찮은 대우를 받고 사는 듯한 아가씨가 실은 어떤 말 못할 부당한 환경에 익숙해졌거나 포기 상태일지도 모른다는 것을요.

설령 그게 사실로 드러난다 한들, 일단은 맨정신으로 자유의사결정이 가능하다고 간주되는 성인의 일에 무슨 수로 개입하나 같은 망설임은 접어두었습니다. 아가씨가 구조 요청을 할 것으로 보이지는 않았지만 어쩌다 신세한탄이라도 하고 싶어진다면 내가 들을 귀 정도는 되어줄 수 있다는 주제넘은 생각이 앞섰습니다. 사람은 무언가를 들을 때, 심혈을 쏟지 않더라도 자신이 가진 지성과 가치관을 자연스레 동원합니다. 더하여 귀까지 기울인다면, 사소한 낱말의 한 음운에 묻은 얼룩을 눈치채고 암시의 질감과 상징의 양감을 파악하게도 됩니다. 이 아가씨에게 우선 필요한 것은 읽기에 앞서 말하기인지도 몰랐습니다. 말하기에 필요한 것은 일차로 청자의 존재이고요. 말하기와 듣기, 쓰기와 읽기란 비록 그것으로 인해 변하는 실재가 없음은 물론 그것이 거쳐가는 길이 모순의 흙과 불화의 초목으로 닦이고 마침내 도달하는 자리에 결핍과 공허만 남아 영원한 교착상태를 이룬다 한들, 그 행위가 한때 존재했다는 사실만으로도 누군가의 영혼이 완전히 부서져버리지 않도록 거드는 법입니다. 언어의 본질과 역할을 두고 명멸하는 무수한 스펙트럼 가운데 그것만큼 괜찮은 구실이 또 있는지, 나는 아직 알지 못합니다.

 포커스가 아가씨한테로 쏠려 있었기에, 아가씨가 주문처럼 읊은 휴지심이니 화장대 따위의 말들이 무엇을 가리키는지 당장은 알고 싶지 않았고, 알고 싶더라도 캐내려 들어선 안 되는 영역이라는 본능이 어둠 속에서 천적을 앞둔 곤충의 더듬이처럼 작동했습니다.
 그런데 인간은 일상의 더없는 안전을 추구하면서도 타나토스의 충동 앞에서 무장해제되는 존재이기도 하지요.
 나는 뭔가 내게 예정된 자리에 도착했다는 느낌이 들었습니다. 안도감과는 확연히 다른.

여섯 명이 살기에 그 집은 지나치게 크고 방이 많았습니다. 처음에는 보스의 거처가 따로 있고 여기는 별장이라고 해야 할지 순전히 아가씨만을 보관하기 위한 수납장 내지 금고인 줄 알았는데, 보스와 그의 비서인 운전기사는 주에 대체로 여섯 번 최소 네 번을 왔으니 업무 출장 같은 걸 고려하면 잠깐 들른다고 할 수준은 아니었고 그들 집도 여기가 맞는 모양이었습니다. 서로가 무엇을 하는지 어디서 숨을 쉬는지 일껏 찾아 나서지 않으면 알기 어려운 거대한 공간을 집이라고 불러도 된다면 말입니다.

그 집에 짐을 막 풀어놓은 날, 사기잔에 보리차를 따르는 사소한 동작을 하기에도 눈치 보일 만큼 고요하고 어색한 분위기에서 단둘이 저녁식사를 하는 동안, 아가씨가 나와 시선을 마주치려 하지 않는다는 걸 알 수 있었습니다. 아이들을 한두 해 폼으로 가르쳤던 건 아니니 그 정도는 환히 보였고 그건 낯선 자에 대한 보편적인 반응이었습니다. 처음부터 친한 척할 필요는 없고 나도 정이 넘치거나 활기찬 성격은 아니라 굳이 더 눈길을 주고받지 않을 생각으로 통성명과 날씨에 대한 약간의 스몰토크 외에는 조용히 식사를 마쳤습니다. 내가 그쪽을 보지 않는 동안만 아가씨가 내 얼굴을 보고 있다는 사실을 눈치챘는데, 보스 못지않게 그쪽도 나를 견적 낼 자격이 있으니 실컷 관찰하라고 놔두었지요.

"먼저 일어날게요. 천천히 드세요."

아가씨는 혼잣말에 가까운 톤으로 중얼거리며 체할 것 같은 표정으로 일어섰는데 의외로 자기 그릇은 다 비웠더군요.

'그래요, 편한 대로 해요.'

말하고 싶었는데 입속에 브로콜리가 있어서 나는 살짝 고개만 끄덕였습니다.

밥알이 코와 목 사이 어딘가에 걸린 느낌으로 나도 식사를 마치고 빈 그릇을 포개어 수저와 함께 정리할 때, 박실장이 식당으로 들어와선 약간 쏘아붙이나 싶은 말투로 저지했습니다.

"그대로 두세요. 그게 제 일이니까요."

그 집에 있는 동안 그녀에게서 가장 자주 들은 말이 그게 본인 일이라는 거였습니다. 박실장은 이곳의 가정부로 뒤뜰에서 아가씨에게 물수건을 건넸던 사람입니다. 중역의 옆에 붙어 다니면서 수행하는 이에게 의례상 기업체에서 실장이나 팀장 같은 직함을 주는 게 드문 일은 아닐 텐데, 보스의 집에서 일하는 사람들도 서로를 실장이라고 부르더군요. 한실장은 나를 뒤뜰로 안내한 관리인이고, 입을 열어 말하는 모습을 아직 한 번도 본 적 없는 운전기사는 강실장입니다.

박실장이 이 집 살림을 전담하는 모양이어서 나는 최소한 내 몫만큼은 신경 안 쓰게 하고 싶었지만 그녀는 거절했습니다. 집안 세부의 위치와 몇 가지 실용적인 정보들을 알려주긴 했지만, 한밤중에 갑자기 각혈을 하는 것과 같은 부득이한 상황이 아니고선 세탁실이나 부엌에 출입하지 말아달라고 덧붙였습니다. 그건 어쨌든 자신의 업무 공간이라고 말입니다.

"세탁물은 선생님 방문 안쪽의 런드리백에 담아두시면 아침에 제가 가져갔다가 다음날 오후에 개켜서 돌려드립니다. 정수기는 식당에서 보셨던 그거 쓰시면 되고요. 분기에 한 번 업체에서 필터를 교체하러 오니까 사용하시는 데 불편은 없으실 겁니다."

그러지 않으려고 했는데, 박이 집안 곳곳을 안내하는 동안 나는 규모에 압도당하여 걸어가면서 주위를 두리번거렸나봅니다. 그녀가 말을 멈추고 나를 물끄러미 바라보았을 때 비로소 내가 다소 실례될지도 모르는 시선으로 집을 둘러보았다는 것을 깨달았습니다.

"뭔가 궁금한 게 있다면 질문을 해주세요."

"아니 그게요, 보통 사람은 평생 이런 데서 지내볼 일이 없지 않습니까. 이 큰 집을 혼자서 관리하시는 게 가능한지 해서요."

"그게 걱정되셨나요. 제 일이 제일 많긴 합니다만 주부의 노동이란 게 으레 그런 법이지요. 아무래도 아가씨 옷이 있으니 세탁은 제가 전담하지만 식사 준비와 청소는 저하고 한실장 둘이서 나눠 하니까 크게 무리는 되지 않습니다."

그것만으로도 이미 무리가 될 거 같다고 생각하면서 박의 뒤를 따라 잠자코 걸어갔습니다. 정원 전지 작업부터 해충 관리까지 계절이 바뀔 때마다 외부 인력이 들어와서 진행하고, 예상외로 웃자란 것들이나 주체가 안 되는 것들만 한실장이 수시로 대강 정리한다고 그녀는 말했습니다. 손대기 힘든 외벽 창문이며 난간이니 기둥 같은 부분도 계약 업체가 분기에 한 번 들러서 청소하고요. 나는 예전에 스물여섯 평 집의 두 사람 살림도 칼같이 꾸리지 못해서 허덕였던 터라 그런 부분을 관심 있게 들었는데 결국 생활 스케일이 다르다는 결론만 재확인했으므로 딱히 참고가 되지는 않았습니다.

"저는 서재처럼 자주 드나드는 곳과 식구들이 각자 쓰는 방을 치우고요, 한실장은 본인 근무하는 방과 중앙 계단 홀이라든지 응접실 그리고 복도를 닦는 정도입니다. 사용하지 않는 빈방이나 창고는 대부분 잠가놓고 방치 상태라고 보시면 됩니다. 선생님 방도 지난주 대대적으로 정비하고 환기하기 전까지는 먼지투성이였지요."

이만한 저택이 극소수 정예로 굴러간다는 건, 그들의 고용주가 온전히 믿는 사람이 꼭 그만큼이라는 뜻이었습니다.

"그 정도여도 두 분이서 매일같이는 힘드실 것 같아요. 청소 도구함을 사용해도 된다면, 제 방은 제가 알아서 치우고 싶은데요."

"청소기를 돌리고 휴지통을 비우는 정도는 저 혼자서도 어렵지 않고 선생님 개인 물건을 건드리지 않도록 할 겁니다만, 혹시 불편하신 걸까요."

"솔직히 그런 것도 있습니다."

그리 정색하고 다소 방어적으로 말한 까닭이 없지 않은데, 박은 이미 내가 캐리어를 끌고 이 집 문턱을 넘었을 때 전체적으로 내 짐을 검사한 바 있거든요.

—안전을 위해서입니다. 양해 부탁드립니다. 이후로도 외출했다 돌아오시는 경우 차량과 가방은 살필 겁니다.

휴대전화까지 열어보지 않은 게 다행이었고, 주로 귀걸이나 반지 목걸이며 머리핀 같은 장식품 이외에 금속 제품이 있는지를 뒤졌습니다. 지금 내가 일을 하러 왔지 비행기 탑승장에 온 게 아니라고 실은 얼마든지 항의할 법한 상황이었지만 나는 순순히 가방을 열어주었습니다. 그럴 수밖에 없는 게, 처음 오자마자 본 장면이 정원의 붉은 잔디였는걸요. 아가씨와 관련된 지나친 감독의 일종이겠거니 하고, 이 집에서 일하기로 한 이상 그만한 단속은 이상하거나 부당하게 여기지 않기로 한 겁니다. 그때 박은 인디언 전통 문양과 PERU라는 알파벳이 조각된 봉투칼을 집어들고 이건 뭐냐고 묻기도 했지요.

—레터오프너인데요. 요즘은 쓸 일들이 거의 없으니 그저 장식이지만 남미 여행의 기념품입니다. 읽던 책의 갈피에 서표 대신으로 끼워두기도 하지요.

그건 공장에서 찍어낸 철제가 아니라 청동에 금색 염료를 칠한 완전 수공예품이어서 조각의 상태나 날 부분의 마감이 인간적인 터치로 비뚜름하게 주조되어 있었는데, 한눈에 봐도 빵에 부드러운 버터를 바르는 스프레더보다 무딘 물건이었습니다. 그럼에도 박은 양날과 첨단 부분으로 자기 손을 찔러보고 그어보며 그것으로는 종이 한 장 썰기도 쉽지 않다는 사실을 확인한 뒤 돌려주면서 말했습니다.

—사용하시되, 아가씨 손에는 닿게 하지 말아주세요……그리고 이건 또 뭐죠, 케이블 타이가 이렇게 많이 필요한가요.

—마트에서 구입한 그대로 넣어 온 거니까요. 한 세트에는 원래 그만큼씩 들어 있어요. 낱개로 팔지 않아요.

—와서 이것저것 필요한 것들 말씀하셨으면 한실장이 꺼

내드렸을 텐데. 지하실 붙박이장에 이런 건 그냥 굴러다니거든요.

―먼저 여쭤볼 걸 그랬네요. 아까워라. 어쨌든 충전기 선 같은 거 주렁주렁, 거추장스러운 건 다 묶어서 정리해버리는 성격이기도 하고 저는 웬만큼 소모할 것 같은데요. 그보다 이건 일단 날카로운 물건도 아니네요.

그때의 장면을 떠올리며 나는 방에 손대지 말라는 뜻으로 충분히 불쾌감을 표시했는데, 박의 대답은 이랬습니다.

"포기하고 익숙해지세요. 어차피 세탁물 때문에라도 그 방 제가 매일 드나들어야 합니다."

런드리백을 누구나 오가며 볼 수 있는 복도에 내놓고 집어가라 할 수는 없으니 그만 수긍했습니다. 그러니 나를 언제까지나 외부인으로 간주하기보다는 세탁실이든 부엌이든 자유롭게 쓰게 해주면 좋을 텐데요.

그날 밤 열시쯤 되었을까요. 욕실에서 나온 나는 상하의 색상도 무늬도 따로 노는 편안하고 우스꽝스러운 트레이닝복 차림에 머리카락도 덜 마른 채였습니다. 박이 한번 다 뒤집어놓으면서 활짝 펼쳐진 가방 안의 물건들은 아직 정리가 덜 되어 있었습니다. 가구는 일찌감치 처분했고 옷가지는 계절별로 최소한만 남기고 고물상에서 실어갔는데, 남편과의 추억을 간직

한 물건들에다 학부 시절부터 쌓인 이천 권 이상의 책은 당장 분류할 엄두가 안 나서 경기도 외곽의 컨테이너를 하나 빌려 보관하고 나니, 삼단 확장형 트렁크 두 개와 이불 짐을 쌀 때 쓰는 초대형 타폴린백 하나가 남았습니다. 필요한 책은 조만간 컨테이너에 들러서 가져올 요량이었지만, 낮에 이 집 이층 서재를 둘러보곤 그게 얼마나 쓸데없는 고민이었는지도 알게 됐습니다.

전체 카펫이 깔린 방, 퀸 사이즈의 더블베드, 화장대 옆 선반의 전기 포트와 헤어드라이어 그리고 벽장 안의 다리미와 미니 냉장고 같은 걸 보면 사성급 호텔의 디럭스 더블 룸 풍경과 비슷해서, 어쩌면 예전에는 기업체에서 직원들 워크숍으로 이용했던 건물이 아닐까 싶기도 했습니다. 목덜미에 흐르는 물방울을 훔쳐내고 드라이어의 플러그를 콘센트에 꽂았다가, 이 시간에 드라이어를 쓰면 아무리 1단에 놓더라도 모터 소리가 괜찮을지, 아직 집안을 낱낱이 파악하지 못했는데 혹여 아가씨의 방과 가깝다면 방해되지는 않나 망설이던 그때 침대 머리맡 협탁 위의 내선 전화가 울렸습니다.

"주무시려던 걸 방해했을까요."

한실장의 목소리였습니다.

"아니에요, 이 시간이면 초저녁입니다."

"혹시 몰라서 이거 모니터 사용법 좀 알려드리려고 하는데,

일층 조정실로 와보시겠습니까. 제 방 바로 옆에 미는 문 두 짝으로 되어 있는 방입니다. 문 열려 있어요."

방송국이나 극장에 있을 법한 조정실이 왜 가정집에 있는지 의문인데 그게 나한테 왜 필요한지는 더욱 모르겠다는 마음과 함께 나는 마른 수건을 한 장 더 써서 머리카락을 대강 말리고 한이 말한 장소로 갔습니다.

그리고 알게 됐습니다. 처음 집에 들어왔을 때도 응접실 구석에서 CCTV를 보긴 했고 집 규모를 생각하면 그럴 수도 있지 싶었는데, 그것이 집안 곳곳에 설치되어 있다는 사실을요. 조정실이란 집 안팎 모든 공간을 볼 수 있는 모니터와 장비를 갖춘 방이었습니다. 60인치 모니터가 두 대, 75인치 모니터가 한 대, 그 안에 각 방과 응접실과 복도, 정원을 비롯하여 뒤뜰까지 예순 개 남짓의 분할 화면이 있었는데 각각의 장소에서 만약 무슨 일이 벌어진다면 충분히 확인 가능할 만큼 해상도가 높고 선명했습니다. 이를테면 서재는 현재 아무도 사용중이 아니니 불이 꺼져 있었으나 일몰시 자동 점등되는 바닥 유도등이 선명하게 빛을 발하는 상태에서 모니터 밝기가 최대로 설정되어, 책등의 제목 하나하나는 읽기 어렵더라도 그것이 책장에 꽂힌 책들임을 알아보는 데에는 무리가 없었습니다.

내게 배정된 방 천장의 몰딩 어디에 카메라가 달려 있었던가 기억을 더듬어보았는데, 워낙 집이 크고 나는 나대로 긴장 상태여서 미처 발견 못했을 뿐이고, 모니터에 드러난 분할 화면 가운데 내 방도 확실하게 있었습니다. 다 정리하지 못한 트렁크가 입을 활짝 벌린 모습이 포착되었거든요.

"제가 방에 있는 걸 빤히 보면서 전화하신 거군요. 만약 제가……"

욕실에 붙은 드레스룸에서 트레이닝복을 다 갖춰 입지 않고 방으로 나왔다면, 생각하니 머리꼭지가 달구어졌고, 보통의 회사라면 이것만으로도 퇴사 이유가 충분하지 않았을까요. 아니, 그 이전에 당장 화면으로 보이지 않을 뿐 욕실과 드레스룸에도 카메라가 있는 게 아닐까요. 그러나 한은 만일의 불상사로 인해 훼손될 내 감정이나 인격 따위는 별 관심 없다는 듯, 심상하게 자기 할말만 하는 것이었습니다.

"이 집 안에서 아가씨가 어디 계신지 항상 파악하고 있어야 하거든요. 박실장이 얘기 안 했어요?"

그러고 보니 박이 서재 위치를 안내하면서 그런 말을 흘렸던 것 같습니다. 이 집 안에는 곳곳에 눈이 있어요. 보는 눈이 많다는 그 식상한 관용절에, 나는 혹시 이들 말고도 더 많은 고용인이 집 어딘가에 자객처럼 분포되어 있어서 신규 멤버의 일거수일투족을 주시하는 걸까, 그보다는 수시로 찾아오는 낯선 그러나 관심을 기울여서는 안 되는 손님들이 많다는 뜻이겠거니 정도로 넘어갔지, 기계적인 의미에서 저택 구석구석에 아르고스의 눈을 공작새 날개의 무늬처럼 달아놓았으리라는 데까지는 짐작이 미치지 못한 것이었습니다.

"난 또, 다 알고서 입고 나오셨나 했는데. 근데 뭐 어차피 자기 방이잖아요. 홀딱 벗고 다니셔도 딱히 상관없습니다, 저는."

한의 말은 아무리 결정적인 단서나 단어가 포함되지 않았다 하더라도 이미 성희롱이었는데 여기서 그런 디테일까지 걸고 넘어져보았자 별무소용이었습니다.

"한실장님이 상관없다고 해서 저도 그렇게 생각할 수는 없는데요. 제 인권은 어떻게 하고요."

"이 집에서 그런 거 신경쓰면서는 일 못합니다. 오해하실까 봐 말씀드리는데 그런 거가 뭐냐면 인권 얘기 아니고요, 선생님이 흐트러진 모습으로 자기 방 안을 돌아다니고 계신 걸 어쩌다 제가 이 모니터로 보게 됐다고 해서, 그게 말하자면 일종의 단순 사고 같은 거지, 제가 그걸로 딸 치는 일 없다고요."

"아니 무슨, 저기 그게요 좀, 한실장님이 뭘 하거나 말거나 그게 중요하지 않고요, 제 기분이 좋지 않다고요. 자칫 불의의 사고가 생길 수도 있었다는 점을 차치하더라도, 제 사생활이 이렇게 모니터에 훤히 드러나는 걸 원치 않는다고요. 이런 당연한 얘기를 해야 하나요?"

"당연한 게 뭔데요."

당신의 세상에서. 일반의 상식에서. 사회적 합의라는 선에서. 그러게요, 무슨 당연함일까요. 무엇이든 간에 그것은 자기가 응시하고 통과해온 것들 안에서 작동할 텐데요. 이 집 안의 세부가 그동안 내가 견지해온 상식의 껍질을 박피하는 것을 느끼며 나는 한숨을 쉬었습니다. 내가 더 말을 잇지 않자 한은 나를 한번 흘겨보곤 모니터를 가리켰습니다.

"보시다시피 상시 켜져 있고요. 절전 모드니 뭐 그런 거 없으니까 마우스 흔들어보실 필요도 없고요. 각 상자를 클릭하면 여기만 이렇게…… 짠 하고 확대되어서 나옵니다. 나가기 버튼 누르시면 원래 있는 바둑판 화면으로 돌아오고요. 보세요, 상단에 편집 메뉴 선택하시고 여기 동그라미 옵션을 하나하나 찍으시면, 원치 않는 방은 안 보이게 할 수 있습니다. 자기 방에서 렌즈를 가리면 뭐 당연히 까맣게 뜨는 거고."

그러더니 한은 내 방을 클릭하고 삭제했습니다.

"이렇게 선생님 방은 빼드릴 수 있다 이거예요, 원하시면."

"그래주시면 감사합니다만, 한실장님이 결정하실 수 있는 부분은 아닌 거지요?"

"이해가 빨라서 좋네요. 빼고 싶으면 나중에 대표님과 합의를 보세요. 여기 오신 첫날부터 얘기하기는 좀 그러실 테고. 자, 빼놨던 방을 다시 살리는 건 이거 클릭하시면 됩니다. 설정 전혀 복잡하지 않아요."

"예, 대강 알겠어요. 하지만 제가 쓸 일이 있을 것 같지는 않습니다."

"그런 건 저는 모르겠고요, 일단 알아만 두세요. 이렇게 화면을 펼쳐놓아야 아가씨가 어디 계신지 한눈에 알 수 있으니까요. 수업하려는데 아가씨가 땡땡이치거나 하면 여기 와서 찾아보세요."

"그냥 본인에게 휴대전화를 주어서 집안에서도 늘 갖고 다니라고 하는 게 찾기가 빠르지 않나요? 요즘 휴대전화 없는 애들이 도대체 어디 있으며, 그러고 보니 제 것도 거의 안 터지던데요…… 아, 저기 보이는 저게, 아가씨 방인가보네요."

"예, 중앙 계단으로 올라가서 삼층 오른쪽으로 세번째 방입니다."

휴대전화 얘기를 하기가 무섭게 모니터의 바둑판 안에서 아가씨를 찾아내버린 게 나는 조금 머쓱하기도 했습니다. 한은 내가 묻지도 않았는데 일단 신경은 쓰는 듯 덧붙이더군요.

"……아가씨가 직접 고른 방입니다. 이 집에 처음 이사왔을 때."

아가씨는 침대의 헤드레스트에 등을 기대고 앉아서 무거워 보이는 양장본을 들여다보고 있었습니다. 각도 때문에 책등의 제목이 드러나지 않았지만 취침 전 몇 장이라도 펼쳐 넘기는 걸 보면, 아가씨가 책 읽기를 좋아해서 책에 대해 말할 수 있는 누군가를 옆에 붙여주고 싶었다는 고용 의도가 이해되기도 했습니다. 읽기를 좋아한다면 무슨 책이 됐든 누군가와 함께 읽고 정답 없는 의견과 감상을 교환하고 싶어지는 게 인지상정이고, 그래서 사람들은 온오프라인으로 독서클럽에 참여하거나 온라인 공간에 리뷰를 남기며 댓글도 주고받는 것인데, 이 아가씨는 그럴 수 있는 상황이 아니어서 내가 불려왔다는 사실이 새삼 떠올랐습니다. 처지가 그런데 사정이 좀 있어서요…… 면접 때 보스가 제일 자주 했던 말이 그것이었습니다.

그날 보스가 연 문을 통과하여 긴 복도를 따라 응접실에 다다른 뒤에도 나는 이십 분 남짓 홀로 소파에 앉아 기다렸고—그때 줄행랑을 치지 않은 것이 옳은 선택이었는지는 지금 와선 모르겠습니다—백팩에서 휴대전화를 꺼내 어설픈 셀카를 찍을 때의 자세로 손을 쳐들어서 몸을 이리저리 틀어보았지만 안테나 막대는 한 개, 와이파이는 한 줄이 뜨다 말다 했습니다. 설정에서 와이파이 탭을 끄고 데이터 모드로 변경한 다음 인터넷 주소창에 몇 가지 포털 사이트를 넣어보았을 때는 흰 화면만 나타났습니다. 전화 모드에서 112까지 숫자만 입력 후 언제라도 통화 버튼을 누를 수 있도록 바지 뒷주머니에 반쯤 꽂아두었으나, 설령 연결되더라도 보이는 112 서비스 링크까지 원활하게 접속하기는 어려울 것 같았습니다.

얼마나 시간이 지났을까요, 흘러내려 귀와 광대 사이에서

찰랑거리는 덜 마른 머리카락을 쓸어넘기면서 보스가 포트와 찻잔이 놓인 쟁반을 한 팔로 받쳐들고 걸어왔습니다.

─레몬그라스, 라벤더, 히비스커스, 캐모마일.

탁자에 쟁반을 내려놓으며 보스가 말했습니다.

─중에서 뭐가 좋아요?

발음이 고운 허브티의 이름들이 사뭇 한가롭고 팔자 좋게 들리는 바람에 나는 하마터면 탄식에 가까운 웃음을 터뜨릴 뻔한 걸 삼킨 다음 포트의 표면에 양각된 노르딕 문양을 내려다보았습니다.

─제가 그거, 마실 거라고 생각하시나봐요.

보스는 내게로 조금 더 마주 다가앉아서 포트를 들어 보이며 미소 지었습니다.

─저도 마실 거고, 같은 주전자에서 흘러나오는 물이고, 뭐 안 탔습니다.

이렇게 대놓고 말해주니 차라리 나았습니다.

─캐모마일 말고는 그다지 맛 구분을 잘하지는 않아요.

─그래서 캐모마일이 좋으시다는 걸까요.

─다 똑같으니 아무거든 상관없다는 뜻입니다.

─취향에 맞지 않으신다면 커피로 다시 갖고 올까요.

─히비스커스요.

─저도 같은 걸로 하지요.

절창 57

나무 함의 덮개를 열고 같은 칸에서 꺼낸 티백 두 개를 잔에 나눠 담는 거나, 데운 물을 따르는 손의 동작에 이르기까지 우아하고 정중함이 밴 태도에 하마터면 직전의 만행이 희석될 뻔해서, 나는 머리꼭지에 힘을 주었습니다.

―제대로 된 걸로 내려드리면 좋은데 오늘은 박실장이 조금 바빠서요. 박실장은 아까 보신 그 여성분, 중에서 연세 좀 있으신 쪽입니다.

―예, 뭐…… 티백이 뭐가 어때서요. 내용물은 같은데요.

―그렇게 생각해주시면 고맙고요.

보스는 내가 잔을 앞에 둔 채 가만히 고사를 지내고 앉은 걸 보더니 또 한번 미소를 띠곤 자기 잔에 담긴 걸 먼저 한 모금 마셨는데, 작위든 습관이든 간에 그가 웃음에 인색하지는 않은 사람이라는 확인 사이로 아까 목격한 참혹이 삽입되는 바람에 더욱 혼란스러워졌습니다.

―내 거랑 잔 바꿔드려요? 이미 입 댔지만 신경쓰지 않는다면.

―그런 거 아니고요, 뜨거운 거 잘 못 마셔서요. 따뜻한 정도가 될 때까지만 식히려는 겁니다.

―아, 고양이 혀구나. 설탕이 녹기를 기다리는 게 아니라 물이 식기를 기다리는 거군요. 그거 누가 한 말이더라, 유명한 구절인데.

─달콤한 물을 마시려면 설탕이 녹기를 기다리라는 것 말인가요. 베르그송의 『창조적 진화』 제1장일 겁니다. 내가 기다려야 하는 시간은 수학적 시간이 아닌 나의 조바심이다⋯⋯ 그런 얘기를 할 때 예시로 나왔다고 기억합니다. 2장도 다 못 넘기고 그만둬서 확신은 없네요.

─보통은 1장도 마치기 힘들지 않을까요. 그거 와닿네요. 물리적인 시간이 아니라 내 마음의 시간이라는 거. 물론 일을 성사되도록 하는 데 있어선 어느 쪽이든 간에 기다리는 걸로는 충분하지 않지만요.

보스의 목소리는 낮고 적절한 힘이 있는 가운데서도 영연하며 발음 또한 정교하기 이를 데 없었습니다. 피아노 건반에 손을 올려놓을 때 음색과 속도를 비롯한 표현의 최적화를 위해 달걀을 쥔 모양을 유지하라고 이르지요. 달걀을 세게 쥐면 깨져버리고 너무 살살 쥐면 손을 벗어나 굴러갑니다. 보스의 성대는 그러한 방식으로 소리를 쥐거나 놓기를 자유로이 했습니다. 특히 ㄴ, ㄹ, ㅁ, ㅇ 같은 온화한 유성음을 낼 때면 소리를 실로 삼아 바늘귀에 꿰어다가 공기에 자수를 놓는 듯하여 누구든 그와 짧은 대화라도 나누면 속수무책으로 빠져들지 않기가 어려웠을 겁니다만, 직전에 정원에서 벌어진 일이 착각도 환각도 아님을 상기하며 나는 언제까지고 예외로 남기 위해 온 신경을 이성을 붙드는 데 동원했습니다.

―그렇다면 설탕이 녹든 차가 식든 간에 기다리는 동안 필요한 이야기를 해볼까요.

　보스는 뭐든 물어보라더니 정작 대답은 제한적으로 해주었습니다. 업무 내용과 급여를 비롯한 구체적인 고용조건은 정확하게 말해주었지만, 나와 오랜 시간을 붙어 있어야 할 아가씨에 대해서는 이름과 나이와 성격이 어떻다는 간단한 요약 외에 말을 아끼는 것이었습니다. 사정이 좀 있어서 육 년 전부터 데리고 있는 아이로 그 부모 가운데 한 명은 사망, 다른 한 명은 수소문 결과 실종, 역시 사정이 좀 있어서 휴대전화를 비롯한 온라인 생활 등 바깥과 소통이 되는 일은 하지 않으면서 지내고, 보스와 함께 살기 전에는 고등학교 졸업 후 취업 활동 중 역시 (뭔지 모를 그놈의 얼어죽을) 사정 때문에 중단하게 됐다고요. 한때는 수능시험을 보고 싶다는 본인 희망에 따라 영어와 역사 튜터를 붙여준 적 있는데, 그전의 튜터들은 겸직이 금지된 학교 교사들이어서 정해진 시간만 짧게 다녀갔을 뿐 입주로 모시는 건 이번이 처음이라 저희도 부족한 점이 있을 수 있으니 여러모로 양해를⋯⋯까지 보스가 말하다가 내 표정을 살폈습니다. 비로소 나는 입을 열어 끼어들 수 있었습니다.

　―그 시간제 교사들 가운데 오늘 같은 장면을 목격하신 분이 또 계실까요.

―단 한 명도 없습니다.

그러더니 보스는 자기가 뱉은 말을 곱씹으며 사실 여부를 검토라도 하는지 잠깐 사이를 두었다가 덧붙였습니다.

―선생님이, 처음이에요.

―그렇군요. 이제 본론인데요, 제가 본 걸 어떻게 어디까지 이해해야 할지 모르겠지만, 아가씨에게 뭔가 특별한 재능이 있는 거지요? 그것도 일반적인 케이스하고는 거리가 먼, 뭐라고 해야 할까요, 초현실적인.

―보신 대로입니다.

―바로 그것 때문에 여기다가, 워딩이 적합한지 모르겠는데, 가둬두고 계신 거라고 봐도 되겠고요.

―숨겨놨다는 쪽이 그나마 중립적인 표현인 것 같습니다만, 딱 이거다 하고 말씀드리기는 좀 사정이 복잡하고, 보시는 대로 생각하시면 됩니다.

그렇다 아니다 대신 자꾸 내 눈과 머리에다가 결정 책임을 미루는 듯한 보스의 대답이 마음에 들지 않았지만, 돌이켜보니 한 권의 책을 읽을 때 내가 아이들에게 오프 더 레코드를 전제로 종종 했던 말이 그것이었습니다. 네가 읽은 것에 대해 생각하면 돼. 좋고 싫고 같은 것 말고 생각을 하라고. 자기 나름대로의 해석과 판단과 응용. 작가는 왜 인물의 감정을 안 보여주고 인물이 바라보는 풍경만 실컷 펼쳐놓고 지나가버릴까

절창 61

하는 것. 지금 우리가 여기 있는 건 이 장면이 슬프다든지 이 서술이 불쾌하다는 호불호 차원의 감상을 나누기 위해서가 아니라, 그 슬픔이 어디에서 비롯하는지 그것을 둘러싼 배경을 분석하고 그 염오가 발휘하는 효과는 과연 무엇인지를 다각도로 생각하기 위해서야…… 그러고 보면 한 권의 책이나 한 명의 사람이나, 그런 점에서는 마찬가지겠지요. 나는 보스의 얼굴을 똑바로 바라보면서 다른 무엇보다 중요한 사항을 물었습니다.

─그 재능은 혹시, 바람직하지 않은 일에 쓰이고 있을까요.

보스가 눈 한 번 깜박이지 않고 나를 마주 들여다보는 몇 초 간 질문을 던진 게 후회됐지만 미소의 부스러기가 그의 입가에 아직 묻어 있었으므로 나는 눈길을 피하지 않았습니다.

─설령 나중에라도, 그애한테는 피해가 가지 않게 할 겁니다.

보통은 이런 일을 믿을 사람부터 찾기 어려울 테니까요. 그보다 수차 말을 고른 끝에 도덕이며 윤리나 가시적인 피해 여부를 떠나 아가씨에게 원치 않는 일이 강요되고 있지 않느냐는 의미를 담아서 물은 건데 아무래도 보스는 내가 말한 바람직하지 않은 일을 불법적인 일, 어둠의 일 등 극단적이며 협소한 차원의 무언가로 파악하기로 한 모양이었습니다.

─너무 처음부터 한꺼번에 뭘 알려고 들면 서로 재미없지 않나요.

―저는 그러니까 충분히……

 앞으로 아가씨를 상대로 내가 하게 될 일은 육체나 사고의 모험을 떠나는 길과는 무관하므로, 충분하달 만큼 잘 알고 시작할 때의 안정감이 재미보다 중요하거니와 몰랐던 것을 뒤늦게 알게 됐을 때의 타격도 고려해야 하니 여러 수사는 관두고 아가씨에 관한 정보나 더 달라고 말하려다가, 문득 상대방이 말하는 재미의 의미가 나와는 다르리라는 데 생각이 미치더군요. 알면 다친다. 선 넘지 마라. 그렇게 나오면 재미없다. 영화 속 삼류 빌런들이 협박할 때 쓰는 재미없음일지도 몰랐습니다. 바람직하지 않음이든 재미없음이든 간에 이렇게 무언가를 받아들이고 이해한다는 것, 상대방을 읽고 해석한다는 것은 동음이의어나 관용구, 나아가 표정이나 억양으로도 의미가 전혀 달라질 수 있고, 거듭된 곡해 속에 난파된 말들의 바다 한가운데서도 뗏목의 파편 하나를 발견하여 올라타는 것을 가리켜 우리는 사람 사이, 즉 인간이라고 부릅니다. 사람 사이로 범람하는 급류 한가운데 놓인 다리의 안정성과 길이를 우리는 알 수 없으며 다리가 끊어졌거나 애초에 다리 따위 존재하지 않을 수도 있습니다. 사람 사이를 건너서 다가가야 할 때도 있고 채워야 할 때도 있는 한편 그것이 사이임을 모르는 채 사이를 두어야 할 수도 있습니다. 사람 사이란 파헤치고 들쑤시는 방식으로만 좁히거나 파악하기 어려운 것입니다. 어쩌면 인간이란 서로의 사이라는 게 존재하지 않는 영원한 암실 속에서 서로를 보고 듣고 헤아린다는 착각과 함께 살아가는 유기체적 현상에 불과할 수 있습니다. 그러니 그들의 사이가 어떻든 간에 보스는 아가씨에게 시키는 그 불결하며 불길한 일을, 읽는다는 말로 표현해서는 안 되는 거였습니다.

―하나만 더 여쭤봐도 될까요.

―제가 대답할 수 있는 거라면요.

―저 아가씨는 이 집안에서 무슨 위치라고 생각하면 될까요.

―그게 무슨 뜻일까요.

―음, 범위를 좁혀보겠습니다. 대표님께 아가씨는 뭔가요.

―나한테 그애가, 말인가요.

아가씨가 그의 약혼녀인지 애인인지 애인 후보 혹은 그 미만인지, 순수하게 처치 곤란의 가족으로 다만 동생 같은 건지를 나는 다소 적나라하게 묻고 있었습니다. 어떤 포지션인가에 따라 아가씨를 어떻게 대해야 할지 판단할 수 있을 것 같았습니다.

―그애는 나의…… 질문입니다.

질문이라는 대답에서 자연스레 골칫거리 내지는 불안 요소로 가득한 미해결 과제가 연상됐고, 그토록 부담스러운 존재라는 뜻인지 알 듯도 모를 듯도 한 그걸론 내게 거의 대답이 되지 않았는데 보스는 한번 더 강조했습니다.

―나한테 주어진 지극한, 가장 어려운 질문입니다.

―대답은 없는 건가요, 그 질문.

―원주율의 마지막 숫자가 뭔지 아십니까.

―그렇군요.

그걸로 최소한 티끌이나 그을음 이하의 존재는 아님을 가까스로 알 수 있었습니다.

그때 아가씨만 있던 화면에 보스의 모습이 끼어들었습니다. 침대 가에 걸터앉으며 뭐라고 말을 거는 보스를 본체만체하고 아가씨는 책에 거의 얼굴을 파묻었는데, 상대가 조금도 돌아봐주지 않음에도 계속하여 입을 여는 보스를 보자니, 그가 아가씨와 대화를 시도하는 건지 실크 벽지의 사방 연속 패턴에다 대고 방백중인 건지 헷갈렸습니다. 소리는 들리지 않았으나 그 표정 아래 악의……보다는 뭐라고 해야 할지요, 짓누른 회한 같은 것이 꿈틀거리고 있었습니다. 아무래도 화면을 통해 간접적으로 보는 만큼 그건 걷잡을 수 없는 충동이나 벗어날 길 없는 강박을 어떻게든 감춘 표정일지도 몰랐습니다.

"이거, 소리는 안 나오는 거지요?"

"화면만입니다."

바로 조금 전까지 사생활을 챙기다가 어느새 대화 내용까지 궁금해했음을 깨닫고 나는 소스라쳤습니다. 그때 아가씨가 책을 덮고 듣기 싫으니 나가라는 듯 책등으로 보스의 어깨를 밀치는 장면이 보였는데, 힘을 어지간히 들이는 것 같은 동작의 크기에 비해 보스가 꿈쩍도 않자 나중에는 그 양장본으로 그의 등이며 머리를 연거푸 내리쳐 침대에서 떼어놓더군요. 보스는 그만 일어나려다 다른 쪽 슬리퍼 뒤축을 잘못 밟았는지 카펫에 한쪽 무릎을 대고 넘어졌습니다.

"저기, 두 분 지금 다투는 것 같은데요."

보스가 당장 일어나 아가씨의 머리채라도 잡을지 모른다는 조바심이 순간적으로 나를 휘감았던 것인데, 그는 그대로 돌아앉아 아가씨를 올려다보곤 입을 열었습니다. 말의 내용은 알 수 없으나 신탁이라도 간구하는 듯한 그의 몸짓과 아가씨의 냉랭한 반응으로 인해 그 모습은 일종의 호소에 가까워 보여서 그가 아가씨에게 섣불리 무력행사를 할 것 같지는 않았지만, 그 상태에서 허리나 고개를 숙이기라도 하면 침대 모서리 밖으로 내놓은 아가씨의 무릎에 입술이 닿을 것 같아 나는 한을 독촉했습니다.

"저대로 놔두면 안 되지 않을까요?"

그러자 한은 대수롭지 않다는 듯이 대답했습니다.

"저희가 이걸 모니터링하는 이유는, 아가씨가 어디 있는지 파악하기 위해서라고 말씀드렸을 겁니다."

어디 있는지 좌푯값만 분명하다면 아가씨가 거기서 무엇을 하든 어떤 상황에 놓였든 상관없다는 말투였습니다.

"제가 가볼게요."

"가만히 있으시지요. 지시에 없던 일 하지 마시고요."

그러나 분노로 점점 언성이 높아지고 빨라지는 것을 그들의 표정만으로 알 것 같았습니다. 아가씨도 몇 마디 대꾸를 하는 듯하다가 이내 진저리치면서 고개를 가로젓거나 손사래를 치고 있었습니다. 이곳은 그의 집이니 침실에서 그를 쫓아내지는 못하나, 내면의 방에는 그를 들여놓지 않겠다는 확고한 의지가 모니터 너머로도 전해졌습니다.

"아니 좀, 저러다 치고받기라도 하면요. 저도 이 집에 들어온 이상 아가씨의 안전에 관여하는 사람이에요."

솔직히 저 상태에서 손발이 먼저 나갈 것 같은 쪽은 아가씨였지만 그전의 대화 내용과 정황을 알지 못한 채로 확신할 수는 없었습니다.

"어느 한쪽이 피를 보기 전에는 끼어들 생각 마라."

"예?"

"대표님이 예전에 그렇게 주의 주셨습니다. 어느 한쪽이라고는 했지만 그게 아가씨였던 적은 제가 아는 한 없으니 그 부분은 염려 않으셔도 되고요, 어차피 문밖에서 강실장이 대기 중일 겁니다."

한의 말이 끝나기도 전에 아가씨가 욕설이 섞인 비명을 지르며—그 소리만은 일층까지 희미하게 울려오더군요—침대 건너편으로 내려서더니 뒷걸음질했습니다. 순간적으로 무슨 일이 일어난 건지 못 보았지만, 피투성이가 된 보스의 손을 보아 물잔 같은 걸 세게 내려놓다가 실수한 모양이었습니다.

"그게 바로 지금이라는 겁니다."

그리 드문 일은 아니고 오히려 일상의 루틴이나 된다는 듯 사무적으로 말하며 한은 자리에서 일어났습니다.

카펫을 수놓은 연사撚絲가 점점이 떨어지는 핏방울을 맹렬하게 흡수했습니다. 침대 옆 협탁으로는 깨진 유리잔이 뒹굴고 흩어진 파편마다 날카로운 조명을 반사했습니다. 보스는 부축하려는 강의 손을 연거푸 뿌리치며 나지막하게 말했습니다.
"나 붙잡지 마. 별일 아니니까 다 나가."
"대표님은."
다급히 끼어들며 나는 방안으로 뛰어들어가서 책장과 벽이 이룬 직각의 모서리에 밀착하고 선 아가씨의 앞을 가로막았습니다.
"우선 치료부터 하시는 게 좋겠습니다. 그 팔 움직이지 마세요. 작은 조각은 살 속에 더 파고들 수 있습니다."
보스한테서 눈을 떼지 않은 채로, 나는 어깨 뒤에서 새총에 맞은 벌새처럼 엷은 숨을 받게 쉬는 아가씨에게 물었습니다.

"다친 데 없으세요?"

"없어."

저녁식사 때 대화라고 할 만한 걸 거의 나누지 않았는데도 아가씨는 어느새 나한테 말을 놓으며 나를 의지라도 하는 것처럼 내 옷의 등 부분을 꼭 구겨 쥐고 있었으므로 나는 왠지 모를 책임감을 갖고서, 그렇게 하면 몸피를 조금이라도 더 키울 수 있다는 듯 어깨를 펼쳤습니다.

"선생님은 비키세요. 뭘 모르면 끼어들지 좀 마세요."

보스가 비틀거리며 피 흐르는 손을 내젓는 걸 강이 말리고 한도 가세했습니다. 애초에 네가 뭔 말을 제대로 안 해줬잖아, 소리가 혀뿌리를 간질였지만 지금의 내가 유일하게 아는 거라곤 이 인간을 아가씨에게서 떼어놓는 게 우선이라는 사실이었습니다. 보스가 강을 밀어젖히고 코앞에 다가와선 나를 내려다보았습니다.

"물러나주시라고요."

"좋은 말로 할 때, 이 자리를 떠야 하는 건 대표님입니다."

그때는 마음 같아선 저놈의 실장들이 방해하지만 않는다면 휘청거리는 남자 한 명 정도는 어떻게든 발을 걸어서 넘어뜨리고야 말겠다는 생각이었습니다.

"그런 상태로 아가씨한테 뭘 하시려는 건데요."

"얘기하던 중입니다. 그냥 얘기."

그가 내 어깨 너머의 아가씨에게 손을 뻗으려는 걸 나는 양팔을 들어 막았습니다.

"그렇게 피 흘리면서 해야 하는 급한 얘기가 어디 있습니까. 정신 좀 차리세요."

보스는 한숨짓듯이 살짝 웃음을 터뜨리다가 유리 조각이 살을 파고들기 시작했는지 얼굴을 찡그렸습니다.

"나 안 미쳤어요. 한실장아, 선생님 좀 모셔가라."

"지금 그거 너무 설득력 없으시고요, 제가 여기 있는 이상은, 대표님이 그런 꼴로 아가씨한테 닿지 못하게 할 겁니다."

보스 편에 서서 나를 잡아 끌어낼 것 같던 한이 뜻밖에 교통정리를 하더군요.

"이건 선생님 말씀이 맞습니다. 강실장은 가서 차 빼와. 내가 모시고 내려갈게."

월급 주는 사람의 신변이 중요할 이들이 합리적인 선택을 해주어 다행이었습니다. 강은 기다렸다는 듯이 목례 후 빠르게 방을 나섰고, 아가씨와 나를 번갈아 노려보며 꿈쩍하지 않으려는 보스를 억지로 연행하던 중 한은 잠깐 나를 돌아보곤 턱짓으로 카펫을 가리켰습니다.

"선생님은 박실장한테 전화 좀 해주십쇼, 이거 치워달라고."

그러나 한이 보스를 데리고 층계참을 돌 때 박은 이미 소란을 감지하고서 마주 올라오던 참이었습니다.

파편이 긁고 지나간 정도의 상처를 입은 아가씨의 팔을 소독하고 밴드를 붙이는데 툭 던지듯 아가씨가 입을 열었습니다.

"선생님은 아무것도 안 물어보네."

"물어봤으면 좋겠나요?"

"마음 놓인다는 뜻이긴 한데, 신경쓰지 말고 뭐든 물어도 된다는 뜻이기도 해."

두 사람에게 무슨 문제가 있는지, 대체 어떤 내용이면 (일방적인) 대화 도중에 유혈 사태가 생기는지 따위의 핵심으로 바로 질러가지 않고 나는 다만 이렇게 물었습니다.

"아가씨는 대표님 부를 때 뭐라고 하나요."

"안 불러. 안 찾아도 자꾸만 옆에 꾸역꾸역 기어들어오니까 부를 일이 없어. 실장 셋도 마찬가지야. 그쪽에서들 먼저 나를 찾아서 귀찮게 하지."

"그래도 혹시나 필요할 때. 뭐라고 호칭 정도는 있을 거잖아요. 삼촌이든 오빠든, 그냥 대표님? 사장님?"

"음…… 야? 너? 당신 아니면 저기나 여기? 대충 그 정도인 것 같은데. 처음 만났을 때는 상무님이었나, 전무님이었을지도 모르겠다. 그나마 사이 좀 괜찮았을 때는 가끔 이름도 부르긴 했어, 성 붙여서 풀 네임으로."

비교적 사이가 괜찮았을 때란 언제이며 그 기간은 얼마나 되는지, 그러다 두 사람은 어떤 일로 틀어졌는지 본론으로 바로 난입하지 않는 것 또한 현명한 어른의 처사일 것이었습니다.

"혹시나 해서 말인데 저한테는 야, 너, 이거 안 돼요."

"다행히 선생님이라는 가장 적합한 이름이 있지. 어쨌든 선생님도 나한테 말 놔."

서로 그러지 않는 게 좋겠다고 말할까 했는데, 나는 이미 굳어진 아가씨의 말투나 예의범절을 전면 구조조정하러 온 사람이 아니니 좋을 대로 놔두기로 했습니다.

"내일 아침 눈뜨면서부터는 그렇게 할게요. 다 됐어요."

"이렇게까지 안 해도 되는데. 선생님은 온 지 하루 만에 이 집 사람들의 유난에 익숙해졌나봐."

나 같으면 물로 씻고 방치할 사이즈의 찰과상이었으나 박이 상처에 손대려는 걸 아가씨가 거부해서 내 손으로 구급상자가 넘어온 이상 나는 그걸 과도하게 케어해야 할 의무가 있었고, 이 집 사람들의 분위기로 보아 평소 아가씨를 도자기 인형처럼 받들어 모셔야 할 것도 같았습니다. 그리고 무엇보다⋯⋯ 아가씨가 중요한 일을 얼마나 자주 하는지 모르겠지만, 갑자기 그 일을 하게 될 때를 대비하여 어떤 종류의 상처든 빨리 깨끗하게 아무는 편이 좋을 것이었습니다. 피할 수 없는 일이라면 사소한 감염만이라도 막아야지요.

"대표님은요, 폐매야 할 거 같다고 합니다. 조금 전에 전화

온 거 한실장님이었어요."

"그러라지, 하루이틀도 아니고. 그 사람 몸에 자잘하게 상처 많아. 나 만난 뒤로. 그런데 내가 그런 적은 거의 없어. 시킨 적도 없고 암시 비슷한 말도 하지 않아. 자기 혼자 알아서 저러지."

"대표님 취미가 자해인가요."

"아닐걸. 아니 모르겠다. 이게 몇번째인지 안 세어봤는데 아무튼 주기적으로는 아니고 오늘은 실수. 자기도 놀란 거 같더라."

상처 입히는 대상이 아가씨 쪽 아닌 본인임을 감안하더라도 이런 게 연간 행사는 아니라니 그나마 다행이었습니다.

"두번째 만났을 때부턴가 그런 짓을 하더니 한동안 쉬기에, 그때만 일시적인 줄 알았거든. 본격적으로 저렇게 된 건 재작년쯤에, 뭐 좀 일이 있고 나서부터. 원래 나는 오히려 말리는 쪽이었는데, 지금은 옆에서 그 짓을 해도 또 시작이네 생각밖에 안 들고, 그러든지 말든지 난 모르겠으니까 죽고 싶으면 딴 데 가서 하라는 말밖에 안 나오더라고."

"그건 대표님이 문맥 그대로 죽고 싶어한다는 뜻인가요. 아니면 말이 그냥 그렇다는 건가요. 어느 쪽이든 자기 손상을 걸고 협박하는 걸로 보이기는 마찬가지라 그 루틴에 대한 조치가 시급할 것 같지만요."

"본인 내장을 뽑아다 보여줘야 속이 시원하겠냐는 식의 말은 한 적 있어. 심장이었다가 쓸개였나, 간이었나. 어디 붙어 있는 장기든 간에 다 죽어가는 바닷속 용왕도 아니고 내가 그걸 왜 봐야 하는데. 시급한 조치는 뭐…… 이미 한참 전부터 글러먹었고."

"그렇게 해서 대표님이 얻고자 하는 게, 그러니까…… 아까 아가씨가 대표님에게 했던 말이 뭔지 물어봐도 되는 걸까요. 아무래도 거부의 말이었을 것 같다고만 짐작하는데요."

"선생님이 한실장이랑 올라오기 전에 내가 그 사람한테 했던 마지막 말? '때려죽여도 너만은 절대로 안 읽어'였어."

절대로 너랑은 안 자. 죽어도 너하고는 안 해. 그들 사이에 부풀어오르던 공기의 질감으로 보아 그런 쪽이겠다고 막연히 짐작했는데 너만은 읽지 않는다니 그건 조금 의외였습니다. 그의 일기를? 혹은 그의 편지를? 에움길로 둘러갈 것 없이 알 것 같았습니다. 그의 머릿속을. 그 자신을. 그때는 어디까지나 아가씨의 재능을 두고 짐작한 바일 뿐, 보스가 읽히기를 원하는 단 한 명의 독자에게 열람을 거절당한 한 권의 책 같은 사람이라는 생각까지는 안 했답니다.

"오언이 자기 성질 못 이겨서 피를 볼 때는 대부분 내가 그렇게 대답할 때야."

"오늘처럼 과격하게는 아니더라도, 읽어달라고 자주 요구

하나요, 대표님이."

"안 놀라네, 선생님. 읽는다는데."

"이 집 문턱을 제대로 넘기도 전에 처음 와서 본 게 그거였는걸요. 새삼스럽게 놀랄 일 없지요."

"그래도 보통은 한 번에 안 믿지. 오언이 뭐라고 자세하게 말해줬어?"

"딱히 별말 못 들었어요. 저는 아가씨의 말로 들었으면 좋겠네요. 어디까지나 아가씨가 그러고 싶다면. 그게 무엇보다 사실에 가까울 테고."

나는 벽시계가 자정을 가리키는 걸 보고 침대에서 일어났습니다.

"그래도 지금은 이만 쉬는 게 좋겠어요. 내일부터는 말 편하게 할게요."

"기대할게."

아무래도 나는 쌍수와 함께 환영받는다 할 만큼은 아니어도 최소한 아가씨의 방에 손님으로 간주되기는 한 모양이었습니다. 다소 요란한 근무 첫날의 신고식은 이렇게 휘갑을 치게 되었습니다.

'저희도 최선을 다했습니다.'

'하지만 바깥분께서도 규정 미준수 책임이 있고, 사전 소통

도 부정확했고……'

'앞으로의 절차와 관련하여 곧 연락이 갈 거고요……'

'일단 깊은 유감을 표합니다.'

귓가에 울리는 목소리에 놀라 퍼뜩 눈을 떴는데, 몇 가지 자료를 들여다보다 나도 모르게 내 방 암체어에서 까무룩이 잠들었다는 사실을 알았습니다. 남의 집에 짐을 풀어놓자마자 잠이 쏟아질 만큼 넉살 좋은 성격이 아니고 심지어 눈앞에서 그런 일을 보았는데도 긴장의 끈을 놓았던 걸까요. 벽시계를 올려다보니 두시 오 분 전이었고, 잠든 시간은 다해서 십 분도 되지 않는 것 같았습니다. 짧은 시간에 꾼 꿈의 내용은 눈을 뜨기가 무섭게 아스라해졌지만 그 주위에 있던 사람들의 목소리만은 귓가에 한동안 머물렀습니다. 남편이 등장하거나 남편과 관계된 꿈을 꾸지 않게 된 지도 좀 됐는데 환경이 바뀐 영향일까요. 별무소용임을 알면서도 귀살쩍은 마음으로 휴대전화를 열어보았습니다. 이토록 적연寂然한 사원에 들어서기 전, 마지막으로 도착했던 여러 메시지와 광고와 채팅창을 넘겨보았습니다. 시부상 때 마지막으로 위로의 인사를 전해준 남편의 옛 직장 동료 고팀장님, 그래도 명절에는 집에 얼굴 좀 내밀라는 오빠, 아이가 옹알이를 시작했다는 남동생. 오늘만 신상 카테고리 15퍼센트 할인 쿠폰 다운로드, 대출금리 인하, 떼인돈받아드립니다각종불편불능업무대행OK;대행자들.

절창 77

방안을 서성이며 앤티크 목제 가구들의 이음매에서 틱 톡 하고 튀어오르는 나뭇결의 신음을 듣다가 일층으로 내려와 슬리퍼를 벗어놓고 단화로 갈아 신었습니다. 현관문은 웅장해 보이는 모양새와 달리 집안 사람들의 휴식을 방해하지 않겠다 싶을 만큼 부드럽게 열렸지만 소슬바람에 흔들리는 풍경소리만큼은 막을 수 없었습니다. 집을 둘러싸고 우거진 어둠이 열린 문 사이로 포복하여 들어와 바닥을 뒹굴었습니다.

몸을 완전히 내밀어 현관 밖 센서등이 켜졌을 때, 마침 헤드라이트를 번쩍이며 정문으로 들어서는 보스의 세단이 멀찍이 보였습니다. 내가 눈 붙인 사이 이미 돌아왔을 줄 알았는데 이 시간이라니, 대기가 길었거나 치료가 늦어진 모양이었습니다. 이 타이밍에 집주인과 마주치기 어색하다고 안쪽으로 모습을 도로 감추기도 좀 그래서 가만히 있었더니, 의도와 달리 나는 다친 보스의 귀가를 노심초사 기다린 것처럼 되어버렸습니다. 차에서 내려 다가오며 한이 눈을 둥그렇게 떴습니다.

"어이구, 선생님 여기서 뭐하신대요? 걱정 많이 하셨나보다."

"아, 뭐…… 예, 그런 거네요."

걱정이 전혀 없었던 건 또 아닌지라 얼버무리며 건성으로 고개 끄덕이는데, 그 뒤에서 강의 부축을 뿌리치고 걸어오던 보스가 고개를 들었습니다.

"그렇게 호되게 말씀하셔놓고 버선발로 마중나와주셔서 감사합니다."

 비아냥거리는 말이긴 했지만 통증과 피로에 지쳐서 더 열을 올릴 기력이 없는 건지, 약기운에 한숨 푹 자고 일어나 웬만큼 제정신으로 돌아온 듯한 음성이었으므로, 감정의 그을음을 털어내려면 지금이어야만 할 것 같았습니다.

 "아까는 실례했습니다. 하지만 그렇게 안 하면."

 "알아요, 나 위해서 그런 거. 제가 미안합니다. 오신 날에 안 좋은 모습 보여드려서."

 처음 만난 날 인사도 나누기 전에 뒤뜰에서 본 장면이 더 심각했는데 이건 좀 새삼스러운 말이었습니다. 그러고 보니 그날의 충격 이후 웬만한 것을 보아도 나는 기가 질리지 않을 것 같았습니다.

 "지금은 좀, 어떠십니까."

 "진통제 맞아서 괜찮습니다. 선생님도 이만 쉬세요. 다른 건…… 나중에 차차 기회 되면요."

 아마도 자신이 본의 아니게 그런 추태를 보인 이유를 언젠가는 알려줄 수 있을지도 모르지만 확실치는 않다는 뜻이겠는데 그건 내게 중요하지 않았습니다. 이유라는 게 있다면 보스보다는 아가씨한테서 듣는 게 여러모로 진실의 사정거리 안에 들어 있을 터였습니다.

 내가 목례와 함께 뒤로 물러나자 강은 보스를 모시고 먼저 들어갔는데, 한은 깜박 잊었다는 듯 나를 불러세웠습니다.

"선생님은 뭐 어디 산책하실 거예요?"

"아, 밖으로 아예 나갈 건 아니고요. 정원이…… 참, 좋네요."

"어디든 괜찮은데요, 다만 담벼락 가까이 너무 붙지는 마세요. 보안 때문에 여기 주르르 둘러가지고 뭐 좀 복잡한 장치가 있어서요."

"통구이라도 되나요."

"아직 그렇게까지는 기술력과 발전發電 시설이 따라주지 않는데 그것도 한번 고민해볼게요. 좋은 아이디어네요. 일단 현재 버전에서는 어디 하나의 벽이라도 건드리시면 둘레를 따라 센서등 전체가 다 들어와서 정원이 대낮처럼 환해질 겁니다. 경보음은 덤이고요."

어스름 가운데 숲에 다름 아닌 정원을 거닐며 풀이 제 잎마다 이슬을 모으는 부산한 움직임을 구경하고 나뭇잎들의 하품을 듣는 동안 네시쯤 된 것 같습니다. 휴대전화를 들고 넓은 정원 구석구석을 다니며 신호가 잡히는지, 안테나가 여러 줄 뜨는 자리는 어딘지 몇 발자국 단위로 살피며 확인하는 게 애초 목적이었지만, 담벼락에 밀착하지 않는 걸 신경쓰다보니 디디는 발걸음마다 조심스러웠습니다. 정원에는 잔디만 있는 게 아니라 자갈과 돌도 있고 그중에서도 조금 큰 돌에 발부리가 걸려 살짝 헛디뎠습니다. 주워서 들여다보니 전체적으로 둥근 다른 돌들과는 달리, 어디 부딪쳐서 깨진 듯 들쭉날쭉하고 날카로웠습니다. 다칠 뻔했네, 생각하며 나는 그것의 거친 모서리를 만져보았습니다.

시간을 들여 한 바퀴 둘러본 결과, 이 집을 둘러싼 정원의 공기가 카타콤의 통로에 우글거리는 망자들의 영기 아닌 평범한 자연의 생기와 초록빛 냄새를 머금고 있다는 사실은 그나마 안정감을 주었습니다. 전화에 대해서는 마음을 비우다시피 했습니다. 와이파이 탭을 끄고 데이터 모드를 사용하면 될 줄 알았는데 아무래도 한이 뭘 별도로 설정했거나 막아놓았는지, 첩첩산중에서 조난당한 것처럼 브라우저에는 여지없이 흰 화면만 나오더군요. 이래가지고선 휴대전화를 비행 모드로 설정한 거나 다름없었습니다.

집에 들어와서 중앙 층계를 향해 걸어가던 중, 일층 조정실 문이 살짝 열려 있는 게 보였습니다. 다가가보니 빈방에서 모니터 혼자 일하고 있었습니다. 이 조정실의 문앞에 가까이 가면 전화 안테나가 두 줄 정도 더 뜨는 걸 확인했습니다. 그렇다고 곳곳에 카메라도 있는데 조정실 앞 복도를 상주 공간으로 삼을 수는 없지요. 인터넷 신호가 필요할 때는 이 앞을 느린 걸음으로 지나가는 게 최선이지만 허구한 날 근처에서 어슬렁거리는 모습을 한에게 보이고 싶지는 않으니 행동을 조금 더 조심할 필요가 있겠다고 생각하며 고개 돌리려는데, 화면에 펼쳐진 바둑판무늬 가운데 문득 노르스름한 색의 방 하나가 눈에 들어왔습니다. 협탁에 켜진 취침등 빛이었습니다.

천장을 보고 바로 누워서 잠든 보스의 침대 옆으로, 낮은 데서 포복하듯이 꼬물거리는 그림자가 보였습니다. 이 집에서 강아지도 고양이도 본 적 없었으므로 기겁할 뻔했다가 클릭해서 확대해보니, 그건 아가씨가 바닥 카펫에 앉아서 침대 가에 팔꿈치와 머리를 기대고 엎드리는 모습이었습니다.

평화와는 인연이 없는 밤을 통과하고 있었으므로, 나는 그 위안과 결속에 가까운 제스처를 해석하지 않으려 했습니다. 과잉, 모순, 왜곡, 결락, 소요, 파탄, 돌출 등과 같이 인간의 특성을 서술하기에 더없이 적합한 단어들이 내 머릿속을 거닐었습니다.

숨기척에 눈을 떴는지 혼몽간인지, 보스는 누운 채로 손만 들어서 침대에 펼쳐진 아가씨의 머리카락을 가만가만 쓸어내리다가, 문득 생시임을 알아차리고서 놀란 모양으로 상반신을 일으켰습니다. 곧바로 몸을 웅크리고 한동안 그대로 움직이지 않는 걸 보면 자기도 모르게 붕대 감은 쪽 손으로 매트리스를 짚는 바람에 통증이 몰린 듯했습니다. 어깨가 두어 번 크게 찬찬히 오르내렸다가 이윽고 그는 다른 쪽 손을 아가씨의 팔에 살짝 올려놓고 흔들며, 이리 와. 편하게 자. 소리도 들리지 않을뿐더러 어둠침침한 방에서 입모양도 보이지 않는데 그가 뭐라고 말했는지 알 수 있었습니다.

아가씨가 침대로 올라가선 프레임 밖을 보고 모로 누웠습니다. 보스는 이불을 덮어준 뒤 얼마 지나 그 어깨에서 손을 떼곤 아가씨의 등을 바라보고 누웠습니다. 언제까지고 둘 사이의 거리는 꼭 그만큼이라는 듯이.

나는 뒷걸음질로 조정실을 나왔습니다. 뻑뻑한 눈을 감으니 복도에 깔린 어둠이 한층 더 깊어졌으며, 눈꺼풀에 손바닥을 올리고 압박하자 직전까지 모니터에서 송출된 빛의 영향이 더해지면서 눈 안쪽에서 암점과 미광이 뒤섞였습니다. 나의 시신경은 명멸하는 빛의 갈피를 잡지 못했습니다.

이 얘기를 먼저 안 했나봅니다. 보스의 이름, 그러니까 문오언이라고 처음 들었을 때는 Owen이겠거니 했어요. 유학이라도 다녀오면서 영어 이름을 붙였나보다, 혹은 외국에서 태어났나보다. 외국 출장을 나가면 편의상 그렇게 쓰기는 하는 모양인데, 명함을 받아보니 오언은 烏焉이었습니다.

이런 글자 오랜만에 보시나요. 낱말로는 초면이더라도 각각의 낱자 정도는 아실 텐데요. 이 두 글자가 모여서 만든 뜻은 이렇습니다. 서로 모양이 지나치게 비슷한 까닭에 틀리기 쉬운 글자. 조심하지 않으면, 제 목을 가누지 못하는 백일 이전의 아기를 어루만지듯이 들여다보고 살피지 않으면 부지불식간에 잘못 읽거나 잘못 쓰게 되고 마는. 지금이야 우리는 어떤 글자든 이미지든 한번 입력해놓은 걸 얼마든지 수정할 수 있습니다만, 벼루에 먹을 갈아 붓을 쥐고 값비싼 종이에 쓰던 옛날에는 사정이 달랐으니 그런 개념도 필요했겠지요. 잘못 쓰지 않도록, 돌이키지 못하고 귀한 종이를 버리는 일이 없도록, 섬세하게 신중하게 써야 하는 글자.

그런데 한번 쓰고 나면 되돌릴 수 없게 되고 마는 것은, 비단 딜리트도 리부트도 없던 시절에 국한된 이야기만은 아닐 겁니다.

지금도 그런 일은 흔히 있지 않아? 도박이나 주식이나 보증 끝에 가계가 박살나고 부모가 살아는 있는데 어느 쪽도 떠맡지 않으려는 바람에 아이가 시설에서 지내는 일 같은 건. 몇 밤만 자고 데리러 올 테니 곧 다시 만나자고 했지만 그뒤로 감감무소식인 거. 나는 아홉 살에 시설 들어가서 보호 종료 만기를 채우고 나왔어. 에이 무슨, 맘에 들고 안 들고가 어딨어, 그냥 거기서 지내야 한다니까 따랐지.

뭐 딱히, 결정적인 일이 생기기 전까지는 그냥, 보통의 단체 생활 장소에서 있을 법한 일이 자잘하게 있었어. 별거 없어, 아마 선생님이 짐작하는 범주에서 크게 벗어나지 않을 거야. 결핍이 디폴트인데 그 결핍과 눈총과 시련에 감사하는 기도를 아침저녁으로 입에 달고 사는 일상. 그 외에는 지금은 이름도 기억나지 않는 언니 오빠들이 못살게 굴거나, 가끔 누구 하나 잘 걸렸다 싶으면 두들기고 굴린다든지, 쟤가 뭐 몰래 훔쳐먹었다고 고자질하거나, 고자질인지 누명이었는지는 상상에 맡길게. 아니면 어쩌다 두어 달에 한 번씩 목사님이랑 같이 들르는 그, 뭐라고 해야 해, 독지가. 지역 유지 같은, 부동산 부자에 사업체를 굴리는 웬 아저씨가 칭찬과 격려를 빌미로 자꾸 여자애들 터치하거나 뭐 빤히 알잖아, 알면서 모르는 척하고 덮어두고 그런 거. 부자의 기부 없이 공적 예산 지원만으로 시설 유지가 된다는 건 머릿속 꽃밭에 자빠지고 뭉개는 소리니까. 딱한 아이들에게 시혜를 베풀어 천국행 프리 패스를 산다는 부자들의 자긍심에 의존하지 않으면 굴러가기 힘든 시설들이 있어. 내세를 믿지 않는 부자들이라면 그냥, 지역사회에서 내가 낸데 하고 행세하는 걸로 어깨에 힘 좀 주다가 자리 하나 차지하고 싶어서 기부하는 경우도 있고. 그런 너절한 일들에 차츰 익숙해졌는데 나는 그 적응력이 싫었어. 응전하는 힘 같은 거, 그럴 에너지도 의지도 없었으니 적응이라고 말하기도 좀 그렇고, 방구석의 만성화된 숨죽임과 식탁 아래의 웅크림에 불과했지. 그러다 이런 일상이 이어지는 것 자체를 견딜 수 없다는 쪽으로 화살을 돌렸어. 매일 같은 시간에 일어나서 오늘도 정직하게 성실하게 감사하는 마음으로 하루를 살겠다는 기도를 한다든지—취침 전에는 오늘 하루 딱히 잘못한 게 없더라도 뭔지 모를 용서를 구하는 참회와 반성의 기도로 마쳤지—모두와 똑같은 체조, 같은 식사, 같은 인사, 함께 수행하는 프로그램, 그러니까 속속들이 서로 다른 사람들에게 천편일률로 적용해야만 시스템이 그럭저럭 작동하는, 동일한 규칙에 대한 환멸과 탈출에의 욕망이 유년기를 버티게 하는 원동력이었어.

내가 태어날 때부터 이런 걸 갖고 있었는지, 아니면 어느 날 갑자기 생겨났는지 정확한 시기와 출처는 몰라. 언제 시작된 증상인지는 확실치 않지만 뭔가 이상한 느낌이 들 때가 종종 있긴 했어. 예를 들면 초등학교 교실에서 누가 장난치다 넘어졌는데 책상 모서리나 마감이 거친 의자의 연결 부위에 얼굴을 찧었단 말이지. 마침 옆에 있던 내가 그 친구를 보건실로 데려갔는데 보건 선생님은 잠깐 자리를 비우셨고 피는 계속 흐르는 거야. 둘러보면서 휴지라도 찾아야 하는데 급한 마음에 나도 모르게 출혈을 막아보겠다는 것처럼 상처를 손바닥으로 꾹 덮어버렸겠지. 그때 무언가 머릿속에, 피어난 거야. 흘러들어왔다고 해야 할지 반대로 펼쳐졌다고 해야 할지 혹은 깨어났다고 하면 좋을지, 그 어떤 수렴과 확산의 동사도 꼭 들어맞는 게 없는 감각을 뭐라고 일러야 할지 모르겠으니 일단 피어났다고 할게. 꽃이 아니니 피어났다기엔 부적절한가. 그렇다고 불도 아니니 지펴졌다고 하기에도 좀 그런가. 터졌다는 쪽에 가까우려나. 어느 쪽이든 간에 그것은 보통의 세상에서 수긍하지 않는 방식으로 내게 온 거야.

 아프다 피 난다 무섭다 엄마한테 혼나겠다 같은 구체적이고 선명한 단어나 문장이 한숨에 섞여 공기 중에 응결된 것 같기도 했고, 서로 맥락이 닿지 않는 이미지들이 팽창하면서 이 세상에 더는 존재하지 않는 종교의 복음을 전하는 느낌도 들었어. 소리와 냄새를 포집하는 세포들이 들고일어나는 느낌, 맞닿은 상대의 과거인지 상상인지 모를 것들이 무작위로 상처를 통해 내 온 감각기관을 빌려다가 자기 존재를 시위하는. 아주 찰나에 한했고, 그중 소리 감각이 도드라졌던 것 같으니 나는 그저 현실에 존재하는 그 친구가 울어젖히는 육성인 줄 알고 지나쳤겠지. 보건 선생님도 곧 들어오는 바람에 뭘 더 만지작거리고 확인하고 그럴 틈이 없었어. 즉 이상한 일이 내 몸에 일어났다는 걸 혹은 진작부터 존재했다는 걸 알아차리기에는 시간이 부족했던 거야.

 그뒤로는? 당연히 그럴 기회가 없었지. 상식적으로 생각해봐도, 의료계 종사자가 아닌 사람한테 자기 상처를 만지도록 허락하는 사람은 보통 없잖아, 출혈을 동반하고 있다면 더욱. 그렇다고 해서 잠깐 느꼈을 뿐인 낯선 감각의 실체를 확인하기 위해 다른 사람을 찌르거나 때릴 것도 아니잖아. 이렇게, 봐봐, 내가 선생님 손을 잡아도 얼굴을 만져도, 선생님의 손이 따뜻하고 표정은 건조하다는 것 외에 나는 선생님을 읽을 수 없어. 실은 선생님이 날 보고 이 미친년은 무슨 잠꼬대를 하는 거야, 머릿속으로 투덜대고 있다 한들 나는 모르는 거야. 그러니 누군가를 읽는 유일한 통로가 그의 피부도 소지품도 아닌 상처라는 것을 마침내 깨닫게 되기까지는 더 오랜 시간이 걸릴 수밖에 없었지. 매개가 상처라니, 그 어린 나이에 그 한 번의 일로 어떻게 상상이나 하겠냐고. 매개의 유무와 무관하게 누군가를 읽는다는 게 현실에서 보편적인 일은 아니니까.

그래서 순간에 불과했던 자잘한 경험들은 잊어버리고 지냈고, 이후 다른 문제가 생기지 않았다면 아마 내게 무슨 불필요한 달란트가 있는지 쭉 모르는 채로 지내다가 그런 쪽으로 더는 발달하지 않았을 수도 있었으리라는 부질없는 상상을, 지금도 간혹 하곤 해.

그날 서울에서 뭔가 행사가 있었어. 나는 고2였고, 중학생 남자애랑 초등 저학년 여자애랑 이렇게 셋이 별도로 차출됐지. 행사장까지는 버스 대절로 원에 살던 모두가 함께 가긴 했는데, 특별히 앞에 내세워서 인사시킬 아이들 세 명을 뽑은 거야. 중등생은 학업 우수자, 나도 명분은 같았는데 실은 내가 그 무렵 최장기간을 원에서 보낸 최고참이 되어 있어서 일종의 특전 차원으로. 솔직히 장학금 명목으로 나온 격려금은 반가웠지만 앞에 나서는 건 귀찮았어. 초등생은 품행 방정 모범생이면서 어른들 앞에 세워놓고 인사를 시키기에 더할 나위 없이 적합한 인형 내지 액세서리 취급을 받았어. 나머지 아이들은 다른 홀에서 식사하고 부원장님이 서울 구경을 시켜주기로 되어 있었어. 행사장 입구에 뭐라고 적혀 있었는지는 기억 안 나는데 대충 그런 거였어, 각종 기업체 사장님들이 정장과 드레스 차림으로 모인 자선 파티 같은 거. 블루 바탕에 금빛 펄 드레스를 입은 연주자들이 피아노와 바이올린의 선율을 들려주고, 기업 관계자들은 흐뭇한 미소를 지으며 그걸 바라보다가 얼마짜린지 모를 와인이 담긴 잔을 부딪치고 기울이고, 지난 한 해 장학금 지원 등 각종 혜택을 받은 여러 기관의 아이들이 나와서 감사 편지를 읽거나 노래를 부르는 걸 구경하고 들으면서 격려해주는 그런 쇼 말이야. 애들이 있잖아, 인터넷 서핑하다가 가끔 유명 연예인이 어느 기관에 몇억을 쾌척했다는 기사를 보면 습관적으로들 말해. 와, 그 돈 나나 주지. 진짜 좋은 데다 잘 쓸 텐데. '좋은 데'도 '잘 쓰는' 것도 뭔지 생각 안 하고 입말로들 그렇게 말해. 나도 호화로운 연회장을 보면서 그 비슷한 생각을 했어. 이런 파티에 저런 값비싸 보이는 술과 음식을 대고 연주자를 초청할 돈이 있다면 차라리 각 단체에 지원금이나 더 올려주지. 그들 입장에선 아낌없이 지원을 해준다고 하는 거겠지만 아이들이 살아 있고 자라나는 이상 여기는 밑 빠진 독과 마찬가지인데. 기업들이 세상에다 대고 있는 대로 티를 내는 행사를 통해 자기네 위신도 세우고—대충 우리 이런 거 했다, 사회적 책무를 다했으니 세금 좀 덜 때리고 건들지 좀 마라—홍보 효과를 얻기 위함이라는 걸 알면서도, 기업체의 속사정이 나 같은 사람과는 하등 상관없으니까 마음속으로 투덜거렸어.

누가 들어도 이름을 아는 유명 업체나 대기업들이 모인 자리는 아니었고 중견기업들 중심이었던 것 같아. 차례대로 내빈 소개 시간에 영혼 없이 박수를 보내면서 들었을 때 대표이사가 직접 온 경우는 적었고 대부분 그 대리인들이 온 걸 보면, 기업 입장에서 이 파티의 중요도가 어느 정도인지를 짐작할 수 있었지. 그래도 우리 원 말고도 각지 시설 서너 곳에서 더 왔고, 아이들은 남들이 선심 써준 돈으로 밥 잘 얻어먹고 놀이기구도 타는 일정이었으니 그럭저럭 괜찮은 하루가 됐을 거야. 우리 셋도 여러 곳에서 베풀어주신 은혜에 힘입어 공부 열심히 해서 훌륭한 사람 되겠다고 감사 인사를 발표한 다음 원장님과 별도의 테이블에 둘러앉아 졸린 클래식 연주를 들으며 애피타이저를 먹었어. 중등생은 다른 사람들 눈에 자기가 어떻게 보이는지에 대해 한창 예민할 나이라 그런지 표정이 좀 안 좋았는데, 정작 배가 아프다고 화장실에 다녀온다며 나간 쪽은 초등생이었어.

  곧바로 일어나 그 아이를 따라갔어야 하는데, 내 앞에만 스테이크 접시가 늦게 나오는 바람에 그거 한 점이라도 먹고 싶어서 기다렸어. 마침내 내 몫의 스테이크가 나오자 나는 옆 테이블의 고매하신 분들이 눈살을 찌푸리든 말든 식기 부딪치는 소리를 내가며 빠르게 한 점 썰어서 크게 한입 물고, 다녀오는 동안 남은 고기가 식을 것이 아깝다는 생각과 함께 씹어 삼킨 다음 일어나서, 낯선 데라 아이가 돌아오는 길을 착각할지 모르니 살펴보고 오겠다고 원장님한테 말했어. 우리 모두 서울은 처음이기도 하거니와—버스 대절로 온 팀이 몇 있었지만 우리만큼 먼 지방에서 온 원은 없었어—행사장은 크고 구조가 복잡한 호텔이었거든. 입구도 여러 개에 곳곳마다 층계가 있고 통로로 이어진 서관 동관 본관 이런 식.

요즘은 어떤지 모르겠는데 그 무렵 우리 원의 규칙으론 최소 중학교 들어가고 나서부터 휴대전화를 가질 수 있었어. 초등생에게는 아직 없었지. 안내 데스크에 묻고 시키는 대로 코너를 몇 번 돌았는데도 화장실을 찾지 못했을 지경이 되어서야 비로소, 그놈의 미디엄 웰던 고기가 뭐라고 바로 쫓아 나오지 않았나 하는 후회가 양 손바닥에 땀방울과 함께 차오르기 시작했어. 이렇게 비슷하면서도 조금씩 다른 특징을 가진 구조물 사이에서 어쩌면 초등생은 방향감각을 잃고 서관 쪽으로 넘어갔다가 조난당한 게 아닐까. 간신히 찾은 화장실 칸은 모두 '사용중' 불빛이 떠 있었고, 큰 소리로 초등생의 이름을 불렀는데도 대답은 들려오지 않았어. 칸이 다 차서 다른 데로 갔나 하고 이층으로 뛰어가보니 거기는 사람이 거의 없어서 아래층과는 다른 세상 같았고, 갑작스레 복도를 가득 채운 적막감에 섬뜩한 느낌마저 들었지만 나 같아도 일층보다는 한산한 데로 갔겠지 싶더라. 그런데 코너를 돌았을 때 어떤 초로에 가까운 남자가 여자 화장실 입구로 통하는 진입로에서 욕지거리를 하는 걸 보았고, 내가 그리로 다가가자 남자는 사뭇 목소리를 바꾸며 눈앞에 없는 대상을 향해 말하는 듯했어.

"얘, 얼른 이리 나와! 자꾸 말 안 들으면 혼난다? 경찰 아저씨가 이놈 하고 잡아가요."

나를 돌아보고 그자는 쑥스럽다는 듯 웃으며 내가 묻지도 않았는데 이렇게 말했어.

"아, 우리 손녀가 저 안에서 한참을 안 나오네. 얼른 가야 하는데."

"아, 그러신가요. 제가 들어가서 불러볼까요? 손녀분 이름이 뭔데요."

"어, 그냥 애기야, 하면 되는데."

흉흉한 세상에 타인에게 손녀 이름을 알려주지 않는 건 충분히 있을 수 있는 일이라 생각할 때 그자가 슬그머니 등뒤로 손을 감추는 모습이 눈에 띄었는데, 내가 잘못 본 게 아니라면 그 오른손에서는 피가 흐르고 있었지. 넥타이는 흐트러진데다 드레스셔츠의 단추도 두 개는 풀어지고 하나는 잘못 끼워져 있었기 때문에, 그에게서 술냄새가 나지 않았더라도 나는 뭔가 이상하다는 생각이 안 들 수 없었을 거야.

"세상에, 할아버지, 크게 다치셨네요."

"어, 아유, 뭐 별거 아니고 우리 손녀가 좀 괄괄해서."

"피가 많이 나는데요. 이거라도 쓰세요."

나는 그때까지만 해도 별다른 의도나 확신은 없이 교복 재킷 주머니에서 손수건을 꺼냈고, 그자는 난처해하는 얼굴을 하며 일단 손수건 정도는 받아두는 편이 나를 눈앞에서 빨리 치워버릴 수 있겠다 싶었는지 손을 마주 내밀었어. 있는 힘껏 물어뜯긴 듯한 상처에서 울컥거리며 듣는 피를 보면서 내가 손수건 쥔 손을 뻗은 것과, 코너 안쪽의 여자화장실 어딘가에서 초등생의 목소리가 들려온 것은 거의 동시의 일이었어.

"언니! 언니야? 나 좀 도와줘."

그 목소리가 들리자마자 나는 손끝에서 손수건을 떨궈버리고 그자의 오른쪽 손목을 붙들었어.

상처가 손바닥에 닿는 순간, 편집을 거치지 않은 이미지와 소음이 쏟아져들어왔어. 분명 눈을 뜨고 있는데 눈앞에 그자의 얼굴만이 아닌 다른 이미지가 깨어진 유리 조각들처럼 군데군데 삽입됐어. 누군가가 앞서 걷던 초등생에게로 빠르게 거리를 좁히더니 머리를 손가락으로 콕콕 찌르고, 돌아보는 초등생의 의아하다는 듯한 표정이…… 아니 잠깐, 초등생은 지금 여기 있지 않고 코너 안쪽에서 목소리만 들려왔을 뿐인데 나 무슨 환각을 본 거지, 손은 누구 거지. 그것이 그자의 시각 결과물 가운데 일부인 것 같다는 판단을 하기도 전에, 이 자리에 존재해서는 안 되는 소리의 마디마디가 고막을 흔들었어. 저리 가세요 하지 마세요 따라오지 마세요. 분명 초등생의 목소리인 것 같은데 이 시간 이 현장에 있지 않은, 이미 발생하고 공기 중에 흩어진 지 오래일 것으로 짐작되는 소리의 파편이 이미지와 뒤섞이고, 그 혼합이 머릿속인지 눈앞인지 기관의 위치를 특정할 수 없는 어딘가에 무질서한 질서를 만들어냈어. 소리로 이미지로 냄새로 촉감으로 한꺼번에 쏟아져들어온 것이 음절을 단어를 문장을 구문을, 그것들을 엮은 사태에 불완전하나마 완결성을 부여했어. 한순간 스트레스로 블랙아웃이 된 줄로만 알았다가, 이 감각이 완전히 낯선 게 아니라 언젠가 어린 날 한 번쯤 감지해본 바로 그것이며 그때보다 스케일이 더욱 커졌음을 알아차렸지. 나는 눈을 감았다 떠보았어. 눈앞에는 당황스러움을 분노로 어떻게든 덮어보려는 그자의 얼굴만이 보였어. 그런데 다시 한번 눈을 감았다 떠보니 조금 전 본 장면들이 더욱 선명해지고, 지금 그자가 떠올리고 있을 게 분명한 생각까지 끼어들었는데, 이를테면 나는 손이 멀쩡하며 통증을 수반하지 않는데도 어린애의 치아에 손이 물어뜯기는 감각을 알 수 있었어. 아니 이 아가씨가 왜 이래 아파 아프다고 이거 놓지 못해! 그자의 비명이 내 몸 바깥에서가 아니라 머릿속 어딘가에서 뇌우처럼 울리는 것을 들었을 때, 내가 그자의 손목을 붙든 것과 그자의 입에서 터져나온 비명 사이에 시간이라고 할 만한 게 거의 흐르지 않았음을 알았어.

다친 쪽 손이라 힘이 덜 들어가서 쉽게 떨쳐내지 못하는 모양이지만, 어쨌든 체구도 완력도 불리한 나는 두 손을 다 써서 그자의 손목을 붙잡고 두 배의 압력으로 상처를 눌렀어. 망양체의 다발이 얽히고 신경섬유의 축삭돌기들이 부풀어올라 나를 찢어놓기 일보 직전임에도 기묘한 고양감마저 들었는데, 그건 지옥의 하수도를 막 빠져나온 콜타르에 뛰어들어 오물 범벅이 되는 것 같은 욕지기를 동반했어. 남들과 다른 뭔가가 내 몸에 있다는 사실을 확인하기에 앞서, 사람의 생각이란 대체로 주술 구조 정연한 문장으로 이루어져 있지 않다는 걸 알게 됐지. 그자가 '오늘은 글렀다, 저 아이는 내 말을 듣지 않는다, 마침 재수에 옴 붙게도 이 학생은 저 아이의 일행인가보다, 얼른 도망가야지.' 이렇게 명료하게 머릿속으로 발음을 해가며 완결된 문장을 떠올렸을까? 문장 단위로 속으로 중얼거리는 건, 내 경우 책을 눈으로 따라 읽거나 지시 사항 혹은 노랫말이나 시 구절 같은 걸 의식적으로 새기려고 할 때 보통 그러는데. 수사적 목적이 명확할 때나, 가끔은 문학적 이유에서 말이야. 외국어 공부를 열심히 하는 사람이 꿈도 외국어로 꾼다는 것과 같은 특수한 케이스 말고, 우리 일상생활의 수준에서 선생님은 평소 낭패스러운 상황과 맞닥뜨리면 그것에 대해 자기 마음을 온전한 한 줄의 문장으로 갖추어가며 생각하는 타입이야? 아 이거 일이 틀어졌다 큰일났다 망했다, 이렇게 짧게라도 자기 목소리 그대로 한 음절 한 음절 새기면서 마음속으로 외치냐고. 그런 언어를 일일이 동원하지 않더라도 망한 건 그냥 망했음을, 왜 망했는지 망함을 유발한 사태와 인물과 근거를, 때로는 그 망한 상태와 감정을 어떻게 모면하면 좋을지까지, 그것이 닥쳐온 순간 섬광처럼 파악하고 판단할 수 있잖아. 그런 분석과 느낌은 진술 가능한 언어의 지배력 너머에, 시계가 표시하는 눈금과 무관한 서사 구조 바깥에 존재하곤 해. 그건 들이닥치고 덤벼들어서 어떤 문장을 의식적으로 완성할 틈을 주지 않아. 한편 망했다는 간단한 한마디 생각조차도, 그 자리에서 썰어놓은 무처럼 종료되지 않아. 망했다 다음에 바로 다른 생각으로 개운하게 넘어가고 파트 투, 그런 순차적 논리적 흐름은 입 밖으로 말로 구현될 때 가능한 질서일 거고, 실제로 인간의 뇌 속에서 이루어지는 일은 모든 이상한 것이 한꺼번에 노크도 없이 쳐들어와서 머릿속을 교반기 돌아가듯이 휘저어놓는 방식일 거야. 그자의 내부에 그득했던 오물 반죽이 뇌리에 퍼부어져 들러붙었을 때, 나는 여러 복잡한 숫자와 기호와 때로는 고해상도의 그림을 넣어도 나노초 단위로 결과물이 나오는 기계처럼 선명하게 인지하고 분석할 수 있었어. 오물 가운데 쓸 만한 사고의 알갱이만 내가 따로 골라내어 나름대로의 체계적인 정리 과정을 거친 게 아니라, 그자의 머릿속 오물이 어떤 여과나 가공도 없이 고속도로를 탄 것처럼 상처를 통해 전달됐는데도 사태에 대해 직관적으로 인식한 거야. 찰나에 불과한 사이에 쏟아진 감각과 언어 정보를 압축 변형해서, 이른바 '읽어낸' 거야. 그자의 무언가를. 그것은 감정이기도 하고 사고이기도 하면서, 단순 회상, 상상, 앞으로의 계획, 사람의 머릿속에서 벌어질 수 있는 그 모든 것을 합한 무언가였고, 거기에 나는 명쾌한 이름을 붙이기가 지금도 어려워.

아무튼 그자가 홀로 걸어가는 생면부지의 초등생에게 무엇을 하려 들었는지 이제 웬만큼 파악됐는데, 다행히 아이는 자신이 처한 상황을 곧바로 감지하고서, 더 큰일이 생기기 전에 그의 손을 물어뜯고 곧이어 정강이를 걷어찬 즉시 근처 화장실로 뛰어들어간 거야. 그는 마음만 먹으면 따라 들어갈 수 있었지만, 아이가 들어간 곳에 여성 이용자가 몇 명이나 더 있을지 알 수 없었으니까. 자기가 이토록 사방이 훤하고 구색도 번듯한 호텔의 여성용 화장실에 들어갔다가 누군가의 눈에 띄면 망신을 당하는 사회인이라는 마지노선까지 망각하지는 않았으니까. 그런데 안쪽에서 아무도 나오지 않고 조용해진 다음, 이제 빨리 들어가서 아이를 끌어낼까, 그러나 아이는 칸 안으로 들어가서 문을 잠가버렸겠지, 그렇다면 최소한 입단속이라도 해야 하는데…… 싶을 때 내가 그 자리에 나타난 거야. 전후 사정과 함께 그의 생각까지도 한꺼번에 몰아치는 바람에 무엇까지가 사실이고 어디부터가 희망사항인지 그 경계는 다소 뒤섞였지만, 그는 만일의 경우 지나가던 아이에게 귀엽다 했을 뿐인데 갑자기 아이가 달려들어 물어뜯었다고 둘러댈 생각이었어. 증거도 없겠다, 어린애의 말은 얼마든지 믿지 못하게 할 수 있다, 그보다 이 학생을 단속하는 게 먼저다, 같은 의도가 전해졌어. 그런데 내가 그것을 그자한테서 읽어냈다는 것만으로는 아무런 증거가 되지 않잖아. 사람이 입을 열어 말한다고 해서 모두가 믿어주는 건 아니고 빠짐없이 증언으로 채택되지는 않잖아. 당사자인 초등생이 똑 부러지게 말한다고 해도, 가진 자들은 살점이 떨어져나갈 만큼 외상을 입은 이자의 주장에 힘을 실어주겠지. 지나가던 아이가 예뻐서 칭찬해주고 머리를 쓰다듬어주려는 순간 아이가 과민반응을 보인 거라는 쪽으로 몰고 가겠지. 요즘같이 뭐만 좀 했다 하면 득달같이 들고일어나는 세상에 사장님도 딱히 잘하신 건 없으니 상해를 입은 부분에 대해서만 아이의 보호자와 웬만하면 좋게 좋게 합의하시라고 제안하겠지. 그런 다음 우리를 돌아보며 묻겠지. 너희 둘이 자매니? 너희 부모님 어디 계시니? 같이 왔지? 부모님 모시고 얘기하자. 그래야 순조롭게 끝날 수 있어. 부모님 전화번호 불러볼래? 그놈의 부모님, 부모님, 부모님! 나는 붙든 손목을 비틀면서 나직하게 물었어.

"애기한테 뭐했어? 무슨 짓 했냐고."

그자는 고통에 몸부림치다가 성한 쪽 손으로 내 머리채를 잡아당기며 소리쳤어. 여기! 누가 좀! 이 학생이 미쳤나, 이거 놔! 나는 머리카락이 한줌 뜯어져나가게 내버려두고 그자의 무릎을 걷어차서 바닥에 눕혀버렸어.

"똑바로 말해, 네가 무슨 짓을 하려고 했는지 말하라고! 손녀 같은 소리 하네, 더러운 새끼가."

그때 머리 위로 긴 그림자가 드리워지고, 나는 누군가한테 양어깨가 붙들렸어. 그 바람에 내 손아귀가 느슨해지는 순간을 놓치지 않고 그자는 나를 밀쳐냈지. 나를 붙잡은 사람을 뿌리치기 위해 고개를 막 들었을 때 그쪽 손아귀에 힘이 더 들어가서 나는 꼼짝할 수 없었어. 어, 그게 문오언이었는데, 처음에는 보안요원인가 했지만 귀에 뭔가 꽂은 것도 없는데다 감색이나 검정 아닌 잿빛 글렌체크무늬의 스리피스 정장 차림이어서 그게 아닌 건 바로 알았고, 곧이어 소란을 인지한 진짜 보안요원들이 몇 명 달려와서 초로를 부축해 일으켰어. 바깥에 사람이 많아졌음을 눈치챈 초등생이 비로소 뛰어나와서 내 옆에 바짝 붙어섰을 때, 초로는 피 흘리는 손을 쳐들며 호소했어. 아무 짓도 안 했는데 이거 보라고, 물어뜯긴데다가 때려눕히기까지 했다고. 이 아이들의 부모에게 손해배상을 청구하겠다고. 나는 나대로 누가 들어주든 말든 소리쳤지, 이자가 내 동생한테 나쁜 짓을 하려다 이렇게 됐다, 이 아이는 스스로를 지키려다 그런 거다. '하려고 했다'는 '했다'와 달리 사람의 마음속에 있는 거라서 입증이 불가능하지. 행동으로 일부 튀어나왔더라도—당연히 티가 났겠지, 머릿속 생각뿐이었다면 애가 어찌 미래라도 내다보고 물어뜯었을까—그거 어떻게 증명하는데. 놈은 놈대로, 네가 봤어? 봤냐고! 증거 있어? 내 옆에 붙어선 초등생은 초등생대로 뭔지 알아듣지 못할 소리로 아우성을 치면서, 우리 모두의 소리가 뒤섞여 이층 복도의 높은 천장에 울려퍼지는 바람에 점점 더 이목이 집중되고 사람들이 웅성거리며 모여들기 시작했어. 봤는데, 내가 분명 들여다봤는데…… 그 마음속을 훤히 읽었는데도 증거가 없는 거야. 분한 마음에 증거 없음을 아랑곳 않고 소리치다가 말소리가 점점 말의 최소 구조를 잃고 비명이 되어가는 것을 느낄 수 있었어. 내 몸이 그 정도로 큰 소리를 만들어내지 않으면, 여전히 정맥을 타고 흐르는 것만 같은 그놈의 머릿속 오물을 도저히 정화할 수 없었거든.

그때까지도 나를 끌어당겨 붙잡고 있던 오언이, 놈에게는 들리지 않도록 조용히 귓가에 대고 말했어.

"아래층 행사장 있던 애들 맞지, 무대 인사 하고."

"그래서 뭐 어쩌라고요."

반사적으로 툭 내뱉자마자 나는 다음에 벌어질 일이 예상됐지만 너무 빠르게 풀죽은 티를 내지 않으려 애썼어. 부모가 없거나 설령 있어도 없는 것과 마찬가지인 애들. 암만 쥐어짜대어 탈탈 흔들어도 콧구멍에서 뽑아낼 마늘 한 쪽 갖지 못한 애들. 즉 책임자인 원장님과 부원장님이 끌려나와 고개 숙이며 읍소해야 하는 상황이 됐음을 알았고, 그간의 생활을 돌이켜볼 때 원장님이 내 방패가 되어주리라는 기대는 하기 어려웠지.

대답을 들은 오언은 나를 등뒤로 보내고 앞에 선 다음, 반가움을 최대한 표현할 수 있는 과장된 포즈로 환영하듯이 팔을 벌리며 초로에게로 다가섰어.

"안녕하세요. 일단 이사님은 제가 의무실로 모시겠습니다."

"뭐? 당신 누군데! 내 저것들을 그냥."

그자는 보안요원들을 뿌리치고 허우적대다가 상대의 얼굴을 올려다보고 멈칫했어.

"어, 저기 그러니까…… 그, 막내 자제분이셨나."

"아까는 제대로 인사드리지 못했습니다. 문오언이라고 합니다."

"그래, 그래요. 문상무님. 아깐 그 왜 너무 뒤쪽에 물러나 계셔서."

"아직 배우는 중이라서요. 실례 많았습니다."

그자는 여전히 떨떠름한 표정으로 더는 활개를 치지 않았지만 입은 가만두지 않았어.

"아니 내가 말이지, 이 아가씨들하고 전혀 모르는 사이라니까. 아가씨들이 번갈아가면서 나를, 생사람을 잡아서 이, 이렇게 개새끼마냥 물어뜯어놓고."

"아까 나한테는 손녀 부른다고 거짓말해놓고 저……"

내가 끼어들려는데 오언이 등뒤로 돌린 손을 흔들며 눈치를 주는 바람에 말을 끝맺지는 못했어.

"예, 그래서 드리는 말씀입니다. 우선 함께 가실까요. 상처가 큽니다. 서둘러 조치해야 할 것 같습니다. 가실 거지요."

"아니 그런데 저것들은."

"그것도 가서 말씀 나누시지요. 어디 못 가게 붙들어놓겠습니다."

초로는 못 이기는 척 보안요원 두 사람에게 이끌려 갔고, 오언은 나와 초등생을 돌아보곤 나머지 둘러선 보안요원들에게 각각 지시를 내렸어.

"여기 꼬마는 일층 홀에, 애들 원장님 테이블로 안전하게 데려다주세요. 이쪽 친구는 소회의실로. 저분 먼저 해결하고 그리로 갈게요."

분리되고 난 다음 내게 무슨 일이 생길까 염려하는 눈빛으로, 기특하고 어여쁜 초등생이 내 재킷을 붙들었어.

"싫어, 언니랑 같이 갈 거야. 진짜로 저 할아버지 때문이야. 우리는 잘못 없어. 그렇지, 언니?"

오언은 초등생 앞에 쪼그리고 앉아서 말했어.

"있잖아, 아저씨가 저 할아버지랑 얘기 잘해서 없었던 일로 해줄게. 언니도 돌려보내줄 거야. 조용히 잘 끝내려면 우리 친구가 도와줘야 하는데, 그럴 수 있지?"

"나 어떻게 도와줘?"

"음- 가서 원장 선생님한테 아무 말도 하지 말고, 그냥 노래 들으면서 맛있는 거 먹어. 들어가기 전에 여기 키 큰 여자 선생님 따라가서 얼굴 좀 씻고 가. 너 입가에 피 묻었어."

초등생은 이미 말라붙어서 피가 잘 지워지지 않는 입술을 손등으로 하릴없이 문지른 다음 다시 물었어.

"하지만 언니랑 같이 안 가면, 원장 선생님한테는 뭐라고 해?"

"언니는 말이지, 그건 이 선생님이 대신 말씀드려줄 거니까 넌 신경 안 써도 돼."

옆에 선 여성 보안요원이 그 말을 듣고 고개를 끄덕였어.

텅 빈 회의실이라는 곳에서 홀로 기다리는 동안 나는 벽에 걸린 모던한 무늬의 태피스트리를 감상하거나 소파의 잘 가공된 목재와 가죽 냄새를 맡는 대신 휴대전화를 열고 여러 가지 키워드를 넣어서 검색했어. '폭행 합의금 얼마' '피 묻은 셔츠 세탁비' '미성년자 배상 책임' 뭐 그런 거. 검색하다 막막한 기분이 되어 소파에 등을 깊숙이 기대고 천장을 올려다보는데, 높은 데서 위용을 자랑하는 샹들리에의 투명한 장식마다 알알이 부딪쳐 흩어지는 빛의 조각들이 죄다 금붙이라면 얼마나 좋을까 같은 턱없는 생각을 하다가 잠들어버렸나봐. 그동안 어떻게 얌전히 버텨냈는데, 고작 일 년 남겨두고 이런 문제가 생겼으니 무사히 시설을 떠날 수 있을까 걱정되고, 꿈속에서는 원장님이 나한테 그러는 거야, 합의금을 물어주어야 해서 나한테는 자립지원정착금을 줄 수 없게 됐다고, 다 압류됐을

뿐더러 그걸로도 모자라 내 앞으로 빚더미가 쌓였다고.

그 말에 화들짝 놀라서 몸을 일으켜보니, 맞은편 소파에 오언이 앉아 있더라고.

"어, 죄송해요. 언제부터 계셨어요? 깨우시지."

휴대전화를 열어보니 가죽소파 등받이에 몸을 묻고 이십 분은 족히 잠든 것 같았어.

"세상에 맞다, 원장님!"

그런데 행사는 애초에 끝나고 모두 야간 개장 놀이공원으로 이동하고도 남았을 시간인데도 부재중 전화 내역이 찍혀 있지 않았지.

"원에다가는 잘 말씀드려서 먼저들 보냈으니까 그리 알아요. 설마 그런 소란을 일으켜놓고 놀이동산까지 따라가서 한가하게 자이로드롭이나 탈 생각은 아니었을 테니까."

"잘, 어떻게요? 그보다 그거 완전 내 잘못 아닌데."

"품행 방정하고 성적 우수한 학생만 불러다가 고졸 진로 취업 상담 비슷한 거 해준 다음에 차편 알아봐서 따로 돌려보낸다고 둘러댔으니까 가서 말 맞춰요. 그리고 어느 쪽이 원인 제공을 했든 학생들 잘못 맞습니다."

원장님이라도 그렇게 말했겠지. 우리 시설에도 그런 사람들 다녀간 적 있고, 그럴 때마다 원장님이 어떤 반응을 보이는지를 그 세월 동안 겪어왔는걸. 그 왜 신문이나 뉴스 보면 이런

저런 이슈로 대중 앞에 끌려나온 정치인과 인플루언서들이 자주 쓰는 말 있지, '사실 여부를 떠나' '잘잘못을 떠나'. 원장님의 기조는 그거였어. 아이의 말을 믿고 수용하는 척하면서 본질을 교묘하게 회피하는 방식으로……라고 해야 할까, 이 사회가 어떤 원리로 굴러가는지를 주입하는 방향으로 말이야. 이를테면 아무리 그랬더라도 할아버지 손을 피가 나게 물어뜯은 건 큰 잘못이란다. 사회에 나가서 그런 짓을 하면 상해죄로 잡혀가서 재판을 받고 벌금도 내고 교도소에 갇힌단다. 네 말이 설령 사실이라고 하더라도, 원인을 제공한 사람보다는 겉으로 드러나는 손상을 입힌 사람이 큰 책임을 지게 된단다. 말이야 뭐 틀리지는 않지, 자기 집 정원에 침입한 괴한을 총으로 쏴버려도 정당방위가 성립되는 나라라면 모를까, 여기가.

"그러고 보니 아저씨가 뭐라고 하셨지요. 없었던 일로 해줄게?"

그러나 눈앞의 젊은 남자는 원장님이 아니고 다시 만날 것도 아니니 나는 거기다 대고 화풀이하듯 쏘아붙이다가 점점 그러데이션으로 분노가 치솟아오르더군.

"아까 어린 친구라면 몰라도 그쪽한테 아저씨 소리 들을 나이는 아닌데."

"사과를 받아야 할 쪽이 따로 있는데, 불쌍한 아이들에게 적선이라도 베푸는 것처럼 아무 말도 하지 마라, 조용히 끝내려면 협조해라, 그렇게 말했지요?"

"그거 말인데, 이쪽이 잘 달래드리고 기름칠 좀 해서 다 묻어두기로 했고 그분도 학생이 원한다면, 이따 한번 다시 만나서 오해를 풀고 싶다고 했어요. 너무 어린애한테는, 상처를 낸 장본인이기도 해서 그걸로 다시 얘기 꺼내기가 좀 그렇고 애가 겁먹을 수도 있으니 제외하고. 자리 만들까요."

"아니요! 필요 없어요. 그거 원할 거 같아요? 내가 원하는 건 나쁜 놈 감옥에 처넣는 거고, 오해를 풀어? 꼭 자기가 잘못한 걸 흐리멍덩하게 뭉개려는 놈들이 오해였네 풀고 싶네 개수작을."

"말귀 좀 알아듣는 학생인 줄 알았는데 못쓰겠네. 원장님까지 모셔다가 사자대면할까."

갑자기 오언이 어조를 바꾸고 본색을 드러내어 나는 경직되었고, 원장님에게 알려졌을 때의 후폭풍이 떠올라 입을 다물어버렸어.

"아까 그 이사님은 여기 호텔 거래처 중 하나야. 회사 입장에서 중요도만 따지면 A급은 아니어서 그나마 말로 천냥 빚 갚을 가능성이 있다는 거지. 상대에 따라서는 내 선에서 수습할 수 있는 사이즈가 아니게 돼. 혹시 너희 원이 문 닫기를 바라는 거면 말해. 소원대로 해줄 테니까."

순전히 원장님이 그동안 나를 어떻게 대했는지만 생각하면

원이 문을 닫거나 말거나 알 바냐 싶은데, 어쨌든 그곳은 초등생과 중등생을 비롯한 아이들이 당분간 신세져야 할 곳이라는 걸 곧바로 떠올리지 못할 만큼 바보는 또 아니었지, 내가.

"아, 그러면 아까 그놈한테 가서 엎드려 빌면 되나요? 말씀하시면 그대로 할게요."

"관둬. 그런 태도로 나오는 애를 데리고 가서 만나게 할 순 없지."

"가서는 제대로 할 거예요. 어디까지나 보여드리는 것만. 마음으로는 불가능하고요."

"마음까지는 바라지도 않아. 일단 나는 한쪽 말밖에 못 들었으니까 너랑 꼬마가 무슨 일을 당했는지 말해봐."

"그런다고 결과가 달라지나요?"

"최소한 너에 대한 내 첫인상은 달라질지도 모르지."

이 시간 이후로 다시 만날 일도 없는데 뭐하러 인상을 바꿀 필요가 있나 의아했다가, 받은 장학금을 토해내야 할지도 모른다는 생각도 들고, 훗날 닥치는 대로 취업 준비를 할 텐데…… 싶어서 나는 말하기로 했어. 하지만 마음먹었다고 해서 쉽게 뱉을 수 있는 말이 아니잖아. 현장을 본 게 아니라 그놈의 두서없는 머릿속을 들여다본 거니까.

말해봤자 아무도 믿지 않을 이야기를 시작하려면, 어디부터가 좋을까.

"그놈이 그랬지요? 지나가던 조그만 아이가 예뻐서 머리를 쓰다듬어줬더니 갑자기 애가 미쳐서 손을 물고 화장실로 도망갔다고."

"아니? 이층 복도가 넓어서 헤매던 아이의 부모님을 찾아주려고 다가갔다가 물렸다고 하셨어."

이건 예상 밖이었던 거야. 나와 떨어진 다음 그놈이 생각을 바꾸고 다른 이야기를 지어내리라는 것까지는 생각 못했던 거야. 놈이 실제로 저지른 행위는 따로 있고 그 이외의 이야기는 어차피 모두 거짓말임에 변함없지만 나는 당황해서 중얼거렸어.

"그거 아닌데. 분명히 봤는데."

"보긴 뭘 봐. 너만 알아듣게 꿍얼거리지 말고 똑바로 얘기해."

"첫인상은 그러니까, 힘없는 할아버지를 넘어뜨리고 다그친 폭력배였나요? 이제는 미친년이 되겠네요."

내가 본, 그러니까 총체적으로는 읽었다고 표현할 수 있는 것들에 대해 묘사하려면 나한테 무슨 일이 일어났는지부터 말해야 했어. 능력인지 증상인지 이변인지 하여간 뭔가가 나한테 있다는 걸 알게 된 마당이라 충격, 공포, 전율, 앞으로 어떻게 살아야 하나 같은 걱정, 언제부터 나는 이렇게 됐나, 이게 일시적인 건가 지속적일까, 어디가 아픈 걸까, 어릴 때 뭘 잘못 먹었나, 혹시 엄마 아빠는 나한테 이런 게 있다는 걸 알고

절창 113

서 나를 떠났나, 어쩌면 내가 원래 엄마 아빠의 딸이 아니었던 걸지도 몰라. 아니면 기억하지 못하는 어린 날, 믿거나 말거나 식의 음모론에 단골로 등장하는 외계인에게 납치되어 실험을 당하고 돌아왔을지도, 살아 있는 담쟁이넝쿨에 휘감겨서 망자의 무덤에 끌려들어갔다가 쥐떼한테 내용물은 다 파먹히고 지금 여기 있는 건 내 껍질만 뒤집어쓴 다른 누구일지도 모른다는 생각은 둘째치고, 그자의 상처에 닿는 순간 전후 사정을 다 보아버렸기에 솔직히 그것만으로도 충분히 혼란스럽고, 여기까지 말하고 나니까 정작 중요한 대목은 밝히고 싶지 않아져서 그만두겠다고 했지. 내가 아무리 선명하게 들여다보았다고 한들 사람의 머릿속은 어떤 증거도 될 수 없다고. 생각은 자의로 바꿔버리면 그만이라고. 나한테 일어난 일이면 못 들려줄 것도 없지만 타인의, 그것도 나보다 한참 어린 초등생 아이에게 일어난 불쾌한 일을, 핍진성이라는 명분으로 굳이 디테일을 입혀가면서 서술하고 싶지 않다고. 응, 그래서 선생님께도 그 얘기는 안 하고 싶어. 이해해줬으면 해.

그렇게 이야기를 중단하고서 고개 들어 바라본 오언의 표정이…… 그게 만약 비웃음이라면 이런 의미겠지, 이 아이가 난관을 벗어나보겠다고 헛소리를 해가며 미친 척하는구나. 난처하다는 마음을 담은 미소라면, 진지하게 정신 나간 애한테 잘못 걸렸다고 꺼림칙하게 여기는 표정인가. 그보다는 동정심을 담은 미소일지도. 딱한 아이가 현실도피를 일삼다가 공상과 구분을 못하는 지경에 이르렀구나, 같은 거.

"언제, 왜, 어떻게는 모르지만 하여간 그런 게 너한테 있다는 말이지."

"정확하게는, 있다고 생각해요. 일상에서 자주 겪을 만한 일이 아니라 케이스가 부족해서."

"그걸 준비도 없이 알게 되는 바람에 너 자신부터가 경황이 없었고."

"이를테면 그렇다는 건데, 나에 한해서는 그게 정상참작의 요건이 되지 않을 것은 염두에 두고 있어요. 다만 그 아이는 당사자고, 미쳐서가 아니라 그럴 만해서 그랬다는 걸 이야기하고 싶어서."

"그럼에도 불구하고, 그럴 만했던 정황이 뭔지는 들여다봤지만 말할 수 없다?"

"기가 막힌다고, 더는 못 도와준다고 그래도 할 수 없어요. 원장님 호출하시든지요. 내가 원에서 만기 못 채우고 나오면 그만이니까요. 그런데 원장님께는 부디, 아이는 실수로 그 할아버지를 물었고 저는 그걸 오해해서 덤벼든 거라고 각색해주신다면 깊이깊이 감사드릴게요. 지금 아저씨와 마찬가지로 원장님도 안 믿을 테니까."

"아저씨 아니라고."

"그게 중요해요?"

이때 나는 그의 반응에 어이가 없기도 했고 뭔가 맥이 풀렸다고 해야 하나, 오히려 아무렇지도 않다는 듯 딴말로 되받아주니 좀더 마음이 놓였다고 할 만한 상태였어. 경악스러워하지 않는 표정으로 보아 그가 내 말을 믿지 않는다는 걸 알 수 있었지만 그건 당연하고, 그동안 눈칫밥깨나 먹으면서 살아온 경험을 토대로, 나는 그런 장난 같은 대꾸가 일종의 동정의 신호이며 이 이야기가 최악으로 흘러가지는 않으리라는 걸 예감했어.

"그래서 이제 알게 됐으면, 앞으로 너는 그 재주를 어디다 쓸 생각인데."

"그걸 쓸데가 있을까요. 수능시험장? 도박장이나 강력 사건 현장? 어디가 가능하겠어요. 누구 몸에 손대자마자 쏟아지는 게 아니라 상처가 필요한데요. 뭔가를 해볼 만하다 하기엔, 전제조건을 갖추기가 애초에 힘든걸요. 아니 그런데 우선 내 말을 믿나요?"

"그럼 믿지 말까. 뭐하러 그런 걸 거짓말로 할까. 상상력 풍부한 거 자랑하려고?"

"풍부하다고 할 수 있는지는 모르겠지만 상상력이야말로, 이 상황에 그걸 어디다 쓰겠어요, 돈 나오는 것도 아니고. 하지만 진실이라고 한들 증명할 길도 없으니 상상이라고 생각해도 그만이고요. 아니면 되도 않는 농담으로 치부하든지."

"농담이 얼마나 흥하는지는 말하는 사람의 혓바닥이 아니라 듣는 사람의 귀에 달려 있지."

"농담으로 받아들이겠다는 뜻인가요. 아니면 그 반대인가요."

"셰익스피어를 모르지는 않겠지.「사랑의 헛수고」5막 2장 끝부분에 나오는 대사야."

"그걸 누가 몰라요. 그 제목은 처음 듣지만.「로미오와 줄리엣」만큼 유명한 게 아니면, 예전에 베아트리체가 등장하는 무척 정신 없는 이야기 한 편이 기억나는데요. 서로 미워하고 사랑하고 착각하고 결혼하기로 했다가 약속을 뒤집고 헛소문을 퍼뜨리고 뭐 그런."

뭔가 교양 있게 들리는 듯한 이야기에 지고 싶지 않아서 중학교 도서부에서 활동했던 기억을 떠올리며 중구난방으로 주워섬기는 나를 보고 오언은 웃었어.

"그건「헛소동」이고, 일단 알았어. 이사님하고는 만나지 않고 정리하는 걸로 할게. 큰 문제는 없을 거야."

그러더니 지갑에서 꺼낸 명함을 내 앞의 테이블 유리 위로 밀어놓았지.

"그 명함에 새겨진 직책이 언제까지 유효할지는 모르겠지만, 학교 졸업하고 취업 준비한다든지 그럴 때 잘 안 되거나

절창 117

막히거나 하면 연락해도 괜찮아. 도울 부분이 있을지도 모르니까."

"진로 상담은 핑계인 줄 알았는데요."

"명함이라도 한 장 갖고 가서 보여줘야 사실처럼 들리지. 재미있는 이야기 들려준 보답이야."

"감사합니다."

재미있는 이야기라니 역시 그는 내 말을 믿지 않고 믿는 척 할 생각도 없으며 단지 가진 것 없는 사람에게 순간의 변덕으로 시혜를 베풀어서 보내주는 것임을 알았는데, 원에 통보가 가지 않고 조용히 넘어가기만 한다면 나는 그걸로 그만이었지. 내게는 사실이라도 타인에게는 미친 소리인데, 그런 게 도움이 되는구나, 나중에 마음이 바뀌어서 별일만 안 생기면 좋겠다…… 생각하며 명함에 손을 뻗을 때 그 옆으로 봉투가 하나 올라왔어.

"그리고 이건 다른 의미 전혀 없이 그냥 교통비니까 이상하게 생각하지 말고. 혼자 돌아가려면 필요할 거야."

"감사합니다. 잘 쓸게요."

척 봐도 프리미엄 고속버스에다가 터미널부터 원으로 갈 심야 택시비까지 충당하고 남을 성싶게 도톰한 봉투였지만 그런 걸 내가 왜 거절하겠어. 얼마가 남든 원장님한테는 절대 비밀로 해야지.

"밖에 보안요원이 기다리고 있어. 그쪽이 출구까지 안내할 거야. 그럼 살펴 가."

그래서 이듬해 시설에서의 마지막날까지 무사히 마칠 수 있었고, 그뒤로는 오언을 잊어버렸어. 그의 이름은 네 귀퉁이가 닳은 채, 작은 지갑 안에서 몇 개 되지 않는 동전들과 함께 오래도록 뒹굴었지. 비탈을 따라 굴러온 불운의 바위가 내게로 곤두박질해서, 뽑아내지는 못하고 깔끄럽기만 한 모래 파편이 일상 곳곳에 박혀버린 어느 날에 이르기까지.

보충과 정리가 필요한 몇 가지 사항만 추임새 비슷이 물었을 뿐 나는 대체로 침묵과 응시로 일관했음에도, 아가씨가 나뭇가지 위에 올라앉은 새처럼 선뜻 입을 열고 지저귄 셋 중에 두 가지 이유라고 한다면 말입니다. 하나는 실장들을 비롯해 집에 있는 사람들에게 뭔가를 말한다는 게 부질없다는 거였고요. 다른 하나는 자기 앞을 가로막아준 연장자가, 태어나서 두 번째였다는 겁니다, 제가요. 고작 그만한 이유였습니다. 내가 받은 그 마음을 간직하고 싶습니다. 그래서 거기까지는 차마 말할 수 없는 겁니다. 아가씨가 보호 종료 후에 구체적으로 어떻게 지냈는지를. 아가씨는 그랬어요. 그날 초등생한테 있었던 일의 세부는 말하고 싶지 않고 그럴 필요도 없다고. 인자한 초로의 탈을 쓴 나쁜 기업인은 일종의 계기였을 뿐 본질과는 거리가 있으며 자신의 이야기에서는 핵심 등장인물이 아니라

절창

고 말입니다. 아가씨는 타인에게 벌어진 일의 세목을 이야기하지 않는 대신, 보호 종료 후 자신이 세상에 나와서 겪었던 일들은 지나치게 소상히 들려주었습니다. 그러니 나 또한 아가씨의 룰을 존중할밖에요. 그것은 아가씨의 경험이고, 아가씨만의 이야기이며, 아가씨를 고용한 사람이나 가게를 스쳐간 수많은 손님들과 낡은 원룸의 이웃들은 이 이야기의 주요 등장인물이 아닙니다. 내가 이야기하지 않겠다는 결정으로써, 아가씨의 최소한의 인격을 지킬 수 있기를 바랍니다. 비록 아가씨가 별반 신경쓰지 않더라도, 이것은 나의 결정입니다. 그 시기를 통으로 생략하다니 이야기하는 자로서 무책임하다고 혹여 생각하신다면, 자기가 어디에 촉각을 곤두세우고 있는지 무엇을 중요시하는지 한 번쯤 돌아봤으면 합니다. 오랜 옛날의 전기수 혹은 광대들은 지나가던 사람들을 시장 바닥에 모아놓고 입을 열었을 때 자기가 잘 기억하는 부분, 자신 있게 표현할 수 있는 단락, 드러내고 싶은 사건과 풍경을 골라서 강조하는 한편, 생략하고 싶은 데는 과감하게 건너뛰었습니다. 착한 바보가 상을 받고 못된 공직자가 벌을 받는 뼈대는 그대로 가져가되, 이야기 사이사이에 재판의 과정과 배경에 힘을 주어 늘어뜨려서 올바른 판결이 내려지지 않을지도 모른다는 긴장감을 선사하거나, 이야기의 주제와 그다지 밀접한 관계가 없어 보이는 장면에서 불쑥 산해진미가 올라간 상차림을 요리

접시 하나하나 꼽아가며 자세히 들려주어 듣는 이가 군침을 삼키게 하고, 주인공들이 행복한 혼례를 올렸다는 사실이 중요한 장면에서 그들의 비단옷과 장신구는 얼마나 화려했는지, 자리에는 얼마나 많은 객들이 구름같이 몰려왔으며 연회장과 집은 얼마나 대궐 같았는지를 들려주어 눈앞에 없는 것들로 눈을 즐겁게 하는 겁니다. 전체 줄거리와 맥락과 본질은 유지되는데 디테일은 엄청난 변형이 이루어지고, 그 가운데 심지어 결말까지 바꿔 전하는 사람이 아예 없지 않았겠지요. 그것이 바로 세상에 수많은 이본이 존재하게 된 까닭일 테고요.

그러니 실은 이야기를 이보다도 더 안심되게 전면 재창조 수준으로 각색할 수 있습니다. 가령 고등학교를 졸업한 뒤 아가씨는 안정되고 정직한 일자리를 구하고, 상태는 열악하나 보금자리를 하나 얻어 곰팡이와 룸메이트가 되고, 무뚝뚝한 듯싶지만 은근히 다정한 이웃들과 벗하여 살다가 착실히 돈을 벌어 조금 더 넓은 방으로 이사했거나 그 도시를 떠났다는 이야기로 에두를 수 있습니다. 가능한 한 아가씨를 훼손하지 않는 방식으로, 아가씨의 건강한 생활과 발전을 중심으로, 보편 사회의 인준을 받는 범위 내에서, 이야기를 듣거나 읽는 사람들이 감정적 스트레스를 덜 받는 방향으로 꾸며낼 수 있습니다. 혹은 시설에서 나온 즉시 보스에게 연락을 취하여 맡겨놨다는 듯 당돌하게 일자리를 알아봐달라고 요구함으로써 그 단계를 더욱 압축했노라고, 과감한 생략과 변형의 묘를 발휘하여 신데렐라의 극하위 호환 버전쯤 되는 전체연령가의 이야기로 만들 수도 있습니다. 그러나 저는 그렇게까지 거짓말하는 재주는 아무래도 없군요. 보스를 다시 만나기 전 일 년을 어떻게 살았는지, 그것까지 없었던 일로 치고 넘어가지 못하는 걸 보면 말입니다. 결론으로 건너뛰자면 아가씨는 무사히 자립지원정착금을 수령하긴 했습니다. 그러나 여러 가지 사정이 있어서—저도 결국 사정이 좀 있다는 말을 쓰고야 마는군요—대학교에 가기는 일찌감치 단념했고, 시설과 연계된 회사에 사무 보조직으로 들어갔다가 직속 상사의 지속적인 학대와 모욕으로 두 달 만에 도망나온 뒤, 다른 사무실에서는 몸이라도 무사히 빠져나온 게 다행이라 할 수준의 취업 사기를 당하고, 세번째 들어간 손바닥만한 업체에서는 임금 체불로 가진 돈을 까먹기만 하는 바람에, 지급 요청을 하며 맞서 싸울 머릿수도 부족하고 당장 통장 잔고가 바닥을 드러내니 서둘러 포기 및 퇴사, 원장님에게 취업 도움을 청하자 원장님은 아가씨의 치열하지 못한 태도를 이유로 거절했다고 합니다. 너 그렇게 불성실한 앤 줄 몰랐고 이제 너를 어디다 연결해주기가 참 창피하다고, 면이 서지 않는다면서요. 그나마 사무와 재무 쪽으로는 큰 결함이 없던 시설 연계 회사를 차버리고 나온 게 아무래도 해이함의 증거로 비친 거지요. 지속적인 학대와 모욕의 수

위가 어땠는지 디테일한 사정을 알았다면 원장님도 그리 차갑게는 말씀 못하셨을 테지만, 그걸 말하지 않은 것 또한 아가씨의 선택이니까요. 아마 시일 지나서 형편도 더 어려워지고 주눅이 든 다음에 재차 숙이고 들어갔다면 원장님은 못 이기는 척 다른 일터를 알아봐주기는 했을 테고, 다만 이참에 본때를 보여주어 정신 상태를 한번 단속하려는 의도라는 걸 아가씨도 짐작은 했다고 합니다. 그러나 그 의도대로 되어주고 싶지 않아서 시설과 원장님의 번호를 차단 걸고 삭제한 뒤, 사회통념상 바람직하다고는 인식되지 않는 가게에서 일을 시작했다고 합니다. 가게에서 사정 듣고 특별히 첫 달만 기본급을 선금으로 주겠다고 제안했기 때문이라나요. 이 케이스에서 삭제와 변형 이상으로 지나친 허구를 가미하는 것은 오히려 이야기의 기둥을 쏠아낼 수 있다는 판단하에, 최소한 그 일 년간 겪은 일의 세부를 서술하지 않는 것으로 갈음하겠습니다. 말씀드렸다시피 아가씨가 보스와 재회하고 함께 지냈다는 이야기부터가 중요하며 그 이전에 무슨 참혹한 일을 겪었는지, 그러는 동안 어떤 종류의 폭력에 일상적으로 노출됐는지를 나노 단위로 열거하고 싶지 않다는 것이, 저의 취사선택의 결과입니다. 그러므로 아무리 취업 사기와 임금 체불을 겪었다 한들 아무 식당에든 들어가서 접시라도 닦든지 혹은 거대 플랫폼의 물류센터를 찾아가 포장팀에 들어가면 일당을 받아서 당장의 풀칠은 가능한데도 다른 쪽 돈벌이를 선택했다면 그건 피치 못할 사정이 아닌 게으름과 자기변명일 뿐이라는 세간의 흔한 힐난 같은 건, 생각하고 싶지 않습니다. 그런 도덕적 잣대는 누구도 들이대지 못하고, 신성한 노동의 기준은 내 몫의 판단이 아닙니다.

아까 '무사히 수령'이라고 말씀드렸는데요. 지자체마다 배정 예산이 다를 테고 요즘은 정책도 바뀌었겠지만, 전국의 모든 보호 종료 청년이 무조건적으로 동일 금액의 자립지원정착금을 받을 수 있는 건 아니었습니다. 자립과 관련한 몇 가지 교육과정을 의무 이수해야 하고, 퇴소 시점에 그 청년을 부양할 수 있는 부모가 생존한 경우는 지급 대상 예외가 되기도 했답니다. 생존 부모가 아이 곁을 떠난다는 건 부양 능력을 상실했기 때문인 경우가 대다수지만, 그뒤 재혼 내지 취업 등 경제력 회복 사례도 있으니까요. 그런데 간단하지 않은 자격심사를 거쳐 청년이 받은 자립지원정착금 오백만원이, 생존한 (그러나 소식이 닿지 않는) 부모의 빚 때문에 통장을 스치기만 하고 가압류를 당하는 경우 또한 없지 않았습니다. 지금은 압류 방지 통장으로 보내주거나 여러 가지 방법을 동원할 겁니다만 그때는 안전장치가 지금 같지 않았나봅니다.

아가씨가 살던 지역에는 당시 보증금 오십만원에 다달이 월세를 받는 오래된 원룸들이 좀 있었습니다. 방 상태며 교통과

치안을 포함한 주거환경도 결코 좋다고는 말할 수 없었지만 아가씨는 안정된 일터를 구하기 전까지는 정착금을 아껴야 했어요. 방세 절약을 위해서 비슷한 생활 수준의 룸메이트를 구한다는 지역사회 광고를 둘러보기도 했지만, 그렇게 인연을 맺었다가 그중 누구 하나가 현금 들고 튀었다더라는 선배들의 경험담을 듣기도 했고, 무엇보다 아가씨는 혼자 살아보고 싶었답니다. 무미무취의 규칙과 일과가 일괄 적용된 단체생활 십 년에 물린 나머지 누구에게도 구애받지 않고 온전히 혼자만의 공간을 갖는 사치를 누려보고 싶었답니다. 그러니 끈기 없다고 타박하며 분수 모르는 눈높이와 태도를 문제삼은 원장님의 번호를 지운 것도 이해가 가는 대목이더군요.

이제 아가씨가 동전 지갑에서 네 모서리가 구겨진 보스의 명함을 다시 꺼낼 수밖에 없었던 이유까지 생략하지는 못하겠네요. 아비가 추레한 몰골과 병든 몸으로 뒤늦게 나타난 것 정도는 웬만큼 예상 범위 내의 일이었는데, 그 아비라는 자가 그동안 번 돈을 모두 해먹으리라는 건 생각 못했답니다.

여기서 어느 쪽의 흐름이 마음에 드십니까? 하나는 아비가 자그마한 전 재산을 들고 도망가버려서 이번달 월세는 물론 당장 내일의 쌀값도 없는 아가씨가 두 번의 예외는 없다며 가게 오너한테도 가불을 거절당한 뒤, 유일하게 버리지 않은 명함의 주인에게 문자메시지를 보내어 사정을 털어놓고 다음번

월급날이 도래할 때까지의 생활비를 부탁하는 겁니다. 딱하게 여긴 보스는 우선 올라와서 얼굴이나 보고 구체적인 대책을 논의하는 게 어떻겠느냐는 제안과 함께 서울행 경비만을 송금합니다. 문자메시지만으로는 피싱 사기처럼 보이는데다, 단 한 번 만나 명함만 받았을 뿐 일자리 보장을 받은 적은 없는 애가 얼굴도 안 내밀고 다짜고짜 현금으로 도와달라고만 하면 황당하게 들릴 테니 그럴 만도 하다고 인정한 아가씨는 송금받은 경비로 상경합니다. 그리고 약간의 대화가 오간 끝에 그대로 보스 옆에 눌러앉게 됩니다.

다른 하나는 아비가 돈을 모두 써버린 것을 알게 된 아가씨가—이때 아비는 알코올과 도박 양쪽으로 중독이 깊어 도주할 요령과 기력까지는 충분치 않으며, 보통 그 지경이면 뻔뻔하게 세포 제공자로서의 권리와 보상을 주장하기도 합니다—분노하며 다투다 아비의 머리를 둔기로 치고 만 겁니다. 구급차를 부르면 경찰에 잡혀갈 것이 두려워 그대로 과다 출혈을 방치했고, 법적 절차며 후속 조치와 관련하여 도움을 청할 어른이 달리 없던 아가씨는 황망한 채로 서울 사는 보스에게 전화를 걸고 맙니다. 혹은 죽어가는 아비의 상처에 손을 대어 그 머릿속을 읽어내고, 거기 딸에 대한 한 톨의 미안한 마음조차 묻어 있지 않음을 알게 된 아가씨는 회한도 동정도 죄책감도 없이 아비의 몸이 완전히 식을 때까지 기다린 다음 차가운 몸과 마음으로 보스에게 전화를 겁니다. 예전에 장학금 받았던 사람인데 이제부터 감옥에 가게 될 것 같아서 그전에 감사와 작별 인사를 해두려고요…… 보스는 사람을 시켜서 냄새나는 원룸에서 아가씨를 빼내고, 시신은 성명 불상자로 은밀하게 처리하여 일을 덮어버립니다.

어느 쪽의 이야기가 더 그럴듯하고 그들에게 어울립니까?

아가씨에게 존속 상해치사의 죄를 추가하고 싶지는 않으니 나는 첫번째를 고르고 다음으로 넘어가도록 하겠습니다.

오언이 호텔 상무에서 물러난 뒤 차린 레스토랑이라고 하기에 백 퍼센트 회원제로 예약만 받고 간판도 없는 단독 건물을 막연하게 생각했는데, 의외로 내 또래 애들도 드나드는 캐주얼한 곳……보다는 확실히 업그레이드 버전 같은 느낌이었어. 예를 들면 대학생들이 백일이나 일주년 기념으로 가기는 주머니 사정이 부담스럽고 결혼 초읽기에 들어간 커플이 프러포즈를 하기에 적당한 분위기라는, 느낌이 그랬다는 거지 실은 몰라, 누굴 사귀어본 적도 없고 또래 아이들이 실제로 어떻게들 사는지 내겐 딴 세상 이야기고. 어떤 곳이든 간에 일단 내 모양새로 들어가기는 조금 눈치 보였어. 대표님에게 긴한 부탁을 하러 온 만큼 나는 예전에 여러 회사 면접을 보러 갔을 때 입었던 재킷과 검정 슬랙스 차림으로 갔는데, 터미널 지하상가 폐업 세일 매장에서 상하 합쳐 만오천원에 살 수 있는 그런 거. 당시에는 이렇게 입으면 단정해 보이겠지 하고 산 건데 시간 좀 지나 거울에 비추어보니 후줄근해서, 게다가 되도록 아프거나 가엾게 보여야 한다는 생각에 얼굴만 하얗게 분을 두드렸을 뿐 눈이나 입술 색조는 최소한의 메이크업으로 왔으니 들어가기가 망설여지더라고.

  입구 안쪽 중문 가에서 스태프에게 내 이름을 말했더니 바로 오피스 쪽으로 안내받아서, 다행히 반짝반짝 빛나는 손님들 사이를 민망하게 통과하지는 않아도 되었어. 사무실은 여러 직원과 아르바이트생들이 함께 쓰는 곳이어서 그런지 다소 어수선하고 정리가 안 된 느낌. 최적의 자리를 찾지 못해서 소파 옆에 비켜나 방치된 듯한 어중간한 높이의 테이블에는 직원들이 휴식 시간에 깎아 먹고 남은 듯한 사과와 배가 반투명 전자레인지용 뚜껑으로 어슷하게 덮여 있었어. 쟁반에 쌓인 껍질 무더기 옆에는 과즙이 말라붙은 과도가 놓여 있었지.

  냉장고의 모터 소리 외에도 싱크대에서 한 방울씩 물 떨어지는 소리가 왠지 모르게 신경쓰여 수도를 단단히 잠그고, 소파에 앉아서 삼십 분 남짓 기다렸던 것 같아. 대표는 원래 이리로 출근하는 사람이 아니고 밖에서 일하다 가끔만 들르는 걸 텐데 모든 미팅 중 내 쪽의 중요도가 최하일 것이 분명한 만큼 약속보다 한참 더 기다릴 생각으로 아예 책도 한 권 들고 왔지만, 이번에는 나도 모르게 잠들지 말아야지 같은 결심도 필요 없이 온몸이 긴장 상태여서 글자가 눈에 잘 안 들어왔어.

"오래 기다렸어요? 늦어서 미안."

마침내 사무실 문이 열려서 나는 읽던 책을 소파에 덮어놓고 일어났어. 이 년쯤 지나 처음 보는 건데 바로 엊그제 만난 것처럼 오언이 밝은 미소와 함께 손을 내밀기에 가볍게 악수도 했고, 조금이라도 덜 비굴해 보이려 무의미한 농담 비슷한 것도 던져봤어.

"당연히 잊어버리셨을 줄 알고 기대 안 했는데, 기억해주셔서 감사합니다."

"이름만 듣고는 솔직히 가물가물했어도, 행사 있던 날 복도에서 난동 부린 학생이라고 하면 그걸 어떻게 잊을까. 앉아요. 그런데 점장 녀석이 차도 한잔 안 내왔네. 잠깐 기다려요."

"어, 아니에요, 전혀 목마르지 않아요. 다들 일하시느라 바쁜걸요. 저는 필요 없어요."

반사적으로 그리 말했지만, 실은 직원 가운데 그 누구도 내게 차를 마시겠느냐고 묻지 않은 것이 나를 보고 견적을 낸 결과라는 것쯤 짐작했고, 어쩌면 오언이 지시했을 것도 염두에 두었어. 웬 궁상맞은 애가 하나 그리로 갈 텐데 기다리든 말든 대접 같은 거 할 생각 말고 그냥 내버려둬……

"멀리까지 와놓고 섭섭하게, 볼일만 보고 빨리 가고 싶겠지만 그렇게 쉽게 안 될걸. 혹시 카페인 안 되거나 그래?"

"오히려 대표님이 저 상대하실 시간이 없으실 텐데요. 카페인은 달고 살아요, 커피도 녹차도 다 좋아요."

원하는 것을 얻어내려면 어느 정도 그쪽의 흥이나 변덕을 맞춰줘야 한다는 건 알겠는데, 어디까지 그래도 될지 감이 안 와서 나는 조금 주춤했다가 덧붙였어.

"그리고 저도 일단 오늘 내로 돌아가야 하는 건 맞아요. 하루밖에 휴가를 못 내서요."

"그래, 어느 회사 다니지?"

"그냥 조그마한 개인 사무실 같은 데 임시로요."

"사무실이면 사무실이지 같은 데는 뭔데."

"이름 들어도 모르실 곳. 저 같은 애는 명함도 안 파주는 그런 곳이에요."

"알았으니까 말해봐. 혹시 또 아나. 웬만한 데면 전화해서 휴가 일수 늘려줄 수 있어. 월차가 있고 생휴도 있을 텐데 왜 하루밖에 못 써, 회사가 치사하게. 우리 호텔에 슈피리어룸 걸어놨더니."

"호의는 감사합니다만 그게, 저기, 하루 이상 머물 준비를 아무것도 안 해왔어요. 제가 그만 생각이 짧아서."

본론으로 얼른 진입하고 싶어서 초조하다못해 슬슬 부아가 나기 시작했어. 어쩌면 그는 난감한 사정이 있는 사람을 불러다 놓고 오라가라 똥개훈련이나 시켜서 놀려먹을 셈이었는지도 모른다는 생각에 이어서, 갖은 말로 이야기를 지연시킨 끝에 그가 갑자기 돌변하여, 도와준다는 예의상 코멘트를 이 바보가 진심으로 착각하고 곧이곧대로 상경했다며 조롱하는 모습을 상상해보았어. 설령 그렇게까지 쓰레기는 아니더라도, 내가 필요로 하던 건 얻을 수 없을 것 같다는 예감. 그는 나를 왜 불렀을까. 이제는 더이상 호텔에서 일하지 않고 따라서 너를 도와주기엔 내 코가 석 자다, 보여주려고? 그게 아니면 이렇게 연락 닿은 것도 인연인데 그냥 하루 편안히 놀고 잘 먹고 내려가라?

"조금 실망스럽네."

"예?"

내 구두코와 마주한 그의 구두코 사이 빈 공간에 시선을 두고 있다가 흠칫 놀라 고개 들어보니 오언의 얼굴에는 미소가 감돌고 있었는데, 그 미소는 자칫 쓸쓸함으로 판독될 수 있었지만 실은 사람을 감별하는 의미에 가까웠을 거야. 당연하게도 성품 얘기가 아니라, 동식물의 품종과 혈통을 가늠하는 것과 비슷한.

"사실대로 털어놓으라고 지금 계속 기회를 주고 있는데."

"무슨 말씀이신지."

"너 다니는 데가 회사가 아닌 걸 모를 것 같아?"

그때 머릿속을 점령한 생각의 대부분은 수치심이었던 것 같

아. 차비를 송금하고선 짧은 시간에 이름과 출신 시설 기록만 갖고 잘도 뒷조사를 했구나. 정직하게 살다가 불쌍한 처지가 된 사람인지 혹은 사기치려고 작업 거는 사람인지 알아본 거구나. 사기꾼이 아니라 치면 예전처럼 학업 우수자 같은 명분으로 도와줄 만한 가치가 있는 모범 시민인지, 최소한 남이 물었을 때 곧바로 대답하기 망설여지지 않는 직업을 갖고 살아가는 사람인지를 가늠한 거구나. 그의 거듭된 질문이 나한테 각도기를 들이대는 과정인 걸 모르고 나는 거짓말을 해버렸으니, 이제 사기치러 온 걸로 오해받아도 할말이 없겠더라고.

"실례했습니다."

뭘 어떻게 할 바를 모르겠고 일단 이 자리를 떠나는 게 좋겠다는 생각에 가방을 챙기기 시작했는데 떨리는 손을 뻗다가 헛잡은 책이 바닥으로 떨어지면서 그의 구두코 앞으로 밀려갔고, 내 손 닿기도 전에 오언이 그걸 집어들더니 제목을 읽었어.

"셰익스피어 4대 희극."

"주세요. 반납해야 하는 거라서요."

"바코드 보면 모를까, 도서관 책인 거. 안 뺏어가."

말은 그렇게 하면서 오언은 그걸 펼치곤 목차를 훑어보았어.

"이거 다 읽었어?"

"절반요. 지금 그게 중요한가요?"

"비극보다는 희극이 좋아?"

"뭐든 상관없지 않나요. 어차피 다 거짓말이니까."

"그러면 네가 한 거짓말은 둘 중 무엇을 염두에 둔 거지?"

직전의 학습으로 나는 이번에는 그가 원하는 반응이 무엇인지를 알아차렸어.

"사실대로 말하지 않은 건 죄송합니다. 변명 같지만 이유를 설명해도 될까요?"

"짐작은 하고 별로 안 중요하지만, 좋을 대로."

"제가 무슨 일을 하는지는 이 부탁과 상관없는 줄 알고 굳이 말 안 한 건데, 대표님 입장에선 상관이 있을 수도 있다는 점을 미처 생각 못했어요. 어디 가서 자랑스럽게 말하고 다닐 만한 일은 아니고, 영원히 하려던 일도 아니어서요. 계획이 틀어지는 바람에 원래 예정보다는 좀더 오래 일해야 할 것 같지만요. 이유가 어쨌든 신뢰를 얻지 못한 건 사실이니까, 도움받기로 한 건 없었던 일로 하겠습니다. 왕복 경비는 돌아가서 조금씩 갚을게요."

마지막에는 사람을 뒷조사한 데 대해 따지고 싶긴 했지만, 생각을 말로 다 뱉지 못하고 삼키는 게 을의 현실이지.

"그렇게 혼자 앞서나가라고 하지 않았는데."

"그럼 뭐 어쩌라는 건데요."

나는 이제 얌전한 척하면서 도움받기는 글렀다는 생각에 말을 고르지 않았고 말투도 한결 내 본색에 가까워졌어.

절창

"됐다고요, 안 받는다고요. 뭐 얼마나 더 사람을 비참하게 만들어야 만족할 건데요. 속을 떠본 다음 거짓말하는 게 확인되면 그걸로 망신 주려고 불렀어요?"

"일단 진정 좀 하고, 예전에 들려준 그 이야기 있잖아, 호텔 거기 회의실에서. 그후로 변화가 좀 있었는지 이런저런 상태를 물어보려고 부른 거야."

오언과 연락을 주고받으면서 내가 누군지를 밝힐 때 일부러 호텔에서의 난동에 대해서만 강조 언급하고 그뒤 회의실에서의 대화를 생략한 건, 아무래도 이 년이나 지난 다음 그걸 다시 말하기에는 좀 너무 허황된 이야기 같고 더욱 정신 나간 애처럼 보일까 싶어서였는데, 오언은 잊지 않았더라고.

"제가 의료나 경비, 보육 계통 직업을 가졌다면 혹시 또 몰라도 그사이 누군가의 외상과 접촉할 일이 흔치는 않았어요. 그 일도 이제 와서 다시 추궁하려는가본데 그 부분에 관한 한 떳떳하고요. 그때 분명히 말한 걸로 기억해요. 나는 진지하지만 당신은 거짓으로 간주해도 좋다, 농담으로 치부해도 된다."

"그래서 내가 그때 뭐라고 했는지는 기억하고?"

"농담이 잘 먹히는지 여부는 듣는 사람한테 달렸다, 뭐 그런. 셰익스피어 운운하면서."

"잘 아네. 이 책은 그래서 대출한 건가? 그 작품은 보통 4대 희극에 들어가지 않으니까 여기엔 없었을 텐데. 하지만 뭐 상관없어, 셰익스피어라면 다 좋아하고 4대 희극이란 훗날 유명작 위주로 편의상 묶였을 뿐이지."

"그거야말로 나랑 무슨 상관인데요. 대표님한테 잘 보이겠다고 그 많은 책 가운데 하필이면 그걸 뽑아 온 줄 아세요?"

"아니면 그만이지 왜 성질을 내고 그럴까. 아무튼 그동안 네가 말했던 그것, 상처를 읽었다고 할 만한 일이 전혀 없었나?"

"주정뱅이들 싸우는 거 뜯어말리다가 한두 번 정도. 그게 궁금해서 이제 와서 다시 부른 건가요?"

아까는 조금 긴가민가했는데, 오언의 얼굴에 다시 한번 떠오른 미소는 이번에야말로 뒷골목에서 우연히 입수한 도자기나 유화의 제작 시기며 기법이니 보존 상태에 따른 가치를 포함하여 진품 여부를 감정하는 것처럼 보였어.

"그렇게 사람의 머릿속을 들여다보고 나면 너에게는 무슨 신체적 마이너스가 있지? 인사불성이 된다든지 구토가 쏠린다거나 발작을 일으킨다거나. 이제 그쯤 겪었으면 부작용의 양상 정도는 파악할 때도 된 것 같은데."

"파악이 안 된 걸 보면, 딱히 없는 모양이죠. 평소보다 좀더 피곤하고 잠이 많아지나 싶긴 했는데 피로는 으레 누구나 쌓인 채로 살아가니 잘 모르겠네요. 이런 얘기로 근황이나 풀어보자고 불렀다는 거지요?"

"그럼 우리 이렇게 하지."

그렇게 말하고 나서도 표정에 별다른 변화가 없었기 때문에, 나는 오언이 내가 말릴 틈도 없이 탁자에 있던 과도로 제 손바닥을 그어버렸다는 사실을 한동안 깨닫지 못했어. 그의 살을 가르고 나온 붉은 피 몇 방울이 자기가 돌아야 할 몸속의 벨트컨베이어를 이탈하여 바닥에 떨어질 때까지. 눈앞에서 일어난 일을 이해해보려 애쓰고 그 장면에 합당한 주석을 달아보려는 시도는 모두 수포로 돌아갔고, 나는 가방을 뒤져 손수건을 꺼내긴 했는데 막상 내밀지는 못하고 있었어. 그걸 받아서 지혈할 사람 같으면 애초에 그런 짓을 안 할 테니까. 칼 없어도 병 깨고 컵 깨고 하는 손님들 간혹 있어서 피를 본 게 오랜만은 아니지만 그건 만취 끝에 싸움 나서 그런 거지, 술 한 방울 안 들어간 사람이 자기 손을 베어버리는 일은 보통의 일상에서 잘 생기지 않아. 마주 바라보는 우리의 구두코 사이로 점점이 떨어지는 핏방울에 눈앞이 아득해져서, 그와 앉은 거리를 벌리는 무의미한 시도를 하며 소파의 다른 쪽 끝으로 몸을 움직였어.

"어딜 자꾸 내빼. 이리 와서 내 손에 대봐."

나는 그의 말뜻을 알면서도 고개를 가로저으며 더욱 옆으로 멀찍이 물러나 앉기만 했어.

"그런 다음 네가 나한테서 뭘 읽었는지 말해봐. 그러면 알 수 있겠지."

"어…… 아니, 아니에요, 저 다 장난이고 거짓말이었어요."

눈 깜짝 안 하고 자기 손을 베어버리는 사람이 그다음에 무슨 짓을 할지 짐작되지 않아서 나는 그전까지의 모든 말을 부정함으로써 그냥 내가 허언증이 좀 있는 애가 되어버리고 끝내기로 했어.

"저기, 장난이 지나쳤어요 제가. 잘못했으니까요, 제발 구급차, 밖에 직원분들, 부르게 해주세요. 피 나잖아요."

"오라고. 이리로."

눈썹 한 올 흐트러짐 없이 핏방울이 뚝뚝 듣는 손을 내밀면서 그렇게 말할 때, 나는 그동안 나름대로 지키고 싶었던 한 줌 미만의 고요와 평화가 내 안에서 무너져내리는 소리를 들었어. 가방을 집어들고 도망쳐야 한다고 생각하면서도 발작적으로 쏟아진 눈물에 시야가 흐려지면서 흔들렸어. 소파에서 일어나 한 걸음 내딛기도 전에 발목이 테이블 다리에 걸려 넘어지면서 한쪽 팔로 그의 무릎을 짚는 모양이 되었지.

"괜찮아? 고개 들어봐."

얼굴을 드니 나를 내려다보는 오언의 손이 바로 앞에 있었고, 그가 피 흐르는 쪽 손으로 내 뺨을 쓸어내리면서 눈물을 닦았어. 그러면 뭐하냐고, 눈물 대신 피를 발라놓았는데. 그 손이 얼굴에 닿는 순간, 구태여 손 내밀어 잡지 않더라도 읽을 수 있었지. 참새 모이만큼도 들여다볼 의사가 없었던 그의 머

절창 145

릿속을, 대물렌즈 아래 놓인 세포처럼 관찰할 수 있었지. 뜻하지 않게 어떤 장면을 읽을 때 그것이 상대방의 묵은 기억인지 최근 일화인지, 일종의 예견이나 희망사항 그도 아니면 망상인지 그것들이 조금씩 뒤섞이고 저마다의 간극이 크지 않아서 해석의 여지가 있는 편인데, 오언의 내부에 잠긴 것들은 그전에 경험한 어떤 머릿속보다도 선명한 이미지와 소리를 담고 있었어. 느낌 자체는 옛날에 나쁜 노인에게서 본 더럽고 끈끈한 역청 같은 것과는 거리가 멀었지만 내 숨통을 죄고 나를 불사를 만큼의 크기와 강도를 지녔다는 점에서는 다르지 않았고, 그런 상태에서 무엇이 닦은 거울 들여다보는 듯한 표면적인 소망이며 무엇이 관짝에 부려놓고 못질한 욕망인지, 각각의 농도까지도 감지되었어.

"말해봐."

그래서 이 이상으로 엮이면 큰일날 것 같아서, 한번 침을 삼키고 입을 열어, 떨리는 목소리를 길어올렸어.

"당신은……"

내가 들여다본 것과는 완전히 반대되는 것, 관계조차 없는 것, 비슷해 보이나 실은 그렇지 않음이 분명한 것까지 그 모두를 뒤섞어서 아무렇게나 짜깁고 토해냈지. 상상할 수 있는 최대로 사악하고 불쾌한 허구와 과장을 보태어, 있는 힘껏 악의를 담아, 결론이 뭐가 됐든 그의 입에서 엉터리야 다 틀렸어이 거짓말쟁이 내 앞에서 꺼져, 소리가 나오도록.

"비교적 상식 있는 사회인인 척 굴지만 실은 나를 그저 길가에 굴러다니는 쓰레기 보듯이 하고 있어. 그나마 재미는 좀 있을 줄 알고 불렀는데, 그렇지, 그동안 알고 지내온 세상에서는 구경하기 힘든 하류 인간이니까. 하지만 막상 만나고 보니 재미도 하나 없는 애고, 가진 자의 주위에 빌붙어서 부스러기나 주워먹으려는 벌레 가운데 하나일 뿐이라고. 여비 몇십만 원 정도는 적선한 셈 치자고. 그 와중에 그럴듯하지 않은 일을 하면서 지낸다는 것도 알게 되어서, 비록 직접 지급은 아닌 기금 출연 형태로 분산됐을 뿐이지만 이 년 전 장학금 그거 괜히 줬나, 돈 버렸네. 사회적 탈락자한테. 이제는 닳고 닳은 애한테 몇 푼 쥐여주면 원나잇 정도는 옳다구나 하고 달려들 줄 알았는데 별 거지 같은 게 비싸게도 구네."

오언은 본인의 머릿속 사실 혹은 상상과 크게 다르거나 거의 인연이 없는 이야기를 퍼붓는 걸 들으면서도 내내 일관된 표정으로 눈길을 마주 고정하고 있었는데 그 눈빛은 마치, 그렇게 있는 말 없는 말 지어내면서 스스로를 쓰레기 벌레 거지에 빗대는 거 안 비참하냐고 묻는 것만 같았지.

"계속해봐."

그런데 나는 레퍼토리가 풍부하지 않으니 더는 즉석에서 만들어낼 이미지가 없었어. 사람이 뇌가 깨어 있는 한 사고 작용은 계속되고 상처에 닿아 있는 나는 그걸 따라 읽을 수밖에 없는데, 실제로 읽은 내용과 무관한 걸 지어낼 순발력도 모티프도 부족했던 거야. 그러니 서둘러 이야기를 마무리짓고 두 번 다시 상종할 계기의 싹을 쳐내기 위해, 내가 입에 담을 수 있는 한도 내에서 가장 상스러운 상황을 꾸며냈지.

"이제 이걸 그냥 쫓아 보내나, 아니면 사무실을 걸어잠그고 입을 틀어막은 다음 한번 따먹고 쫓아 보내나."

그 말에 오언은 경악하여 항변하는 대신 웃음을 터뜨리더군.

"여기서? 난데없이? 그건 좀 너무한데."

"어디든 간에 나한테 그게 다를까?"

이야기를 대강 마쳤으니 이제 나를 놓아줄…… 그보다도 떠밀어버릴 때가 된 것 같은데 오언은 오히려 멀쩡한 쪽 손으로도 내 얼굴을 감싸는 거야.

"이쪽 분야로 상상력은 아직 약하네. 하긴 사람이 만들어내는 심상은 어쨌든 본인 경험을 반영하고 변주하게 마련이지."

"당연히 다 틀렸겠지. 거짓말했다니까. 장난이고 농담이라니까."

그 양손에 힘이 거의 들어가지 않았는데도 나는 입술이 잘 움직이지 않았어.

"이제 그만, 이 손 좀. 치워. 신경이라도 다쳤으면 어쩌려고 이렇게."

"그게 걱정돼? 착하네. 그렇게 안 깊어. 그 정도로 바보 아니거든."

"칼로 손을 그은 것부터가 이미 어떻게 된 거지. 보통은 농담의 진위 여부를 가려보겠다고 그런 짓을 하지 않아."

"하는 사람은 해. 공정한 재산권 행사를 위해 각서를 쓴 대로 일 파운드의 살을 베어내야 한다면 역시 실행에 옮겨야겠지."

"결국 살은 못 잘라내잖아. 피를 한 방울도 흘려서는 안 된다는 조건 때문에."

"읽었구나. 하긴 맨 앞에 수록된 게 「베니스의 상인」이지."

"지금 우리는 아무도 각서 같은 거 쓰지 않았고 당신은 피를 흘리고 있잖아. 그냥 내가 농담이 심했다 죄송하다, 그걸로 끝내면 안 되는 거야?"

오언이 얼굴을 놓아주곤 옆에 앉으라는 듯 소파 시트를 두드려서 나는 비로소 바닥에서 몸을 일으킬 수 있었어.

"그런데 이게 진짜로 몰라서 틀렸는지, 일부러 이러는지는 모르겠네. 그러니까…… 거짓말을 하긴 했는데 앞선 얘기랑 지금 얘기 중에서 어느 쪽인지. 어쨌든 그때는 다른 생각 안 들고 상상이든 진짜 체질이든 특이한 친구네 정도로 지나갔다가 이번에는 흥미가 좀 생겨서 불렀다는 것만큼은 부인할 수 없으니, 별 의미도 없는 거 하나 맞히긴 했는데."

나는 마음을 읽을 줄 안다는 게 거짓말이니 당연히 뒤이어나온 이야기도 거짓말일 수밖에 없다는, 처음부터 온전히 정말로 거짓말을 했다고 주장하는 아이러니인지 딜레마인지 뭔지 모를 것의 시궁창에 빠지게 됐어. 그런 수학적 증명이 있잖아, 객관식 문제에 한해서이긴 한데, 모든 문제의 정답을 아는 사람만이 모든 문제를 틀릴 수 있다는. 정답을 전혀 모르는 사람이 시험문제를 죄다 랜덤으로 찍었을 때 전체 오답일 확률은 제로에 가깝다고 말이야. 거짓 중에 두세 마디쯤 진실과 닮은 거라도 섞여 있어야 앞선 진술이 거짓이라는—상처든 접촉이든 실은 마음 따위 조금도 읽지 못하며 아까는 멋대로 만들어낸 이야기를 떠들어댄 데 불과하다는—주장에 신뢰도를 높일 수 있었던 게 아닐까 뒤늦게 후회가 들 때, 오언은 이렇게 결론을 내리는 거야.

"알았어. 그건 차츰 알아보면 되니까, 너는 우리집에 나랑 같이 가는 걸로 해."

"뭐?"

지금까지의 흐름에서 어떻게 그런 결론이 도출되는지 모를 일이라 구체적인 의도를 읽어내고 싶었지만 이때는 그의 상처 입은 손과 닿아 있지 않았어.

"그렇게 알고, 주소지에 있는 건 사람 보내서 정리할게. 퇴직 통보도 대신 해주지."

"무슨 정신 나간 소리를. 나 거짓말한 거 알잖아. 읽는다는 거 순 다 거짓말인 거 알면서 나를 왜."

표현이 다소 역설적인데 진짜 거짓말, 내가 진짜로 한 거짓말은 마음을 읽는다는 게 아니라 그뒤에 이어진 그 마음의 내용이었지. 내가 거짓말했다는 그 말이 거짓말인 셈인데. 이 무슨 크레타 사람은 다 거짓말쟁이라고 외치는 크레타 사람 꼴인지.

"「말괄량이 길들이기」까지는 아직 진도 못 나갔지? 이 책에선 마지막에 실렸으니."

"셰익스피어 얘기라면 이제 그만뒀으면 싶은데."

"그건 말 안 듣는 사람을 말 듣는 쪽으로 바꿔놓는 이야기인데, 나는 거짓말하는 애를 진실만 말하게 할 생각이야."

"그런 상대는 다른 데 가서 찾았으면 좋겠고, 거짓말의 반대가 반드시 진실이라는 법도 없지. 진실은 사실하고는 또 달라."

"그럼 우선은 진실 말고 진심으로 하지."

"진실을 진심으로 대체하기는 더 어렵지 않나."

오언은 내가 조금 전부터 내밀고 있는 딸기무늬 손수건을 보곤 왠지 파안에 가까운 미소를 지을 뿐 받지는 않더라고.

"그건 네가 써."

그러더니 일어나선 싱크대의 수도를 틀고 흐르는 물에 상처를 오래도록 씻어낸 다음 본인 바지 주머니에서 꺼낸 넥타이로 손을 감아 지혈하기 시작했어. 저거 과일 깎은 칼인가본데 저 인간 파상풍에 항체는 있으려나, 생각하며 나도 피와 눈물이 엉긴 얼굴을 손수건으로 문지르다 그만 포기하고 구겨버렸어. 화장은 다 지워지고 번지고 피는 잘 안 닦이고, 얼굴이 어차피 말이 아니었거든.

"네 말 틀리지 않아. 전자는 바깥에 드러나게 되어 있고 후자는 가슴속에 들어 있다는 정도의 차이는 있을지 모르지만, 사실 전자는 자기 감각과 인지라는 분광기를 통과한 해석의 문제에 불과하고, 후자는 가만 놔둬도 변동이 심하니까."

어느 쪽이든 선생님, 지금이라고 그리 다를 바 없지만 그 무렵의 내가, 진실이든 진심이든 딱히 원하는 상태가 아니었어. 진실이든 진심이든 그건 사람의 진정한 삶에 속해 있는 거라고 보통 간주되곤 하잖아. 그런 의미에서 나는 삶을 구태여 살아가기까지 하는 건 바라지 않았고, 삶을 산다는 감각 정도만 남아 있으면 그만이었어. 삶과 비슷한 뉘앙스를 띤 무언가면 그걸로 충분하지, 그게 꼭 삶이어야만 할 필요는 없다고. 사람들이 소셜미디어에 전시하는 허상이 넓게 보면 다 그런 감각에서 비롯한 거 아니야? 그러니 갑작스레 난입해서 내 인생의 디테일을 변형하겠다는 사람의 제안에 반색할 수는 없었어.

"아무리 그래도 이렇게 갑자기는 안 돼. 부잣집 대표님한테는 하찮아 보이더라도 나한테도 집이라는 게 있고 살림이 있어."

"다 버려."

일 초도 사이를 두지 않고 그렇게 말하더라니까. 감정적 가치의 중량을 논하지 않고 가로 세로 높이 사이즈에 따라 기계적으로 발급하는 폐기물 스티커를 붙이듯이. 그런 마인드라면 사람 하나를 내키는 대로 주웠다 버렸다 하는 것쯤 일도 아니겠지. 내가 갖고 있던 휴대전화도, 그거 지금 일하는 데에서 준 거 아니냐고, 자기 보는 앞에서 유심까지 싹 다 버리고 가라는 거야. 뭐 대단한 추억이 저장된 건 아니고 사진 몇 장 있었을 뿐이지만.

"이제부터 내가 주는 옷 입고, 내가 주는 것 먹어. 내가 살라는 데서 살아."

그때까지 만나본 사람이라곤 학교나 시설 이후로 짧게 스쳐 간 직장 상사들 외에 손님들이 전부니까 사람 경험이 풍부하다고 할 수는 없었지만 말이야. 솔직히 두 번 만났는데 의식주를 제공하겠다는 사람을 따라가서 좋을 일이 없을 거라는 예감은 당연하게 들잖아. 그렇게 말하기 전에 본인 몸을 칼로 긋고 시작한 사람이라면 더욱이. 그러나 그때는 불안보다는 나 자신에 대한 분노가 더 컸어. 취업 실패를 거듭하면서 어지간히 데어버리고 나가떨어진 줄 알았는데, 게다가 길지 않은 기간이었지만 가게에서 온갖 이상한 손님들도 만났는데 여태 세상을 몰랐네, 지금껏 정신 못 차리고 스스로 도마 위에 올라왔구나. 뭘 믿고 잘 알지도 못하는 사람에게 도움을 요청했나.

그런데 내가 정말로 순진해서 상대를 제대로 된 사회인이라고만 생각하고 온 건가. 그때까지 오언이 내 비밀을 아는 유일한 사람이어서 안심해버린 건 아닐까. 이렇게 될 줄 예감하고서 내 발로 걸어들어온 게 정말 아닌가, 정원에 잠깐 들렀을 뿐인 숲의 나이팅게일에게 황금 새장을 지어주겠다며 그 발목에 비단 끈을 매어버리는 왕의 궁전으로.

"그게 뭔 줄 알고, 어딘 줄 알고. 볼품없어 보이겠지만 이건 내가 사회생활 처음 시작하려고 돈 주고 산 의미 있는 옷이야. 내가 적어도 나를 놓지 않기 위해 노력한 흔적이야."

"옷은 가는 길에 새로 사 입을 거야. 지금 입은 거적때기는 가서 버려. 최소한 너 살던 데보다는 나을 거라고 보장할 수 있고, 그게 아니더라도 일단 내 눈에 띄었으니까 너는 선택권이 없어."

너의 생각이나 감정은 알 바 아니며 너는 이미 내게 종속되었다는 말. 그러니까 적나라하고도 거칠게 요약하면 말이야, 어차피 언제 어디서든 어떤 형태로든 성적인 착취를 당하기는 기정사실이라고 할 때, 한 사람한테 정해놓고 당할 건지 아니면 날마다 다른 아저씨들한테 돌아가면서 당할 건지 골라보라는 말로 들리기도 했어. 나한테는 그만한 선택지 말고 남은 인생이라는 게 존재하지 않을 것 같단 예감을 어렴풋이 하고는 있었다 한들, 그걸 눈앞에서 타인이 확인 사살을 시켜주는 건 또다른 이야기잖아.

"그리고 나한테 왜냐고 묻지 않더라도 너는 이미 보고 읽었을 테니 그 정도만으로도 짐작 가능한 단서로는 충분하겠지."

"아니, 그러니까 읽는다는 게 거짓말이라고 아까부터 내가 몇 번을……"

"지내면서 한번 보자고. 진짜 거짓말이 어느 쪽인지, 그거 언제까지 할 건지."

그의 말마따나 나는 분명하게 읽었고 알기도 알았지만 그건 어디까지나 그전까지의 감정적인 흐름에 불과했지, 함께 가자는 얘기는 손을 떼어낸 다음 나온 거라서 그것의 결정적인 이유까지 읽었다고 보기는 어려웠어. 게다가 내가 만들어낸 이야기의 영향을 받으면서 그의 뇌리에 중간중간 삽입된 다른 장면들로 인해―사람은 타인의 이야기를 눈앞에서 보고 듣는 동안 자기도 모르게 떠올리곤 하지, 나라면 이랬겠지, 저랬을까, 실제 발생한 일이 아니더라도 순간적으로 자신을 대입하고 상상하며 이미지화하곤 해―몇 가지 포인트만 제외하면 더는 알았다고 하기도 어렵게 됐어. 이미 지나간 장면이니 재확인할 수 없고, 남은 것은 내 감각과 사고뿐이니 결과적으론 상당 부분 오염됐을 테지. 그래서 결국 그때 내가 진짜로 읽은 건 무슨 풍경이었는지, 그의 마음속에 무엇이 들어 있었는지 그건 선생님께도 들려주고 싶지 않아. 육 년이나 지난 지금은 확신이 없기도 하거니와, 그건 앞으로도 나만 알고 싶어. 물론 어디까지나 나한테 앞으로라는 나날이 허락된다는 전제하에.

설령 마음속에 뭐가 들어 있었다고 한들 겉으로 나온 행동이 그런 거였다는 사실에는 변함이 없는데다, 그가 말해준 것처럼 '후자는 변동이 심하'게 마련이니까, 언제라도.

그날 산 옷 말야? 아직 옷장 안에 있고 지금도 맞아. 백화점도 번화가도 아니고 여기까지 누가 찾아오나 싶은 조용한 주택가 근처의 상가 일층에 분위기가 괜찮은 편집숍이 있었어. 오언의 지난 여자들 가운데 누군가가 낸 가게였겠지. 인형 옷 갈아입히는 놀이 같은 거 할까봐 솔직히 걱정됐는데, 그래 맞아, 딱 그거. 아주 히긴스 교수 흉내라도 내려고 들면 어쩌나 했거든? 턱밑까지 단추를 채우는 실크 블라우스와 정강이까지 덮는 펜슬 스커트 같은 거 떠올렸는데 다행히 무난한 맨투맨 티셔츠에 블루종과 청바지며 카고바지 같은 캐주얼 룩이었어. 문제는 나더러 마음에 드는 거 골라보라는 말 없이 자기가 행거에서 턱턱 뽑다가 계산대에 쌓아놓더라고. 심지어 사이즈도 안 묻고 그냥 나를 위아래로 한번 훑어본 다음이었어. 내 돈 내는 게 아니라 가만있었더니, 오너가 조금 몸둘 바를 몰라 하는 것 같은 눈치로 우리를 번갈아 보다가 상하의로 한 장씩 집어서 내게 내밀며 말했어. 대표님도 참, 이렇게 예쁜 여동생한테 둘러보라 한마디도 없이 자기가 다 꺼내버리면 어떻게 해요. 우리 동생, 이거 피팅룸 가서 한번 입어나봐요. 그 말에 오언이 척 보면 모를까 딱인 거, 대꾸하는 걸 뒤로하고 나는 수동적으로 옷을 받아다가 갈아입었어. 이제 자기 나이로 보인다고, 정말 귀여우니까 그건 그대로 입고 가라고 오너는 호들갑스레 추임새를 넣어주면서 쇼핑백에 한아름 옷을 담았어. 오언은 그저 정장을 흉내낸 싸구려 헝겊 쪼가리가 진지하게 꼴 보기 싫었나봐. 심지어 내가 필요하다고도 안 했는데, 복구가 불가능할 정도로 더러워진 원래 물건 대신 넝쿨이 울창한 딸기무늬가 전체 자수로 놓인 손수건까지 새로 샀어.

그렇게 나는 빈 몸으로 끌려오다시피 하고 나서, 이거 있잖아, 실은 이게 내 원래 이름이 아니야. 이름까지 싹 다 갈았어. 일터에서는 가명을 썼고, 일상에서는 딱히 누구든 나 부를 사람 없으니 상관없다고 생각했는데 이렇게 처음 보는 이름으로 신분증이 나왔을 때 비로소 실감이 났어. 나는 이 이름이 마음에 들지 않아. 내가 지었다면 모를까. 아니, 보통 애 이름은 부모가 지어주긴 하지만 오언은 내 부모가 아니잖아. 부모 이상으로 많은 걸 주었는지 아닌지는 논외로 하고. 그러니까 선생님도 되도록 나를 이 이름으로 부르지 말아줬으면 해. 그냥 학생, 이래도 되고. 아예 선생님이 나를 부르는 이름만 따로 지어준대도 환영할게. 어차피 이름이란 몇 개 음절의 조합으로 이루어진, 원한 적 없을뿐더러 때로는 당혹스러울 뿐인 약속의 표기에 불과하니까.

　내 그전 이름? 그거 알아서 뭐하게. 안 알려줘. 아니, 기억에서 지워버렸어. 그거 붙여준 사람들도 지금은 이 세상에 없(는 것 같)고.

보유 장서량이 웬만한 마을 도서관은 저리 가랄 이층 서재에서 아가씨와 나는 한 달에 두 권의 책을 읽고 이야기를 나누었습니다. 한 달에 네 권이어도 좋았겠지만 아가씨는 대학 진학이나 연구 목적이 없는 만큼 그렇게 많은 책을 서둘러 떼어야 할 필요가 없는 사람이었습니다. 지금까지 드린 이야기에서 짐작하셨을 텐데, 한 달에 두 권도 어디까지나 계획이었을 뿐 우리의 페이지는 그보다 더디 넘어갔습니다. 아가씨가 내킬 때 말을 시작하면서 옆길로 새면 나는 기꺼이 책을 덮었습니다. 내가 이 집에 온 목적, 가장 중요한 이유는 아가씨의 말을 귀담아듣는 일과 관련 있을 것이었습니다.

우선 육 년 전 절반 읽다 중단된 작은 페이퍼백 『셰익스피어 4대 희극』은, 보스의 지시를 받은 직원이 가져가서 아가씨가 살던 방을 빼고 일터에 퇴직 통보를 한 뒤 그 지역 시립 도서관에 반납했다고 합니다. 그뒤로 아가씨는 보스의 책장에 꽂힌 파란색 장정의 셰익스피어 전집을 발견했는데 그건 한 권짜리 거대한 양장본이어서 두께며 무게가 두 손으로 받치기도 힘들었답니다. 이건 열람용보다는 소장용인가 싶고, 큰맘 먹고 펼쳐는 봤는데 첫대바기에 나오는 작품이 누구에게든 친숙할 법한 「맥베스」나 「뜻대로 하세요」 같은 게 아니라 여러 명의 리처드와 수많은 헨리가 끝없이 등장하는 사극이었던 바람에 기겁하여 덮어버린 뒤로, 셰익스피어에 더는 손대지 않았다고 합니다. 실은 제 생각에도 영문학 전공자 혹은 역사 마니아의 지적 유희가 아닌 이상 헨리 몇 세 리처드 몇 세부터 도전하게 되기는 쉽지 않을 듯합니다.

아가씨가 히긴스 교수 얘기를 꺼낸 참이니 나는 그전에 참고했던 예닐곱 가지 버전의 인문계 대학생 추천 도서 목록을 치워버리고 버나드 쇼의 『피그말리온』을 먼저 함께 읽었습니다. 두 시간짜리 영화를 볼 틈이 없어서 이십 분 요약 버전 클립이 떠다니고, 이십 분도 길다며 일 분 미만 쇼츠가 대세인 시절에 〈마이 페어 레이디〉든 『피그말리온』이든 온전한 버전으로 접해본 적 없으리라는 예상대로, 아가씨는 예전에 소형차 보닛만한 모자를 쓴 오드리 헵번의 스틸 컷과 영화 줄거리 소개 정도를 스치듯 본 게 전부였습니다. 버나드 쇼가 보여준 『피그말리온』의 결말까지 가는 과정이 아가씨가 읽기엔 괴로울 수도 있었고, 일라이자에게 자기를 대입하는 순간 걷잡을 수 없는 기분에 사로잡힐지 모른다는 생각과 함께, 여러 무대와 영화에서 손질되어 대중에게 익숙한 버전은 히긴스와의 결합을 암시하는 해피 엔딩 근처에서 맴도는 것인 만큼 망설임이 없지는 않았습니다만, 원전 희곡의 후일담 파트가 그걸 상쇄해주었습니다. 아, 당신도 영화만 알고 계셨던 거군요. 원래의 희곡은 이렇답니다. 그녀의 짝은 어깨를 나란히 할 수 있는 프레디인데요, 수완이 좋은 인물은 아니지만 그녀는 최소한 프레디하고는 동등한 위치의 사업적 동지이자 부부관계를 형성하고 있지요. 프레디는 그녀를 업신여기거나 찍어 누르지 않으니까요. 마지막 단락의 문장은 이러합니다. 갈라테이아는 절대로 피그말리온을 좋아하지 않는다, 그리고 그들의 관계는 지나치게 거룩하여 전혀 어울리지 않는다. 어쨌든 그 텍스트에서 읽어내기에 가장 좋은 요소는 그녀가 결국 누구를 사랑하느냐의 문제가 아니라 계급과 빈곤, 교양 있는 상류층의 허위의식이니 말입니다.

"선생님은 조금도 우습지 않아? 나같이 아무것도 안 하고 사는 애가 머리 아픈 책을 읽겠다고 덤비면."

애초에 책을 읽는다는 것은 샛길로 빠져서 미지의 숲을 거닐다 때로는 기꺼이 길을 잃는 일이라—독서교실 논술학원에서는 웬만해선 그러면 안 되는데, 이튿날 학부모의 전화를 받게 되거든요—『피그말리온』에 언급된 어휘와 발음과 교양의 문제에서 점점 벗어나 예전에는 상류 신사 계급이 자신들의 품위 유지와 각종 모임 같은 허례허식을 위해 때로 빚까지 내곤 했다는 에피소드를 들려주고, 지금 화려한 생활을 SNS에 전시하기 위해 물심양면으로 무리하는 사람들과 크게 다르지 않다는 예시를 들 때, 아가씨는 그렇게 물었습니다.

"천만에, 오히려 반갑지. 그보다 안 하긴 뭘 아무것도 안 해, 책을 읽잖아. 지적인 무리는 해도 나쁘지 않다고 생각해. 난 지성에 대해서는 허영이란 말 붙이는 거 찬성하지 않아. 그건 뭔가를 성취하고자 하는 사람의 마음을 위축시켜. 아무튼 어떤 책이든 간에 조금 벅차다 싶으면 사 주 내내 읽어도 되고, 아니면 그만두고 다른 걸로 골라도 돼. 그리고 학교 다닐 때는 공부 잘했다며. 독서 교육도 중요시했을 테지."

"잘한 건 아니고 그냥 요령껏 성적이 나쁘지 않게 나왔을 뿐이야. 나는 그냥 말없이 학교 도서관을 이용하기만 했지 체계적으로 뭔가를 쌓거나 펼치거나 그럴 형편이 아니었어."

"그걸로 됐어. 체계라는 게 사실, 내 입장에선 이런 말을 하는 게 썩 좋지 않지만, 체계가 있고 없고가 지금의 너한테 큰 의미가 있다고는 생각하지 않아."

그리고 나는 디킨스의 한 주인공 이야기를 들려주었습니다.

대장간 노동자의 삶을 살기로 예정되었던 핍이 막대한 유산을 상속받기로 된 뒤 가장 중요했던 일은 신사로서의 교육을 받는 거였는데, 사교클럽에 가입하여 토론을 하고 먹고 마시는 데 돈을 지출하면서 노동하지 않는 삶을 사는 신사를 위한 교육이라는 건, 사실상 규칙적으로 많은 책을 읽는 것과 다름없었다고요. 단지 글자를 해독하는 것, 글자가 모여 이룬 낱말의 부유를 응시하고 낱말이 모여 이룬 문맥을 붙드는 것, 물을 머금은 빨래를 햇빛 아래 널어 말릴 때처럼 의미를 머금고 무거워진 행간을 털어서 밝혀내는 것까지. 그러는 동안 어떤 사람은 의미의 목록을 작성하여 분석하게도 되고, 나아가 그중 누군가는 의미의 무의미함까지 닿게 되기도 한다고요.

"원래 같으면 한 권의 책을 깊이 오랫동안 여러 번 읽는 일의 중요성에 대해 말할 수 있었겠지만, 지금은 아니다 싶을 때 내려놔도 돼. 네가 책 읽기를 좋아해서 내가 온 건데, 싫어지면 안 되잖아. 좋아할 수 있는 걸로 읽는 게 차라리 나아. 읽던 책을 포기하거나 바꾸고 싶을 때 미리 얘기만 해줘. 어차피 자기한테 인연 닿는 책은 언젠가 다시 펼치게 돼."

"그것도 그렇지만 보통은 학교도 안 다니고 진학할 예정도 없는 애가 이렇게 줄기차게 과외를 받는다고 하면 집에 오신 선생님들이 그것부터 궁금해하던걸. 뭐하려고 이렇게 남들 배우는 거 다 배우냐, 나중에 따로 무슨 계획이 있냐. 아마 대놓고 묻지는 않았지만 돈이 썩어나나보다 생각한 분들도 그중엔 있겠지. 심지어 이제는 독서까지. 배워야 독서를 할 수 있다고 생각하는 사람은 그리 많지 않잖아."

고용주의 의도를 의아하다고 여길 수는 있지만 저는 생각이 조금 달랐습니다. 솔직히 고용된 입장에서는 돈 준다는데 뭘 따질 이유가 없기도 하거니와, 그보다 인간에게는 과잉이 필요한 법이니까요. 무언가를 초과하고자 하는 마음, 잉여를 축적하고자 하는 욕망이 인간을 다른 동물과 다르게 만듭니다. 하물며 배움의 과잉은, 무엇을 배우는지가 때로는 관건이겠습니다만 인간에게 시간이 남아 있는 한 아무리 넘쳐도 해로울 것 없다고 생각합니다. 진학을 위해, 승진을 위해, 그 어떤 실용적인 목적만을 위해서라면 배움은 얼마나 아름답지 않은 것이 되겠습니까. 보스가 애호하는 듯싶은 셰익스피어를 빌려오자면 「리어왕」의 2막 4장에는 이런 대사가 있습니다. 필요에 대해서는 이유를 따지지 말라. 아무리 비천한 거지라고 해도 하찮은 물건일지언정 필요 이상을 가지게 마련이며, 자연이 인간에게 필요 이상의 것을 허용치 않는다면 인간의 삶은 짐승의 그것보다도 가치가 없어진다. 그건 두 딸이 아버지 리어왕의 수행 기사의 수를 줄이려고 할 때 리어왕이 분노와 슬픔 그리고 한탄을 드러내는 대사입니다.

"독서 같은 걸 왜 배우나 생각했으면 내가 여기 올 일은 없었겠지? 시험이 아닌 한 그게 쓸모없다고 생각하는 사람들은, 계속 그렇게 생각하라고 내버려두면 돼."

그보다 책을 읽고 음악을 들으며 그림을 보는 행위의 목적 자체가 세상에 만연한 쓸모없는 것들을 있는 그대로 인식하는 데 있다는 이야기는 생략했습니다. 그걸 말하기 시작하면 인간의 살아 있음 자체가 쓸모없다는 데까지 나아가지 않기가 어려우니까요. 독서를 배우는 이유라고 해봤자 별 대단할 거 없이 이 책을 읽고 당최 무엇을 느끼면 좋은지 모르겠다는 케이스를 위해 아주 작고 거의 눈에 띄지 않는 이정표를 제시하는 정도라는 통상적이고 건설적인 대답을 들려줄 수도 있었겠지만, 여기는 그전에 일하던 독서논술교실과는 달랐기에 직업적인 애티튜드를 조금 덜어냈습니다. 말하자면 책을 읽고 반드시 무언가를 느껴야만 하는 것인지, 인간은 바로 그 지점부터 문제삼을 수 있습니다. 그것도 일종의 고정관념과 강박의 소산 아닐까요. 독서교실 문을 닫기 전까지 나를 제일 고통스럽게 했던 것은 수업료 상습 체납과 자잘한 민원보다는, 쾌락이든 교훈이든 특히 각종 시험 대비 측면에서 독서를 통해 필히 영양가로 표시할 수 있는 수준의 효능감을 얻어야 한다는 학생 보호자들의 믿음이었습니다. 그 같은 사고는 무용한 과잉에 대한 나의 가치와 정면으로 충돌했습니다.

"비슷한 맥락으로, 우리말 다 읽고 쓸 줄 알고 문맹자 없는데

학교에 왜 국어 수업 시간이 있나 경시하는 사람들도 있는걸."

"맞네. 나 중학교 때 교실에 그런 애들 많았네. 영단어 외울 시간도 부족한데 국어 왜 있냐고."

"그게 다 효용에 올인하는 관점을 어른들이 주입해서 그래. 어쨌거나 어떤 독서든 무슨 공부든 간에 일정 수준에 도달하고 임계점이 넘으면 결국 홀로 하게 되어 있으니까. 지금은 혼자 하기 전에 잠깐 워밍업을 한다고 편안하게 생각해도 괜찮아."

사실 공부의 의미를 어디에 두는지에 따라 홀로와 여럿의 가치 또한 달라지겠지만, 지금의 아가씨에게는 이 정도의 이야기가 최선일 것 같았습니다.

"나 딱히 영어를 잘하게 돼서 그만둔 건 아닌데, 역사도. 선생님들도 겸직 불가인데 몰래 하시던 거라 더는 멀리까지 못 와주실 것 같아서."

"그래도 다들 일 년 넘게 와주셨다며. 그 정도만 해도 그뒤로는 자기 마음에 따라 얼마든지 더 이어갈 수 있어."

화려한 이력 한 줄 없이 그럭저럭한 내 서류가 통과한 이유를 알 것 같았습니다. 현직 교사가 아니면서 입주가 가능한 사람의 서류였지요.

"나는 그보다 다른 게 궁금하긴 했지. 예를 들면 역시 딱히 효용과는 무관하지만 그림이나 음악에는 취미 붙인 적 없었으려나 하고."

"왜 아니겠어. 한때는 내가 기타 쳐보고 싶다고 해서 오언이 기타도 사준 적 있는걸. 처음에 오언이 실용음악학원의 강사를 부르려고 했는데 아무래도 좀 아니잖아, 난 입시반도 아닌데. 그래서 백화점 문화센터 취미교실에 나가는 강사가 일주일에 두 번 와서 기타 치는 법이랑 코드 좀 가르쳐줬는데, 두 달도 못 넘기고 그만뒀어. 집 분위기 별로 안 좋은 거 두번째 왔을 때쯤 눈치챘을 텐데도 두 달은 채워주더라. 아무래도 음악을 하는 사람인 만큼 좀더 민감했을 테고, 음악이란 게 웬만하면 마음이 즐거워야 뭘 하든지 말든지 하잖아. 나 같아도 오기 꺼려졌을 거야."

"그래도 코드만 잡을 줄 알면 나머지는 연습하기 나름인데 유튜브 영상이라도 보면서 혼자…… 아니, 미안."

아가씨는 웃음을 터뜨렸습니다.

"이 집 인터넷 거기밖에 안 터지는 거 생각나셨구나. 그 감시 카메라 화면만 잔뜩 모아놓은 곳."

"깜박했어. SNS를 붙들고 사는 편이 아니었는데도 일상이 너무 불편해서 매 순간 잊을 수가 없는데, 그걸 깜박하네."

"예전에는 응접실이랑 서재까지도 와이파이가 잘 터졌어. 나도 그때는 전화기가 있었고, 서재에는 데스크톱. 지금은 다 없지만."

"아무래도 그냥 손놓고 잊어버리긴 좀 아까운데, 책 보면서도 연습은 할 수 있거든, 나 어릴 때는 많이들 그렇게 했고…… 나중에 시내 나가서 기타 교본 좀 사다줄까?"

"아니, 됐어."

"나도 서툴긴 하지만 예전에 배운 거 아직 손가락이 기억은 하거든. 그래서 지금 기타는 어디 뒀어?"

"부서졌어."

"아……"

어쩌다 부서졌는지 왠지 상상이 가서 나는 말을 더 잇지 못했습니다. 누구 짓이든 실수나 사고로 파손되었을 것 같지는 않더군요.

우리 사이에 잠깐 흐른 침묵은 갑자기 열린 서재 문과 함께 깨졌습니다. 실장들 가운데 하나일 테니 나는 자리에서 일어나 인사하려다가, 웬 오버올 작업복을 입은 처음 보는 사람이 들어서기에 멈칫했습니다.

"아이고, 죄송합니다. 공부하시는 중인가봅니다."

분기 대청소 날이라 사람이 좀 드나들 것이며 바깥이 가끔 소란스러울 수 있다고 아침에 박이 알려주긴 했지만 인부가 서재까지 들어온다는 얘기는 없었습니다.

"저희가 혹시, 자리를 비워드려야 할까요."

"아니에요, 제가 잘못 들어왔습니다."

그런데 인부는 잘못 찾아왔다며 바로 돌아서서 나가는 게 아니라, 눈을 휘둥그레 뜨며 찬찬한 고갯짓으로 서재를 한 바퀴 둘러보는 것이었습니다.

"와, 정말 책이 많네요. 대단합니다. 이 집 주인어른이 공부하시는 분인가봐요."

"예, 뭐……"

여러 설명을 하고 싶지 않은 마음에 웃음으로 얼버무리면서 내 집은 아니니 나가달라는 요청을 단호하게 못했는데, 그때 층계참 쪽에서 쿵쾅거리는 발소리가 들려왔습니다.

"이보시오, 왜 엉뚱한 데서 헤매는 겁니까. 여기 아니고 복도만이라고, 얘기 못 들었소?"

"아, 예, 책이 이렇게 많은 집을 처음 봐갖고 신기해서 그만."

인부는 돌아서서 그냥 나가기가 면구스러웠는지 인사까지 남겼습니다.

"그럼 실례했습니다. 숙녀분들 마저 공부하세요."

외부인이 필요 이상으로 오랜 시간을 관찰하듯 머물다 간 것이 당황스럽긴 했지만 그렇게 역정까지 내면서 경계할 건 뭔가 싶었는데, 인부를 앞세워 내보내고서 한은 공연히 나를 보고 뒷머리를 긁적였습니다.

"선생님, 방해해서 죄송합니다. 이렇게들 일머리가 없을까 봐 저희가 분기마다 익숙한 고정 멤버로다가 보내달라고 사무실에 얘기를 해놓는데, 자꾸 사람이 들고 나고 해서 어쩌다 이러네요."

"괜찮습니다."

직접 고용이 아닌 업체에 맡기는 일이라면 그때마다 일손이 빈 계약직 혹은 일용직 노동자들을 콜하거나 선착순으로 팀을 급조할 테니 있을 법한 일인데 한의 과민반응을 보자면 그만큼 아가씨의 존재를 불특정 다수의 눈에 노출하고 싶지 않은, 나아가 바깥공기마저 닿게 하고 싶지 않다는 보스의 바람이 짐작됐습니다.

한의 발소리가 멀어지고 침입자가 남긴 공기가 서재 구석구석에 스며 바닥에 가라앉을 때쯤 아가씨는 다시 입을 열었습니다.

"선생님 얘기 좀 해봐. 선생님은 어디서 따로 배웠어?"

"응? 뭐를 말이지."

이야기 흐름이 끊긴 바람에 나는 조금 전 우리의 테마가 무엇이었는지 얼른 떠오르지 않았습니다.

"대학교 동아리라든지."

"아, 기타. 그냥 뭐 대단한 건 아니고 예전에 남편이, 사귀기 전에 잠깐 코드 잡는 법 정도를."

"그렇구나. 선생님 옛날에 유도도 했다고 안 그랬어? 그런데 전공은 문학이고? 진짜 능력자다."

"그건 어릴 때 방과후 특활 좀 하다 만 거라 지금은 아무것도 아니야, 다 잊어버렸어. 역시 효용성에 대해 말하자면, 지하철역에서 불법 촬영하던 자를 쫓아갔을 때 그쪽이 발뺌하면서 가슴팍을 밀치기에 나도 모르게 반사적으로 한번 메다꽂은 적 있는데 오히려 내가 불려가서 조사받았다? 심지어 합의금까지 물었어."

"아, 뭔지 알 거 같아. 과잉 방어라 이거지."

"그게 이미 십 년 전이고 그뒤로는 그래본 적 없어. 몸도 다 굳었지. 나는 그냥 잡기에 좀 능하려다 이도 저도 안 됐을 뿐이고 세상에는 다재다능한 사람들 천지지. 이를테면 이십 년 전 나 다녔던 학교 의대생들은 대다수가 바이올린이나 플루트 같은 클래식 악기를 하나씩 연주할 줄 알아서 의과대학만 오케스트라가 따로 있었어. 배우고 소장하는 데 이래저래 큰돈 드는 악기인데, 의대 공부는 기본 용어만 익히려고 해도 책 수십 권을 외워야 하잖아. 그런 머리 좋은 학생들이 저마다 악기를 들고 무대에 오르는 걸 보면서 내가 느낀 감정은 경탄과 부러움이라고 해야 할지, 아득함에 가까웠던 것 같아. 일단 아들 둘 딸 하나인 소시민 가정에서는 만져볼 일 없는 악기들이었거든. 저 친구들은 특별하구나, 그렇게 공부하면서 언제 저런 걸 익힐 시간도 돈도 마음의 여유도 있을까, 그때도 금수저라는 말이 일상적으로 쓰였는지는 모르겠고, 그저 세상 불공평

하다며 투덜거렸지, 어린 마음에. 기타는 아마도 그런 기억에 대한 보상 심리로 건드려봤던 것 같아. 온전히 내 것으로 뭔가 투자해보고 싶다는. 그런데 막상 손에 넣었더니 없는 재능에 금세 시들해져서 오래는 못 갔어."

"그러고 보면 뭐 하나 잘하는 사람은 하나만 잘하지 않더라 보통."

"반대로 열두 가지 재주에 저녁거리 없다고도 하는걸. 각자 자기 몫이 있어. 작을 수도 클 수도 있고, 작다고 해서 작게만 살아가란 법도 없고, 전혀 없다고 해서 없이 살아야 한다는 법도 없고. 그러니까 대표님이 돈 벌어다 줄 때 실컷 해, 하고 싶은 만큼. 서두를 필요도 성과에 연연할 필요도 없다는 건 큰 혜택이자 축복이야."

마지막 말은 호강에 겨운 소리 넣어두라는 뉘앙스로 들렸을까 신경쓰였지만 정정하지는 않았습니다. 왜 그런 마음이 들었는지는 모르겠는데 그때는 아가씨의 이야기가 본격적인 대목으로 진입하기 전이어서였을까요.

아가씨가 보스 곁에 정착한 이후로는 한동안 안정적인 구간이 이어져서, 나는 왠지 모르게 그전보다 표정 관리도 잘되는 것 같았습니다. 성의 있게 듣되 듣는 사람이 덩달아 인상을 쓰거나 심각해져서는 안 된다고 생각했거든요. 말하는 사람에게 그게 뭔가 크게 잘못된 일이라는 죄책감을 줄까 싶어서. 아니요, 상담 과정 같은 걸 따로 이수한 적은 없습니다. 학원에서 아이들을 만나보니 경험상 그랬다는 뜻이고, 아이들을 다룬 경험이 없더라도 그만한 건 타인에 대한 배려라는 개념을 장착하면서 알게 되지요. 당신도 지금 내 이야기를 듣고 읽는 게 일 아닙니까. 필요에 의해 나오는 거라고 해도 당신의 표정과 반응은 적절합니다. 평정을 유지하는 것. 화자를 평가하지 않는 것. 불유쾌와 의문점 등은 일단 참호 속에 파묻어놓고 그것을 꺼낼 최적의 순간이 언제인지를 가늠하고 계신 거겠지요.

 그래야만 할까 싶긴 했는데 나도 굳은 몸을 풀 겸, 몇몇 기구가 있는 방에서 아가씨와 같은 시간에 운동까지 하기에 이르렀습니다. 수영장 새벽반을 다녔을 때 동네 기강을 잡는 분들의 친목 형성 의지와 스몰토크에 부대끼다 명절을 앞두고 강사에게 줄 떡값 문제로 편먹고 다투는 꼴들을 보고선 조용히 그만둔 뒤 다시는 누구 옆에서 운동하는 일이 없을 줄 알았는데요. 치닝디핑 기구에 매달려 있는 내 옆에서 아가씨가 사이클을 타며 뭐라고 계속 조잘거리는 통에 정신이 산만해지더군요. 나는 관계 맺을 때 상대방 눈에 띄게 선부터 그어놓고 시작합니다. 너무 밀착하면 안 되고 최소한의 도리만 하는 선을요. 곁을 내준다는 건 별로 생각하고 싶지 않고, 아마 그게 가능했던 상대는 남편이 유일했을 테지만 남편하고도 친구 미만 지인 수준에 불과한 기간을 꽤 오래 가졌습니다. 아가씨는 한번 빗장을 걷어주고 나니 좀 지나치지 않나 싶을 만큼 다가와서 그게 부담스럽지 않았다면 거짓말이겠지만 내가 내려놓았습니다. 어쩌면 이 집에 온 튜터가 나 아니었더라도 이 풍족한 유배지에서 지내온 아가씨로선 누굴 상대로든 이랬을지 모른다는 생각에 마음 쓰이기도 했고요.

처음부터 이렇게 외곽 근교에서 살았던 건 아니고 중심가의 팔십 평 아파트에서 둘이 지냈다고 해요. 보스가 출근하고 나면 가사도우미가 왔는데 그녀는 처음 만났을 때만 아가씨가 대표님 조카라면서요, 뭔가 특별히 드시고 싶으신 거나 필요하신 거 있으면 말씀하세요, 외에 아무것도 묻거나 따지지 않았다 합니다. 위치 추적 앱이 깔리긴 했지만 휴대전화를 새로 받아서 한동안 아가씨는 집밖으로 나가지 않더라도 무료할 일이 없었는데—인터넷도 잘 터지고 온라인 스트리밍 서비스에서 뭐든지 나오니까요. 요즘 같아선 더욱, 누구도 만나지 않더라도 돈과 플랫폼만 있으면 얼마든지 살아갈 수 있다는 사람들 많잖아요—아가씨 본인을 비롯한 모든 사람 얼굴과 주위 환경, 특히 위치를 노출하지 않는다는 조건으로 SNS에 사진도 올리면서 놀아도 된다고 했답니다. 단 계정은 완전히 새로 파고 일터를 포함한 그전의 인간관계를 남겨두지 말 것이며 모르는 사람들에게서 DM이 오지 않도록 설정해두라고요. 정착보다는 정신적으로 부유에 가까운 삶을 살았던 아가씨한테는 그게 어려운 일이 아니었습니다. 아파트에 온 뒤로 내내 잘 먹고 잘 자는 일밖에 할 게 없어서 보스를 다시 만난 날의 충격과 두려움은 이미 사그라졌고, 아가씨는 갑작스레 달라진 생활의 채도에 취했습니다. 일주일에 한 번꼴로 보스가 사다주는 옷과 구두, 가방과 지갑을 더스트백과 로고가 드러나게 유리 테이블 위에 세팅하고 SNS의 모르는 사람들에게 보였습니다. 그걸로 풀 착장을 하고 보스가 데려가는 대로 따라가서 오케스트라의 연주를 듣고 전시회를 보고 오성 호텔의 레스토랑에 가고, 너무 긴 외국어라 이름은 기억 못하지만 광활한 접시에 점을 찍은 듯 아름다운 데커레이션이 올라간 음식과 와인잔도 찍어서 온라인에 올렸습니다. 그런데 명품이며 디저트를 연달아 올렸더니 팔로워 수가 급증하는 게 겁나서 일찌감치 그만두었다고 합니다. 플레이팅과 식탁보 일부만 보고도 그게 어느 동네의 무슨 레스토랑 아니냐고 사람들이 매장 해시태그까지 넣어 댓글을 다는 바람에, 보스가 내린 지침의 마지노선이 무너질 것 같았다는군요.

 때마침 그런 경험들에 시들해지기도 했으니 겸사겸사였던 셈이지요. 최소한의 자기 영혼을 지닌 사람은 그런 마법이 오래 듣지 않습니다. 언젠가는 풀린다는 걸 항상 염두에 두고 있거든요. 아파트에서 지낸 지 석 달도 안 되어 아가씨는 대학에 가고 싶어졌습니다. 학문에 뜻이 있다기보다는, 가능성의 폭을 넓혀서 노동의 대가를 받고 살아가는 사람이 되고 싶었습니다. 무엇보다 보스가 본인이 운영하는 레스토랑으로는 이후 한 번도 데려간 적 없다는 사실이 마음에 걸렸겠지요. 상대방이 자신을 어디 내놓을 만한 사람으로 여기고 있지 않다는 생각은 인간을 티나지 않게 비참하게 만듭니다. 그래서 딜을 시도해본 겁니다. 나의 생활을 바꿔주셔서 감사합니다만 아직도 그 이유는 모르겠고, 설령 '읽어서' 알았다 하더라도 지금쯤 이유가 바뀌었을지도 모르며, 당신은 여태 나한테 요구하는 게 하나도 없으니 나중에 내가 얼마나 거대한 빚더미에 앉게 될지 솔직히 감이 안 와서 잠도 안 오는데, 이왕 순수한 마음으로 후원해주기로 생각하신 거라면 값비싼 옷과 호화로운 환경이 아니라 학교를 보내주실 수 없느냐, 조금만 더 베풀어서 나중에 당신네 계열사에서 사무보조로 일하게 해주시면 충분치는 않겠지만 노동력으로라도 일부 갚겠다, 같은 내용으로요. 아가씨는 내가 내심 걱정했지만 차마 묻지는 못했던 걸 비로소 들려주었는데요, 솔직히 본인도 아파트에 따라오던 날 곧바로 자신이 어떠한 처지가 되겠다는 짐작을 했는데 예상했던 일이 일어나지 않아서 의아했답니다. 시일이 좀더 지나 그가 처음으로 명품 의류를 쇼핑백에 담아 온 날 그걸 받고 어렴풋이 이제 시작이겠구나 싶었는데 그것도 아니었답니다. 서로 다른 부피와 질량의 그 무엇으로도 상호 교환이 이루어지지 않는 것이, 아가씨는 처형 집행 날짜를 알지 못하는 수인이나 된 듯 내내 불안했답니다. 필경 일 파운드 살에 해당하는 무언가를 내주어야 계산이 맞을 것 같은데 어째서 각서 한 장 쓰란 말도 없이 생활 편의를 필요 이상으로 제공하기만 할까, 무슨 꿍꿍이가 있나 의심이 쌓이고 조바심이 났지요. 지나치게 비현실적이거나 동화적인 가정법의 문장들을 한 줄씩 소거하고 나니 남은 이유가 없어서, 그의 목적이 순수하게 궁금했다 합니다. 나 역시 그 부분은 아가씨와 동감이었습니다. 바다에 인어가 사는 것과 인어가 목소리를 빼앗긴 것은 별로 이상한 일이 아닌데 그 인어가 의사 전달을 위한 다른 수단을 동원하지 못하는 까닭은 얼른 납득이 안 갔던 어린 날의 독서가 떠올랐거든요. 상처를 접촉함으로써 생각을 읽는 사람의 존재보다도, 너무나 간단히 약취할 수 있는 조건에 놓인 여성과 지내면서 그녀에게 손대지 않는 이성애자 남성이라는 존재를 현실에서 상상하기가, 나는 더 어렵습니다. 도매금이라, 글쎄요. 상상하기 어렵다고 했지 전혀 없다거나 거의 없다고도 안 했는데 말이 지나치다니요. 인류는 유구하게도 그 같은 남성들의 행위를 원래 다 짐승이라 어쩔 수 없다는 말로 합리화하면서 세상 모든 짐승들을 모욕해왔으니 할말이 없어야 마땅할 텐데요. 어쨌거나 아가씨는 처음 그의 상처에 닿았을 때 무엇을 보

절창 179

앉는지는 구체적으로 알려줄 수 없다고 했는데, 그 무엇도 이 인간이 나를 어디에 써먹으려나 하는 의문 해소에는 직접적으로 도움되지 않는 장면들뿐이었다고 합니다.

 아가씨가 그때 미처 생각 못한 부분이라면, 당신네 회사에서 일하면서 갚겠다는 식의 소박한 딜은, 재회하자마자 자기 손을 칼로 그은 인간한테 걸어볼 만한 게 아니었다는 겁니다.

오언은 나더러, 원한다면 인터넷 강좌를 수강하고 방송통신대학 이수라면 오케이지만 남들과 같은 캠퍼스 생활은 허락할 수 없다고 했어. 사무보조도, 지금은 자기가 회사를 떠난 거나 마찬가지라 너를 본사의 총무부에 꽂아주기는 어려울 것 같고 거기는 웬만큼 괜찮은 대학 졸업자가 아니면 서류 통과도 어렵다 했지. 삼사 년쯤 지나서 네가 그러고 싶다면 레스토랑의 사무실에 나와서 전화받는 일 정도는 해도 되지만 다른 직원들과는 접촉하지 않았으면 좋겠다고. 일단 이 대목에서 나는 두 가지 충격을 받았는데 첫번째는 나를 삼사 년 뒤까지도 데리고 있을 생각이었다는 데 놀랐고 두번째는 이게 대체 뭐하자는 짓이냐, 가둬놓고 사육하려는 거냐 싶었어. 이미 늦었기도 하고 제대로 된 답을 들은 적도 없지만 다시 한번 물어볼 수밖에 없었지. 얼마 안 되는 지인들의 전화번호를 다 버리고 왔는데 당신 이외에 새 번호를 넣을 수 없는 휴대전화라는 게 대체 무슨 소용이며, 대체 어디에 쓰려고 나를 데려왔느냐고.

"아무것도 안 해서 불안해? 내버려두는 것 같아서?"

그때쯤 나는 오언의 습관적인 미소에 익숙해진 참인데, 그중 일부는 실제의 기분 상태와 일치하기도 했지만 어떤 경우는 다만 보여주기 위한 것임을 알 수 있었어. 바깥의 일들을 집안까지 끌고 오지 않기 위한 자동반사, 혹은 자기의 본심을 감추는 데 가장 효율적이고 힘을 덜 들여도 되는 표정.

"그건 이해가 가. 인간은 원래 그런 존재야. 뭐라도 저지르지 않으면 견디지 못해서 매일같이 개인적이거나 사회적인 크고 작은 전쟁을 일으킨 다음, 전쟁터에서 녹초가 되어 침대로 돌아와선 요가 명상 사운드를 들으며 잠을 청하지. 이어폰에서는 근육을 이완시키고 머리를 비웁니다 마음을 놓고 텅 비운 채로 아무것도 신경쓰지 않습니다 같은 나긋한 목소리가 흘러나오는 걸 들으면서 말이야. 어쨌든 지금은 그럴 만해서 그런 거니까 그냥 편히 있어. 아니면 여기 지하층에 피트니스 클럽 있는데, 회원권 끊어줄 테니까 다니면서 체력이라도 기르든지. 그렇게 걱정하지 않아도 나중에 할일 있어."

"그러니까 그게 뭔지를 안 알려주는데 어떻게 편히 있어."

결국은 이 인간이 내 입에서 먼저 고 사인이 떨어지게 유도하는 거구나 싶은 생각에 이르렀어. 내가 안달복달하여 원하는 것처럼 보이게, 나중에 무슨 문제가 생기더라도 쌍방 합의였다고 말할 수 있게. 그런데도 나는 여러 경우의 수를 궁리하며 번민하기보다는 미지수의 해를 차라리 명확하게 도출하는 쪽이 나중에 받을 상처의 크기와 깊이를 줄이는 길이라고 믿었어. 아무래도 자상보다는 그냥 좀 까지고 쓰라리다 잊어버리는 찰과상이 낫잖아.

"간보는 거 질색이라서 이참에 한꺼번에 말하겠는데 왜 나한테, 당신이 생각하는 그 일을 하지 않아?"

"그거."

달리 듣는 사람도 없는데 오언이 얼굴을 가까이하고선 목소리를 낮추었어.

"네가 원하는 일이야?"

그렇게 저 좋을 대로 받아들일 줄 알았지. 보니까 이 인간 히죽거린다. 그 자리에 없었던 선생님도 지금 내가 하는 말만으로 정확히 이해하고 계신 것처럼, 사람은 무언가의 명사나 동사를 직접적으로 들먹이기 꺼려질 때 어떤 일이든 간에 '그거'나 '그런 거' 내지 '그 일'이라고만 하는데도 뜻이 그때그때 다르다는 걸, 그럼에도 상대 또한 나와 같은 의미로 파악한다는 걸, 부연이 뒤따르지 않더라도 직전의 맥락이며 미세 동작이나 표정과 어조 그리고 강세만으로 알게 되는 거, 당연하게들 그렇게 하고 사는 것 같은데 신기하지 않아? 중요한 계약서나 보고서 같은 데는 뭐든 개별 단어와 숫자로 명시되겠지만, 조금쯤 러프하더라도 큰일나지 않을 법한 우리 일상생활 레벨에서 말이야. 그건 상처에 닿아서 생각을 알아내는 것 이상으로 놀랄 만한 일이지 않아? 어쩌면 타인을 읽어내는 행위는 세상에 두 명 이상의 사람이 존재해왔을 때부터 생래적인 능력인 거 아닐까. 나는 그게 조금 더 예민하게, 그보다는 다른 방향으로 발달했을 뿐 아닐까 하는 생각도 들어.

어쨌거나 오언이 고의적인 왜곡에 더하여 그 상황을 즐기는 듯한 장난스러운 반응으로 내게 턴을 넘긴 이상, 나는 그것을 확실하게 부정해주어야 했어.

"언제 그렇다고 했어? 일 파운드의 살이 계속 지불유예중이다보니까 꺼림칙해서 그렇지."

"너 아주 웃기는 애구나?"

정색하고 말하는 데에 나도 모르게 위축되어 시선을 피했는데, 오언은 본인의 어조가 생각보다 날카롭고 경멸에 가까웠음을 입 밖으로 낸 즉시 알아차렸는지 핑거스냅으로 두어 번 신호를 보냈어.

"나 봐, 여기."

그렇게 돌아본 얼굴에는 평소와 다름없는 미소가 떠올라 있었지.

"그런 걸 무슨 전표 처리하듯이 하려고 들어. 진정해."

대수롭지 않다는 식으로 덧붙인 농담에, 팽창할 뻔했던 다소의 긴장감은 바로 휘발되었어.

"설마 그런 건 서로 좋은 마음이 들어야 할 수 있는 일이라는 지당하고 보편적인 상식을 가진 쪽이야?"

"너야말로, 설마 그런 걸로 일 파운드 살을 완납할 수 있을 거라고 착각했어?"

너한테 그 정도 가치란 없다는 조롱과 같은 말. 조금이라도 개운해지려다 본전도 못 찾았다는 느낌, 이상한 사람 옆에서 지내다가 내 감각도 이상해져서 자신을 떨어뜨려 더 깊이 처박으려고 했구나. 수치감이 몸속에서 메아리쳤어.

"아 됐어, 필요 없으시다니까. 계속 신나게 식충이가 되어주지 뭐."

도망치듯이 일어나려는데 오언의 목소리가 다시 한번 뒷덜미를 끌어당겼어.

"화내는 거 아니고, 네가 하찮아서도 아니야."

등뒤에서 건너오는 저음이 주위 공기에 일으킨 잔잔한 경련으로 거실이 채워졌고, 그 공간이 최소한 맹금의 입속이나 기름 끓는 프라이팬은 아니어서 순간 안심할 뻔했지만, 그럼에도 불구하고 그곳이 내 것일 수는 없다는 자각에서 비롯한 환멸만은 잊지 않고 있었어.

"그러고 나면 너는 진짜로 몸이라도 파는 것 같단 생각이

절창 187

들고 말 테니까."

"상관없다고 하면."

덥석 그렇게 말하자마자 나 스스로 기겁하기도 한데다 등뒤의 침묵에서도 경악이 전해져와서, 오해의 여지가 너무 많은 말인 걸 곧바로 알고 다급히 부연했지.

"아니 그러니까 그게 무슨 뜻이냐면, 팔아도 좋다는 게 아니라. 다른 누구도 아닌 내가 그렇게는 생각할 일이 없다고 한다면."

그런데 말하고 나서도 결국 말의 배치와 범위를 바꾼 데 불과할 뿐 뜻은 별반 다르지 않게 들리기도 했어. 지난 시간에 미디어에 대해 얘기할 때 선생님이 그러셨지, 말은 사람에게 의사를 전달하고 때론 감동을 주기도 하나 많은 경우 왜곡과 착오를 전파하는 도구이기도 하다고. 내가 뱉은 말은 잘못된 인식 쪽으로 무한히 흘러가버렸어. 원래 말이라는 게 제 몸 밖으로 나올수록 구차해지고 빈약해지는 건가, 아니면 단순히 내가 말하기에 소질이 없어서 제대로 활용을 못하는 걸까. 말이 원래 그런 거라면 언제까지고 의미에 그리고 본질에 닿지 못하는 거겠네. 한 사람이 가진 말의 기능이 이토록 부실하고 극단적인데 나는 타인의 생각을 읽을 줄 안들 무슨 소용이 있나, 어차피 그것을 표현하려면 말을 동원하지 않을 수 없는데. 인간은 뭐하러 입을 여나, 침묵하고 살지…… 같은 자잘한 생각이 머리에 번져나갔지만 일단 그때는 수습이 안 되는 것 같은 당혹감뿐이었어. 뜻하지 않게 완전히 내 쪽에서 매달리는 모양이 된 거야. 목적지를 알 수 없는 채로 현재에 무임승차하는 게 싫고, 저속한 방식으로나마 서둘러 청산 가능한 것을 골몰하다가 내 발등을 찍었지.

"지금은 그래도 나중 가면 상처받을 거야. 너 예쁜 거 알고, 충분히 신경쓰고 있으니까 당분간 그냥 그렇게 알아둬."

"뒤의 말은 아무래도 좋고 믿지도 않지만, 지금이 아니라면 언제가 적절하다는 거지? 하는 얘기 들어보면 그럴 생각이 아주 없지는 않으신 것 같고."

오언은 뭔가 말을 고르는 것처럼 사이를 두었다가, 가장 그럴듯한 표현을 찾지 못했는지 모호하게 둘러댔어.

"나중에, 너 할일 있다고 그랬잖아. 그걸 하고 나서도 여전히 너에게 그럴 의향이 있다면, 그때가 되겠지."

충분히 신경쓴다는 입바른 소리에 마음이 녹을 뻔했다는 거 인정하지만, 할일이라는 걸 하고 나서도 그럴 의향이라니, 그런 게 나한테 있을 리가 없잖아. 뭔지는 몰라도 시키는 일을 하면 플러스 마이너스 계산 끝이고, 추가로 그럴 의향이 있다면 그건 더는 상계가 아닌 마음의 문제가 되어버리며 다른 셈법을 도모해야 하잖아.

"그리고 그때는 이렇게 채권 추심이라도 하는 것처럼 묻지 말고, 아무래도 상관없다는 식으로도 말하지 마."

그때는 일 파운드의 살에 대해, 중량 초과나 피에 대해서도 더는 시비를 가릴 일 자체가 없지 않겠느냐는 이의를 제기하기 전에 오언은 덧붙였지.

"단지 네가 원한다고 말해."

"무슨 자신감이야. 그런 날이 올 것 같아?"

"원한다고 먼저 말하기 어렵다면, 어느 날 내가 물었을 때 대답만 해. 또는 내가 손 내밀면 잡아. 어느 쪽 반응도 없다면, 아닌 걸로 알아들을 테고, 대답 없이 건드리지 않도록 할 테니까."

내가 기억하는 한 나는 그전에 어디서도 누구에게서도 이 정도의 존중을 받아본 적 없었기 때문에, 행여 무언가를 착각하는 일이 없도록 더욱 긴장을 놓지 않아야 했어.

"아니라면, 그때는 어쩔 셈이지?"

"그래도 상관없지만, 아니지 않음을 알게 되는 게 먼저일 거야."

그건 모를 일이지, 아니지 않음을 내가 알게 되는 게 먼저일지, 상관없지 않음을 오언이 알게 되는 게 먼저일지는. 이때까지만 해도 내게는 아주 조금쯤은 게임 비슷한 감각이 남아 있었던 것 같은데, 그럼에도 그건 내가 판돈을 걸고 싶은 테이블은 아니었어. 그뒤로도 한참 동안 나는 오언하고의 사이 어딘가에 존재하는 가장 적절한 단어를 발굴하거나 발음할 준비가 되어 있지 않았고, 그저 오언이 깔아놓은 완만한 경사로를 따라 올라가기만 하면 되었기에, 내가 닿은 자리에 무엇이 기다리고 있을지를 생각하려 들지 않았어.

그리고 그 일이 뭔지를 알게 된 날, 어쩌면 언젠가는 피어날 수도 있었던, 아니 실은 거의 착화着火된 거나 마찬가지였던 마음은 그때 도살당했어. 마음에도 형태와 질감이라는 게 존재한다면, 그것의 가죽이 벗겨지고 발골되어 냉동고에 처박혀버렸어. 선생님도 보신 바로 그런 일이야. 그가 술과 식자재 말고 다른 물건도 다루나 했지만 그런 건 줄은 몰랐어. 중간에 물건 몰래 빼돌리는 놈, 다른 데와 거래 트려는 놈, 배신하려는 놈, 정보원, 얼떨결에 픽업된 그냥 던지기 담당, 창고지기, 이놈 저놈 차례로 잡아다가 린치하고 입을 열게 했어. 칼빵 한두 번으로 불지 않으면 시간 끌 거 없이 나를 불렀어. 처음으로 한밤중에 어느 컨테이너 안에서 그런 장면을 보고, 그전까지 내 태연한 마음을 옹위해온 희미한 방어선이 무너졌어. 눈앞의 사태가 악몽이 아님을 확인했을 때 가장 먼저 할 수 있는 일이라곤 컨테이너 밖에 누구 도와줄 만한 사람이라도 지나가지 않을까 하는 마음과 함께 비명에 가까운 소리로 항의하는 것뿐이었어. 이런 거였어, 이런 거였냐고! 울부짖고 침을 뱉고 멱살을 잡았어. 옆에 있던 강실장이—응, 그때도 이미 같이 일하고 있었고 나는 그날 처음 봤지―오언의 멱살을 쥐고 흔드는 나를 잡아채듯이 떼어내서 나는 그 반동으로 허우적대다 컨테이너 바닥에 뒹굴었는데 하필 나동그라진 자리가 피해자 발치였어. 바닥에 흥건한 피를 만져보고 내 손발과 옷에 묻은 피를 내려다보며 무용한 자문을 계속했어. 이렇게 되리란 예감이 전혀 없었나. 진작 같은 진창에 발을 담가놓고 모르는 척했을 뿐이지 않나.

오언이 다가오더니 내 앞에 쭈그리고 앉아서,

"죽기 전에 하자?"

그러곤 묶인 피해자를 턱짓으로 가리켰어.

"너 말고 이놈. 죽어버리면 못 알아내잖아. 시간 없다. 그나마 살리려면 네가 힘 좀 써줘야 할 거 같은데. 밍기적대는 거 네 맘이지만, 이놈 죽으면 네가 시간 끌어서 죽는 줄로 알아."

"내가 분명히 말했는데, 나 이런 거 정말 못한다고, 하나도……"

"잘 생각해서 말해야 할 거야, 신중하게."

"나 전혀 아무것도 아니라고, 세상에 그런 일이 어디 있냐고……"

"잘 생각하랬어, 내가."

그러더니 오언은 피해자의 머리를 끌어당겨서 들고 상태를 확인했어.

"이거 좀 있으면 숨넘어가겠다. 네가 안 도와주겠다면 할 수 없지, 그냥 어디 갖다 버리든지 해야겠네."

흰 조명 하나로만 밝혀진 컨테이너 안에서, 곳곳에 피가 얼룩져서 어디가 상처인지도 잘 모르는 채로 나는 황망하게 피해자의 몸을 더듬었어.

"거기 말고."

오언이 내 손목을 주워 올리더니,

"여기!"

피해자의 정확한 상처 부위에, 철썩하고 피 튀기는 소리가 나도록 손을 갖다붙이면서 웃는 거야. 내가 그걸 보고 소름 끼칠 틈도 없었던 건 피해자의 사고가 순식간에 피와 점액으로 샤워라도 한 것처럼 머릿속에 흘러들어와서였어. 러브크래프트에 그런 거 나오는데, 지하실의 곰팡이균 한가운데서 수증기가 끓어오르고 삼촌의 몸이 젤리가 되어 녹아버리는 거. 그런 게 들어와서 뇌를 흔든다고 생각해봐. 오언이 자기 손을 그었을 때하고는 상황이 다른 거야. 초등학생한테 손을 물린 영감 때하고도 사정이 또 다른 거야! 안 그렇겠어? 이번 피해자는 호기심도 즐거움도, 당혹감도 분노도 아니라, 죽음에 코를 처박기 직전의 공포가 압도적이었단 말이야. 읽은 것을 사실대로 토해내고 범죄에 본격 가담하는 것이 피해자한테 도움이 될까, 거짓말로 둘러대는 게 나을까, 어느 쪽이든 이 사람이 쓸모를 다하여 살해당하지 않을까, 그런 가늠조차 할 여유가 없을 만큼 그것이 쏟아져들어왔어. 그 현장과 감각에서 벗어나고 싶은 맘에 나는 들여다본 그대로 말했지. 피해자가 자기 자신조차 속일 정도로 완벽하게 거짓 사고를 하고 있었던 게 아니라면 모든 걸 내가 읽은 대로 찾아냈을 거야.

그날부터 오언과 그의 수하들은 물건을 찾고, 숫자를 바로잡고, 차량을 쫓아가고, 연락선을 덮치고, 아지트를 뒤엎었어. 읽은 대로 말해주긴 했는데 과연 읽힌 사람들을 살려서 돌려보내주었을지는, 나는 읽어내기만 하면 그 자리에서 쫓겨나듯 떠밀려 집으로 돌아왔기 때문에 알지 못했어. 하지만 세상에는 안 봐도 알게 되는 일이 있지. 그게 내 탓이 아니라고, 읽은 대로 말만 했을 뿐 대상의 목숨에 아무런 책임이 없다고 본디오 빌라도처럼 손을 씻을 수가 없는 거야.

아니, 그렇게 막 열흘이 멀다 하고 있는 일은 아니었고. 패턴을 보면 분기에 한 번꼴로 그런 걸 시킨 것 같아. 어떤 때는 하루에 네댓 명씩 잡아오고, 그러고 나면 거의 열 달 남짓 아무 일 없던 때도 있었어. 아무래도 어둠 속에서 벌어지는 일인데, 그런 트러블이 매주 생기고 배신자가 매달 나오기도 쉽지 않잖아. 그렇게 허술하게 돌아가는 판이었으면 진작 일망타진 됐게.

처음 그런 일을 한 날 밤은, 집에 돌아오자마자 방문을 걸어

잠갔어. 다음날 아침 도우미가 올 시간에 맞춰서 오언이 출근한다고 노크할 때 대답 없이 숨죽이고 있었더니, 나 튀었나 싶었는지 열쇠로 방문 따고 들어오는 소리가 들렸어. 아파트 십층에서 뛰려면 창문으로는 어림도 없고 거실을 지나쳐야 하는데, 오언이 밤새 거실 소파에 버티고 있었던 거 아는데 무슨 수로. 이불로 얼굴을 가린 채 벽 보고 돌아누워서 자는 척했어. 꼼짝도 안 하고 있으니 이번엔 어깨에 손 얹어놓고 나 숨쉬는지 확인하더라. 충격받아서 죽기라도 할 줄 알았나. 나는 집에 도우미만 있을 때 편의점이라도 가는 척하면서 전화기 버리고 도망갈 작정이었거든. 간밤에 무슨 일이 있었던 건지 찬찬히 복기는 다 마쳤고, 갈 데가 하나밖에 더 있나. 신고해야지. 내가 한 일에 대해서는 이해시키기 어려울 테고 오히려 환자 취급이나 받고 쫓겨날 거 같으니까 그건 빼더라도, 컨테이너에서 본 것을 알리는 것만으로도 충분하다고 생각했어. 지금 와서는 그것도 순진한 착각이었지만. 그런데 현관에서 들려오는 소리가, 집에 도우미 아닌 강실장이 왔더라고. 애가 몸이 안 좋아서 쉬고 있으니 너 오늘은 출근하지 말고 여기서 지내라고 오언이 당부하는 거였어.

강실장을 따돌릴 자신은 없고, 오언이 출근한 뒤 플랜 B를 어떻게 짜나 고민하다 나는 잠에서 깬 척 머리를 헝클어뜨리며 거실로 나가봤는데, 일어나서 인사하는 강실장의 광대와 눈가가 시퍼렇고 입술은 다 터진 거야.

"얼굴 왜 그래요?"

강실장은 멋쩍게 웃으며 별것 아니라는 듯 고개를 저었지만 나는 터진 입술에 손대지 않아도 무슨 일인지 알 수 있었고, 그때 일차로 포기했지. 나 혼자 발을 헛디뎌 피웅덩이 한가운데 자빠지기만 해도 저 지경이 되는 사람이라면, 내가 도망간 뒤에는 죽을 수도 있겠구나. 조금 더 타이밍을 재야겠구나. 하지만 이제 와서는 그런 거 아무래도 좋아, 다 핑계일 뿐이라고 말해도 돼. 어차피 네가 선택한 거라고 탓해도 돼. 그때는 지금보다 어렸고 너는 너를 지키는 걸 우선했을 뿐이라고 위로하지 않아도 돼. 비난받을 만한 일들을 해온 게 맞아. 위협에 따라 원치 않는 머릿속을 읽어낸 걸 발설했을 뿐이라 해도, 누가 문을 열어주거나 바람이 불어와주지 않으면 흔들리지도 소리 내지도 못하는 풍경風磬과 같은 수동성에 한해서는 말이야.

강실장과 있는 동안 내가 아무런 문제도 일으키지 않고 조용히 지냈다는 사실이 낱낱이 보고되고, 그뒤로도 몇 번 더 서로 다른 컨테이너에 끌려가서 만신창이가 된 사람들의 상처를 이유 불문하고 읽어내고, 얼마쯤 더 지나서는 그 모든 은폐와 협잡의 시간에 완전히 익숙해진 것처럼 혹은 나 자신이 거의 주동자나 되는 듯 태연하게 진행하던 어느 날, 오언은 조소일

게 틀림없는 미소를 입가에 머금고 묻더군.

"그래서 지금도 그럴 의향은 있고?"

선생님, 그날은 내 생일이었고, 그리 축복받을 만한 날이 아니라 해도, 나는 내가 태어난 날 칼 맞은 누군가의 상처를 파헤친 직후였어. 그 짓을 하기 전에는 뭐했냐면, 오언이 데려간 가게의 개별실에서 알지 못할 나라의 언어로 적힌 메뉴판을 열어보고 그중 무언가를 주문해주는 대로 먹었어. 그 자리의 마지막에 등장한 반짝이는 당의가 입혀진 연주홍색 디저트 옆으로, 오언이 보석 상자를 올려놓았어. 나는 팔찌 같은 거 받아도 어디 차고 나갈 데 없다고 거절했지만 오언은 나중에 혹시 자기한테 무슨 일이 생겼을 때 그거 팔아서 살림에 보태라고 농담처럼 말했어. 일단 접수는 해야 그 자리가 종료될 것 같아서 나는 상자를 열어보지도 않고 핸드백에 아무렇게나 쑤셔넣었어. 그렇게 저녁식사를 마치고 나서 이동한 곳에, 내가 읽어야 할 사람이 있었던 거야. 그때쯤 해서는 남의 상처에 손대는 정도로 직전에 먹은 게 올라오지는 않을 만큼 비위가 단련되어 있었지.

선생님도 어릴 적에 『파브르 곤충기』 읽어보셨을 텐데, 노래기벌인지 나나니인지 독침을 가진 뭔가가 나와서 걔가 배추벌레인지 비단벌레인지, 다 같은 종인지는 모르겠고 아무튼 다리 많은 벌레를 사냥하는 거. 아, 그거 모르시는구나. 하긴 저번에 여기 책장에서 거미 한 마리 잡았을 때였던가, 다리가 네 개를 초과하는 건 뭐든 삽화로 보는 것조차 무섭다고 하셨던 게 기억나네. 아무튼 날아다니는 벌이 기어다니는 놈을 죽이기는 어렵지 않겠지. 그런데 독침을 쏘는 게 벌레를 죽이기 위해서가 아니래. 그냥 마비시킨 채로 놔두는 거야. 죽이지 않고 살려두어야 할 필요가 있어. 움직이지 못하는 신선한 먹이를 노래기벌인지 나나니인지 아무튼 그 새끼들, 그것의 애벌레들이 얘를 안쪽에서부터 파먹고 자라나는 거야. 비단벌레는 자기 몸속이 얼마나 많이 뜯겨나갈 때까지, 그 자리에 마비된 채로 살아 있을까? 살이 파먹히는 것을 실시간으로 느끼고 들으면서. 선생님은 벌레한테 그걸 들을 귀가 없을 거라는 현실적인 이야기는 하지 않겠지.

나는 오언이 그동안 나 좋을 대로 놔둔 이유를 이제는 잘 알았고, 오언이 나한테 제공한 모든 것이 순수한 증여가 아니며 그 무엇도 좋은 감정이나 감각을 촉진시키는 일과는 무관하다는 사실을 충분히 파악했지만, 이미 그때는 몸도 마음도 총체적으로 마비되어 안쪽에서부터 갉아먹힌 벌레와 다름없는 상태였는데, 이런 타이밍에 그럴 의향이라니. 대답 대신 저녁식사 자리에서 받았던 걸 그의 얼굴에 던져버렸어.

"나가 죽어."

나를 죽여, 라고는 하지 않았어. 죽을 땐 죽더라도 그쪽이 먼저 나가 죽어야지. 이렇게 살 바엔 죽는 게 나으니까 차라리 나를 죽이라는 건, 내 사전에는 없는 말이야.

무슨 말씀인지는 알겠습니다. 아무짝에 쓸데없는 장식이고 허세에 불과하다고, 건강한 사고를 지닌 사람이라면 으레 그렇게 생각할 수 있습니다. 양지에서는 평범한 요식업체 경영자, 뒤로는 어둠의 유통에 종사하는 사람이 셰익스피어를 읽는다는 게 당최 말이 되는 일인지, 설령 그렇다 해도 그런 인간이 문학이라니 다 무슨 소용이냐고 말이지요. 얼마큼의 비중으로든 타인을 해치는 데 가담한 아가씨가 책 읽기를 좋아한다는 것도 통 이해되지 않는다고 생각하게 마련입니다. 그런데 말입니다. 특정 조건과 환경 아래에서 만만해 보이는 여성을 훼손하려 들지 않는 남성을 상상하기 어렵다고 아까 제가 말씀드렸지 않습니까. 적어도 그보다는 셰익스피어를 애호하는 범죄자를 상상하기가 차라리 수월하고 심지어 그쪽이 보편성마저 띤다고 생각합니다. 독서, 특히 문학 독서에는 그런 인식이 좀더 강합니다. 그것을 읽은 나를 읽기 전보다 괜찮은 인간이 되게 만들어준다는 착각에 가까운 신화 말입니다. 그런데 문학을 창작하는 사람 가운데 보통보다 나은 인간이 있기는 할까요. 문학을 읽는 사람 가운데 도둑이나 사기꾼이나 강간범이 없겠습니까. 예를 들어 내면을 가꾸어주는 클래식 음악을 사랑하고 작곡가와 연주자별 특징까지 꿰는 기품 있는 인간은 동시에 언제나 윤리적인 인간일까요. 모차르트나 베토벤을 BGM으로 틀어놓는 연쇄살인마를 상상하기 어렵습니까. 우리는 나치가 대학살극을 벌인 수용소에서 유대인들을 동원한 클래식 연주를 그럴듯한 대외 홍보 수단으로 삼아 외부에 눈속임을 했다는 걸 잊어선 안 됩니다. 음악을 듣고 마음이 아름다워지는 게 절대적인 사실이라면, 학살은 일어날 수 없었을 겁니다. 인간의 몸과 마음을 건강하게 만들어주는 스포츠 경기 종목에서 몸도 마음도 망가뜨리는 약물을 복용하는 선수들이 꾸준히 적발되는 건 이상하지 않습니까. 그런데도 유독 책을 읽는 자, 책을 읽고 감명받은 자는 으레 극적인 변화를 겪고 거듭나서 제대로 된 인간으로 살아감이 마땅하다는 믿음은 꽤 오랜 시간 이어져온 듯합니다. 책을 읽고 감명은 감명대로 받고 그것은 그 순간의 더할 나위 없는 진심이자 진실이며, 책을 덮은 뒤 돌아서서 이루어지는 방화 약탈 폭행은 별개인데 말입니다.

그러나 저는 어쨌든 읽기에 대해 조금 더 섬세하게 말할 의무가 있는 사람이므로, 독서가 무용하다고 하여 그것을 하지 않을 이유는 없다고 기본적으로 생각합니다. 대학에 진학할 가망이 없다고 판단한 모든 학생이 중고등학교를 때려치우지는 않는 것과 마찬가지로요. 책을 읽었다 하여 훌륭한 인간이 된다는 보장은 없으며, 때로는 뱀의 몸통을 손으로 붙잡는 식으로 책을 이상하게 읽고서 오히려 사회에 해악을 끼치는 인간이 되는 경우도 없지 않지만, 보통은 책을 읽고 난 뒤 별다른 일이 일어나지 않는 것, 그게 가장 일어나기 쉬운 일입니다. 무용하면 무용한 대로 다만 이어가는 것, 그것이 읽기 아닐까요. 읽기의 자리에 살기를 넣으면 어떻습니까. 아가씨가 책 읽기를 좋아해서 책을 함께 읽고 이야기를 나눠줄 사람이 필요했다는 것은 어쩌면 사실이 아닐 수도 있습니다. 아가씨는 책 읽기에 별 관심 없었을지도 모르고 심지어 사람 읽기만큼이나 책 읽기 자체를 증오했을 수도 있습니다, 어쨌거나 둘 다 텍스트라는 점에서요. 그러나 중요한 것은 그럼에도 불구하고 읽기는 했다는 겁니다. 그 집에서 보스 옆에 있는 동안 딱히 할 수 있는 게 없어서 그나마 손닿는 데 있던 게 책이라고 한 권씩 무심코 꺼내 읽었을지도 모릅니다. 각 인물과 사건이 의미하는 바가 무언지 잘 모르고 그냥 흰 것은 종이요 검은 것은 글자라는 정도만 인식하면서 책장을 넘겼을 수도 있습니다. 그러는 사이사이 그가 시키는 대로 사람을, 구체적으로는 상처를 읽어나가는 일을 계속하면서 한 명의 사람이 한 권의 책이라는 오랜 은유를 버렸겠지요. 아가씨 앞에 던져진 것들은 인격이 아니라 상처라는 매개였을 뿐이고, 그걸 통해 아가씨가 읽어낸 것들은 한 권의 책이 아니라 한 개의 구절이나 몇 개의 단어에 불과했으니까요. 그 총체적인 난독 혹은 남독의 나날 동안 아가씨의 삶은 뜻한 적 없던 패턴을 그려나갔습니다. 어차피 사람들과의 관계를 허락받지 못한 이상 그의 회사에 다닐 필요가 없다고 단념했고—물론 회사는 인간관계를 구축하러 가는 곳이 아닙니다다만 관계의 원천봉쇄라면 얘기가 또 다르지 않습니까—그의 회사에 가지 않기로 했는데 어떤 회사인들 다니게 해줄 리 없고, 취업할 예정이 없어진데다 캠퍼스 생활을 허락받지 못하여 대학에 갈 의미도 퇴색했는데, 강실장이 시험장에 동행한다는 조건을 수락해가며 아가씨가 자신에게는 의미 없는 수능시험까지 치른 건 순전히 감정적 사치일 수도 있겠습니다. 그런데 그렇게 책을 읽고 공부한 시간이, 그 사치가 아가씨를 살게 했다고는 볼 수 없는 걸까요. 타인의 상처를 읽어야만 했던 아가씨에게 책이란 그것을 그냥 넘겨 보는 것만으로도 한 존재를 덮는 궁륭이 되어주지 않았을까요.

한편 저로서는 개인적이고도 살짝 악의적인 흥미 차원이겠지만, 아가씨가 보스에게 나가 죽으라는 소리를 하지 않는 쪽이 조금 더 효과적이지 않았을까 생각합니다. 그가 좋아하는 셰익스피어를 「오셀로」며 「십이야」같이 누구나 다 아는 작품 말고도 아가씨가 두루 꼼꼼히 살폈더라면요. 이를테면 「자에는 자로」 같은 작품을 아가씨가 알았다면, 그럴 의향은 있는지 물었던 그때, 나가 죽으라는 말 말고 아예 무응답으로 일관하는 편이 보스에게 더 큰 타격을 줄 수도 있었음을 알았을 텐데 말입니다. 방종과 사치를 경계하며 금욕을 중요시하는 사람으로 묘사되나 일종의 함정 수사망을 세팅한 장본인에 다름 아닌 빈센시오 공작이, 사형당할 위기에 놓인 이자벨라의 오빠를 구제해줌을 빌미로 정작 본인은 원래 수녀가 되려던 아름다운 이자벨라에게 손 내밀고 내 사람이 되겠다 말해다오 하니, 신체적 사회적 우위를 점한 자의 요청에 이자벨라가 예스나 노 어느 쪽으로도 대답하지 않고 막이 닫히는 것이 그 작품의 문제적인 대목입니다. 직전까지 공작 대행 안젤로의 탄압에 저항하고 공작에게 탄원하느라 대사 분량이 만만치 않았던 이자벨라가, 그 순간만은 완전히 침묵한 채로 극이 끝나는 것입니다. 공작은 마지막으로 한번 더 너에게 중요성이 큰 제안을 하마. 귀기울인다면 내 것이 네 것 되고 네 것이 내 것 된다고 하지만 역시 그녀의 대답은 나오지 않습니다. 그게 말은 일단 제안의 형식을 띠는데 공작에게 대답 같은 건…… 그녀의 의사 같은 게 중요했을까 싶습니다.

아가씨의 사치는 그뒤로도 이어졌습니다. 이 경우 사치가 꼭 적합한 말일까 싶은데 인터넷 강의가 아니라 현직 교사를 합법적이지 않은 형태로 모셔다가 영어와 역사를 배운다는 게, 비용을 떠나 보통 사람은 선뜻 하지 않는 일이긴 합니다. 그 무렵 갑작스럽게 교외의 주택으로 이사가 결정됐습니다. 담벼락이 높게 솟아 있어 드론이나 날아오르는 새가 아니면 담 너머를 볼 수 없는 집으로 거처를 옮긴 것은, 보스의 옆에 의미 모를 여자가 붙어 있다는 소문이 바람을 맞은 돛처럼 부풀어올라 조타의 방향을 틀어야 하는 때였습니다. 본사에서는 계열사 대표 옆에 있는 여자의 역할이 무엇인지, 출신 성분을 알 수 없고 이상한 여자인 건 분명한데 구체적으로 어떻게 이상한지, 그 여자는 그에게 오점인지 약점인지 하여간 강점만은 아닌 게 분명하다는 따위의 이야기가 나오던 참에 집안에서는 미혼의 자식이 젊은 여자를 데리고 있다는 소문이 본사에 퍼지는 것을 못마땅해하며, 그 여자를 데려와서 보여주고 식을 올리든지 그럴 만한 위치의 여자가 아니라면 애인으로 두고 결혼은 따로 하라는 전근대식의 식상한 충고를 했습니다. 그러다가 부친이나 의붓어머니 내지는 이복 형 누나 들이 언제 들이닥쳐서 아가씨에게 돈봉투를 내밀지 모르게 되어, 부친이 증여한 아파트를 버리고 외진 곳의 주택을 매입하여 이사한 것입니다. 그때는 기보유 주식에다가 어둠의 유통을 통해 상당한 재력을 갖추게 된 걸로 추측합니다. 몇 번 말이 오가다 수차례 회동 끝에 본격적으로 성사되지는 않았다고 하지만, 한때 지역구 의원의 선거에 자금 조달 제안도 들어왔고 그 과정에서 정치 거간에 발끝을 적실 뻔한 적도 있던 모양이니 재산 내역과 동거인의 존재 여부 정도는 털렸을 것으로 짐작할 수 있습니다. 두세 차례 작지 않은 규모로 돈이 나간 것 외에 어느 정도 깊이까지 담갔는지 적당히 뺐는지 같은 것까지는 몰라도, 그 경험이 어쩌면 어둠의 유통 쪽에 비어져나온 꼬리를 안 밟히고 이어가는 데 일조하지 않았나 싶기도 합니다. 한 개인의 재산은 파악하면서 자금 출처는 섣불리 터치하지 않았다니 이해하기 어려워서요. 종종 있는 일입니까? 어쨌든 그 이사는 본사에서 말이 나오는 걸 줄여보고자 일종의 은닉 차원으로 서둘러 결정한 걸 테지요. 하여 강실장과 한실장 그리고 박실장같이 오래 알고 믿던 이들만 새로운 집에 데려왔습니다. 그 과정에서 현직 교사들과 계약관계를 정리하게 됐고요.

그럼에도 무언가를 하고자 하는, 구체적으로는 어떻게든 시간을 최소한 유의미하게 죽이고 싶은 아가씨의 바람을 외면하지 않고 보스는 이사한 다음에도 기타를 사주고 기타 선생님을 붙여주었습니다. 그런데 주위에 소개를 부탁하자니 그게 어쨌든 술자리에서 명함을 주고받은 연예계 종사자들의 인맥을 몇 다리씩 건너서 나오는 거라 부담스러웠을 겁니다. 공연히 아가씨에게 쓸데없는 말을 붙여가며 보스에 대해 아는 척하는 사람이 당첨되기라도 하면 곤란하겠지요. 수준급 이상의 연주 실력에 명성이 자자한 기타리스트여야 할 필요는 없으며 무엇보다 남들 눈에 띄지 않게 말없이 다녀가줄 성실한 사람이 필요했으므로, 한두 번의 시행착오 끝에 학원 취미반 강사, 공공기관 문화교실 내지 이벤트 아르바이트 정도 틈틈이 나가며 먹고사는 연주자를 구했습니다.

내가 이 집에 오게 된 이유도 그런 거겠지요. 교육은 충분히 받고 필요한 일을 실행하는 능력은 있으나 대외적으로는 크게 별 볼 일 없는 사람, 자기가 종사하는 분야에서 썩 잘나간다고 볼 수는 없지만 실속도 없지는 않은, 가성비가 그럭저럭 나쁘지 않은 사람을 찾았던 거라면 말입니다. 나 자신을 그렇게 표현하는 수밖에 없어서 아쉽지만 인정할 건 인정해야겠지요. 그런 사람은 정말이지 어느 분야든 간에 하고많답니다.

코드 잡고 연습하고, 두 달이면 열여섯 번 수업한 셈인데 그새 뭘 대단한 걸 했겠어. 나는 기타 선생님 덕분에 〈사랑의 로망스〉 한 곡 정도는 그럴듯하게 칠 줄 알게 됐고, 선생님은 그거 한 곡만 붙들고 늘어지면 지루할 테니까 몇 곡을 한꺼번에 알려주고 번갈아가면서 연습해보라고 하셨고. 그런데 실은 기타 선생님이 다양하게 들려주는 팝뮤직을 따라 부르면서 계속 새로운 곡들을 알게 되는 시간이 더 좋았어. 악보 출처를 보면 선생님이 태어나기 전에 발표된 곡들도 있었는데, 티브이 예능 프로그램들의 동영상 클립을 보다보면 자주 들려왔던 BGM들이어서 내 귀에도 익숙하더라고.

기타 선생님은 지금의 선생님과 비슷한 연배였던 것 같아. 실은 실용음악을 전공하지는 않았다고 솔직히 말씀해주셨고, 문화센터에서 기타만이 아니라 우쿨렐레며 오카리나까지 두루 가르쳤대. 비수기에는 지역 소도시 축제나 누군가의 칠순 잔치 같은 데를 돌아다니면서 연주하고. 그런데 전공자 친구들도 음악으로 먹고사는 길로 가지 못한 경우가 많다고, 본인은 이 정도 일감만 있어도 감지덕지라고 하셨어.

"그럼 선생님 전공은 뭐였는데?"

"어, 행정학이라고 해야 할지 비슷한 뭐 그런 거 했어."

"공무원 쪽으로 나가는 게 안정적이지 않나."

"시험도 운이고 재능이라는 말, 나는 믿는 편이지. 노력만으로 다 되는 세상이라면 얼마나 좋겠어. 대학도 재수로 들어간 마당에 공시 세 번 떨어지고 나니까 네번째 도전하기가 집에 눈치 보이더라. 알음알음으로 아르바이트 다니다가 이쪽으로 빠졌지 뭐."

"음, 나는 대학도 안 가서 잘 모르겠지만, 보통의 자식이라면 아르바이트로만 살아가는 게 부모님께 더 눈치 보일 것 같긴 해."

"세상 트렌드가 바뀐 게 언젠데, 잘 키운 열 아르바이트가 한 정규직 안 부럽다."

"예시가 틀렸어. 열과 하나의 위치가 바뀌어야 할 것 같아."

"아무튼 그게 중요한 건 아니고, 너는 네 손에 물 묻혀가면서 일이나 해보고 그래라, 응?"

그러면서 기타 선생님은 웃었는데 그 웃음에다 대고 폭탄선언을 한다면 어떤 표정을 지을까 궁금해졌어. 나도 물 묻혀가면서 일하고 살고 싶었거든, 물은 아니지만 대신 나는 피와 고름을 묻혀……라고 한다면 말이야. 그러나 갑자기 그렇게까지 수위를 높일 수는 없어서 다만 이렇게 말했지.

"선생님이 나를 여기서 꺼내준다면 그렇게 할 텐데. 나도 내가 원해서 여기 있는 거 아니야."

그 말을 듣고 기타 선생님이 무안해하거나 미안해하거나 걱정스러워하거나, 그조차도 아니면 말을 딴 데로 돌릴 줄 알았어. 이분도 앞서 있었던 영어와 역사 교사들처럼, 애한테 이것저것 쓸데없는 거 관심 끄고 교육에만 신경써달라는 당부를 들었을 텐데 입장이 난처하겠구나…… 어딜 봐도 가족 아닌 것 같은 젊은 여자가 이 큰 집에서 무슨 역할을 하면서 사는 건지 궁금했을 테지만 아무것도 묻지 않기로 약속했을 텐데 갑자기 이런 이야기를 들으면 당황스럽겠지. 한 십 초 넘게 그대로 정적이 흘러서 괜한 소리를 했나보다 조금 어색해지려 할 적에, 퉁 하고 기타 줄 뜯는 소리가 들려왔어. 기타 선생님이 내게 뭐라고 말해주거나 작위적으로 화제를 전환하는 게 아니라, 그저 부드러운 이지 리스닝 느낌의 옛날 노래를 느린 연주와 함께 부르기 시작했어. 창문을 닫고 불빛을 가라앉히면 모든 게 괜찮아질 거고, 이제 신경쓰지 말라고, 아무렇지도 않은 척 가장하는 법을 배우는 거라고, 우리는 모두 혼자라고…… 하는 영어 가사 노래였어. 나를 부정하거나 비난하지 않고 오인도 속단도 하지 않는 그 노래를 들으면서 나는 말과 선율의 가장 행복한 결속을 목격할 수 있었어. 우리 지난 시간에 선생님이 그랬지, 세상 최초의 이야기는 노래에서 시작했다고. 세상 최초의 시, 최초의 연극은 신에게 제의를 올리는 사람들의 춤과 노래에서 비롯했다고. 그러니 신화가 인간 무의식의 기원에 대한 이야기라면, 자신의 기원을 부르는 노래가 사람의 수용기를 첨예하게 일깨우는 것은 지극히 당연하다고. 그리고 그것은 궁극적으로 살아가고자 하며 자신의 존재를 이어가고자 하는 사람의 본능을 자극한다고 말이야. 그래서였을까, 그리 대단할 것도 없는 가사인데 다정하면서도 슬픈 멜로디가 해어진 마음을 기워주는 것 같아서 그만.

그때는 쓸 일은 거의 없지만 휴대전화도 갖고 있었고, 집에서 몇 군데 인터넷도 잘 됐다고 했지. 지금처럼 CCTV가 집 전체에 깔리지도 않았던 때였어. 방범용으로 정원과 집 바깥을 비추는 거 고작해야 몇 대, 그리고 집안에는…… 기타 선생님과 함께 시간을 보냈던 내 방에만 달려 있었어. 그날 내 모습이 어땠는지 카메라에 잡히긴 했을 텐데 그러거나 말거나 그게 별일이라고 생각 안 했던 게, 기타 선생님과 접촉이 있었던 것도 아니고 선생님은 그냥 노래를 불렀을 뿐이며 나는 그걸 듣고 눈시울을 붉힌 거라서. 하지만 분명한 건, 그런 일은 이전 선생님들하고는 없었다는 사실뿐이지. 그전에 살던 아파트에선 감시자 노릇을 하는 실장들도 셋씩이나 붙어 있지 않았고 집안에 상시 감도는 절대적인 고요를 예민하게 포착할 만한 환경이라고는 할 수 없었던데다 영어 회화를 하다가 그런 갑작스러운 순간이 찾아오지도 않았거든.

그다음주 레슨이 돌아오기 전 기타 선생님한테 그날 불러주셨던 곡의 악보도 갖고 와달라고, 너무 고난도만 아니라면 그걸 연습하고 싶다는 문자메시지를 보냈어. 답장이 따로 오지 않았지만 알아서 악보를 챙겨와주시거나 PDF로 보내주시려니 막연히 생각하던 참에 레슨 전날 오언이 통보하기를, 기타 선생님은 그만뒀다고. 나한테 말도 없이? 내가 뭔가 기분을 상하게 했나. 이유를 물어도 개인 사정이라고만 하고. 그렇게까지 치졸한 가능성까지는 염두에 두고 싶지 않았는데 설마 내가 기타 선생님 앞에서 약한 모습을 잠깐 보인 것이 오언의 귀에 들어가서 문제라도 됐나. 아무래도 직접 확인해야겠다고 전화했을 때 신호음 한 번 가고 곧바로 음성 안내로 넘어간 걸 들으니 내 번호는 차단당한 듯했어.

"무슨 짓 했어?"

물음이라기보다는 거의 확신을 갖고 내가 그렇게 말하자 오언은 한동안 감정의 지층 아래 묻어두었나 싶었던, 싸늘하게 정색하는 표정을 꺼냈어.

"짓은 내가 무슨 짓을 해. 그만둔다는 사람한테."

"하고도 남지. 뭐라고 얘기했기에 선생님이 인사도 없이 그만둬?"

"나한테 했으면 그걸로 끝이지. 그만두는 이유까지는 안 물어봤는데."

"영어하고 역사는 최소한 작별인사는 제대로 했어."

"그때는 우리가 이사오면서 우리 쪽 사정으로 멀리까지 매번 와주시긴 힘들 것 같다, 현직에 계신데 번거롭게 해드려 죄송하다, 이참에 정리하자고 먼저 말씀드렸으니까 그렇지. 이번엔 그쪽에서 일방적으로 더 못하겠다고 연락온 건데 나한테 왜 시비야."

그렇게 말하는 동안 어느새 익숙한 탄성을 발휘하여 오언의 얼굴은 평소와 같은 조소를 띠었어.

"못 믿겠으면 읽어보기라도 하든지. 간단하네."

"관둬! 그런 걸로 무슨. 제정신 아니야."

의심을 거두기는 어렵지만 그렇게까지 말하는데 더 물고 늘어지기도 무의미하니 자리에서 일어났어. 타이밍이 마음에 걸렸던 거겠지. 만약 그때 내가 눈물 흘리지 않고 평소처럼 레슨을 마친 상태에서 통보가 온 거라면 그냥 나랑 안 맞았나보다, 이 집 분위기도 스산한데 스트레스를 받아서 그만하고 싶었나보다 정도로 생각하고 잊어버렸을 텐데.

"계속 레슨을 받고 싶으면 다른 선생님 알아봐줄까?"

"아니, 이제 특별히 모르는 코드는 없으니까 그냥 유튜브 보고 연습할 거야."

실은 연습 문제가 아니라 오언과 이 집 실장들 아닌 누군가 다른 사람이 나를 마주보아주고 함께 노래할 수 있는 시간이 좋았던 것 같지만, 그 누군가 와서도 잠깐만 있다가 떠나고 이런 식으로 절단에 가까운 이별을 조만간 반복하고 싶지 않기도 했어.

"나한테는 영원히 안 들려줄 예정이고?"

약 올리는 건지 진심으로 기대하는 건지 모를 말에, 평소 같았으면 나는 이렇게 대꾸했겠지.

'사람들을 상처 입혀서 그들 머릿속에 있는 생각을 끄집어내는 거 말고, 당신이 나한테서 듣고 싶은 게 또 있어?'

그런데 비록 한순간에 불과했지만 말투도 표정도, 이 열람실에 맞지 않는 서지 번호의 책이 꽂힌 것과 같은 생경함을 띠었기에, 내 마음의 외곽선이 좀 희미해졌나봐.

"지금 말고, 안 틀리게 되면."

그리고 이어서 오언이 뭐라고 말할까봐 서둘러 자리를 떴어. 내게서 아무 소음이라도 듣기를 기대하는 눈빛 같은 거, 내가 읽어내야 하는 타인의 마음속만이 아니라 나 자체를 궁금해하는 듯한 어조 따위, 못 보고 못 들은 걸로 하고 싶었어.

　기타 선생님을 다시 만나게 된 건 그로부터 한 달 남짓 지난 뒤였어.

그전부터 별렀다가 오언과 합의를 본 게 있었어. 다가오는 내 생일에는 그 어떤 선물도 필요 없고 실장들이나 오언의 동행 없이 나 혼자 하루 나가서 돌아다니고 싶다고. 혼자 극장에서 영화도 보고 싶고 혼자 미술관도 둘러보고 싶고 혼자 천변도 걷고 싶고 혼자, 제발 좀 혼자! 내버려둬달라고, 지금껏 큰 저항 없이 나 잘해오지 않았느냐고 꾸준히 주장했거든. 내가 그때까지 무슨 어디 외딴집에 감금당해서 밖에도 못 나오고 그랬던 게 아니야. 어느 해 겨울에는 바다를, 또 어떤 해 봄에는 꽃을, 다른 해 가을에는 단풍을 보러 갔고 그 모든 발걸음만 생각하면 오히려 시설에서 지냈을 적보다 더 풍족한 경험을 했다고 할 수 있지. 다만 언제나 최소한 강실장과 함께였어. 기분전환이든 병원 진료든 운전은 매번 강실장이 해주고, 쇼핑을 나가더라도 항상 실장들이나 오언이 옆에 붙어 있었던

데다 전세 내는 숍 위주로 들러서 문제였을 뿐. 그런 거 있지, 우리 좀 이따 거기 들른다고 전화 한 통 넣으면 영업 외 시간에 세팅하고 기다리는. VIP들의 매장 이용법이 진짜 있더라, 티브이 드라마에서나 허용되는 상상인 줄 알았는데. 그런 데를 다니는 동안 물질과 풍경, 예술 가치를 둘러싼 경험을 동행인과 공유하여 사유를 증폭시킨다기보다는 소유에의 욕망을 우아하게 포장하고 그것을 갖지 못하는 이들에 대해 급을 나누거나 선을 긋는 행위들을 보았어. 나 혼자 광장을 걷거나 도서관의 서가를 거닌다든지 하다못해 통유리창 바깥을 멍하니 내다보면서 지나가는 사람을 구경한 일은 전생의 기억처럼 아득하게 멀어졌고, 자유를 제외하고 누릴 거 누리면서 사는데 인간으로서의 생활 감각에서 멀어지고 있다는 느낌을 견디기가 어려웠어. 내 인생에서 마지막으로 혼자 장거리를 이동한 게 오언의 가게 사무실로 간 그날이었는데, 모든 게 막막하고 절망적이었던 그때가 차라리 나았을 정도야. 코너에 몰린 상황에서 한 선택이었지만 적어도 내가 내 생각이라는 걸 갖고 두 발로 움직인 날이지. 그 생각이라는 게 큰 패착이었음을 훗날 알게 된 것과는 별개로. 나는 판단 착오와 실패와 무엇보다 극복이라는, 인간으로서의 행위를 해볼 기회를 그뒤로 잃은 거야.

"어차피 전화에 위치 추적 앱 깔려 있잖아. 내가 가면 어디로 가. 어디 있는지 다 나오잖아. 나 애 아니야."

"네가 전화기를 꺼버리지 않는다는 보장은 있고?"

"안 꺼. 안 끈다고. 그 정도는 좀 믿어. 게다가 신용카드 누구 거야. 결제하면 어디서 썼다고 바로 알림 가잖아. 뭘 걱정하는데."

그래서 몇 가지 조건이 붙었어. 휴대전화에 연동한 시계도 차고 가서 둘 다 끄지 않기로 하고, 서울까지는 강실장의 차를 타고 나간 뒤 밤 열시에는 강실장이 차 대고 기다리는 약속 장소로 돌아오기로. 쩨쩨하기도 해라, 신데렐라의 구두도 자정까지는 제 기능을 다 하는데. 약속 시간 전에는 어디서 무엇을 하고 지내든 마음대로, 그러나 즉석에서 일행을 만들거나 하지 않고 혼자서 다니라고 하기까지.

"아무하고도 말하지 말라곤 안 하는데, 아무나 따라가지 말고 합석하지 말고."

"나 헌팅하러 가는 거 아니고, 애 아니라고. 1절만 하라고."

그렇게 약속하고 외출 준비를 하는데, 박실장이 방에 들어와서 새 옷을 건넸어.

"나 편하게 입고 나갈 생각이었는데."

구두와 핸드백까지 풀 착장을 하라고 내민 걸 보고 나는 고개를 저었어. 놀러 나가는 게 아니라 선보는 자리나 정재계의 근엄하고 클래식한 시상식 파티에 참석해야 할 것 같은 원피스와 코르사주까지 붙은 블레이저라니, 미술 전시장에 들어갈 때는 눈에 안 띄지만 포장마차에서 혼술은 좀 어려울 것 같은 그런 차림 있지. 누구 놀리는 건가, 어디 멀리 나가지 말고 움직일 생각 말라는 의도를 이런 식으로 표현하는구나 싶었지.

"그래도 대표님이 준비하신 생일 선물인데 받아주시지요. 기장도 어디 보자, 잠깐 그대로 서 계셔요. 어깨 좀 대볼게요. 이렇게 무릎도 넉넉하게 덮고 플레어 타입이라 돌아다니기 안 불편해요."

"혹시 나 이거 입고 나가는 게 조건이야?"

"그렇게는 말씀 안 하셨지만 웬만하면 입고 가주시는 게 제 마음도 좋을 것 같네요."

선생님도 박실장하고 얘기 나눠보셨을 텐데, 말하는 내용은 생각보다 별거 없지만 말투 자체는 한실장보다 경직됐다는 느낌을 받았을 거야. 성격이 매사 무감동에 무관여, 매뉴얼 따라 움직이는 스타일인데 그날따라 말씨와 눈치가 무언가를 신경 쓰고 있는 듯했어.

"대표님이 따로 말씀 안 하셨겠지만 지금 별로 분위기가 좋지는 않답니다."

살피는 건 내 마음이 아니라 역시 그 잘난 대표님 얘긴가보더군. 나는 시큰둥하게 대답했어.

"본사 얘기야? 분위기라고만 하면 내가 어떻게 안담."

"한동안 잠잠했는데 아가씨에 대해 캐고 다니는 사람들이 다시 좀 생긴 것 같아요. 큰맘 먹고 외출 허락해주신 거니까 이 정도는 받아주시는 게."

그런 사람들은 이전에도 있었어. 구멍가게만한 회사여도 사람 셋 이상 모인 곳인 다음에야, 머리를 지지하는 사람이 있고 반대하는 사람이 있겠지. 흠잡으려는 사람들. 혹은 어둠의 유통 관련 중간상인들이며 연예기획사 간판을 단 조직폭력배 같은 거 왜 없겠어. 그러던 중 내가 손댄 사람들 가운데 살아남은 사람이 있다면 몇몇은 입을 털고 다녔겠지. 상처를 만지작대다가 나중에는 후벼파더니 물건 소재를 혹은 사람이나 차량 내지 공장의 위치를 알아내는 여자가 있어요. 내 머릿속에만 들어 있었고 내가 절대 안 불었어요…… 처음 한두 명이 그리 떠들고 다니면 미친놈이겠거니 하고 폐차장의 고철 더미 아래 묻어버리겠지만, 서너 명이 네댓 명 되고 예닐곱 명에 이르면 뭐라도 확인하는 시늉이나 해볼까 싶은 사람들도 생기겠지.

"그러니까 내가 혼자 다니다 어디 끌려가기라도 할까 걱정이라는 거지? 그럼 더더욱 거추장스러운 옷은 피하는 게 맞지."

"그렇게까지 극단적인 위험에 상시 노출됐다기는 모호하니까 오케이하신 거고요, 그래도 좀 거슬리는 상황이 있는 건 사실이어서 전화기를 켜두라고 강조하시는 겁니다."

"뭐든 간에 내가 남들 눈에 띄었다고 쳐도 그거 내 탓은 아니잖아."

"저는 현상태를 말씀드리는 거고, 그 이외의 판단은 제 몫이 아닙니다."

"알았으니까 거기 침대에 올려놔줘요. 혼자 입을 수 있어."

일분일초가 아깝고 겨우 옷 한 벌 가지고 시간 끌기 싫어서 나는 갖춰준 대로 차려입고 현관으로 뛰어내려갔어. 옷에 어울리지 않는 시계를 찼지만 재킷 소매가 손등의 절반까지 덮어주었지. 백 지퍼 타입의 원피스는 약간의 신축성이 있는 소재여서 어깨와 가슴이 죄는 느낌도 없었고 구두는 조금, 이걸 신고 얼마나 멀리까지 달려갈 수 있을까 싶긴 했는데 발에는 잘 맞았어.

실은 잰걸음 이상으로 빠르게 갈 길을 재촉해야 하는 상황도 염두에 두고 있었거든.

외출하기 일주일쯤 전부터 내가 별렀던 까닭이 있어.

지금은 없지만 예전에 여기 서재에 데스크톱 있었다고 했잖아. 나 그걸로 영화 보고 음악 듣고, 그런 일상은 실장들의 방해를 받지 않는 영역이었단 말이야. 데스크톱은 로컬 계정으로 윈도우가 설치된 단순한 거였고, 원격 제어 프로그램이 깔려 있었다면 오랫동안 사용하면서 내가 느끼지 못할 수 없었을 거야. 내 손에는 없는 태블릿에 연동되어 통화나 문자나 검색어 등이 수시 체크당할 수도 있겠다고 막연히 짐작한 건 휴대전화까지였고, 전화기에서는 SNS 앱을 지운 지 오래였지. 그런데 방치한 채 몇 년 새 팔로워도 많이 떨어져나가서 죽은 계정이나 다름없던 SNS의 PC 버전으로 접속해서 서투르게 기타 치는 손만 나오는 릴스를 오랜만에 올리고 난 뒤 몇 분도 지나지 않아 한 유저가 나를 팔로했다는 알림이 떴고, 상대방의 프로필 사진에 노출된 악보의 일부를 본 순간 나는 홀린 듯이 맞팔로를 걸어 DM을 주고받을 환경을 만들었어. 몇 마디에 불과했지만 그것이 전날 기타 선생님이 불러준 노래의 멜로디란 걸 알았어. 직감이라는 게 이상하지. 많이들 알고 누구나 올릴 수 있는 올드팝의 악보인데도 상대방이 누군지 확신을 갖게 되는 건. 이분이 어떻게 내 계정인 걸 알았을까 의문을 가질 여유도 없었어.

  DM 설정을 바꾸고 거의 동시에, 너 맞지, 운지법만 봐도 매번 지적했던 부분을 똑같이 틀리는 모양이 꼭 너인 줄 알겠다며, 사정이 있어서 그만두게 되어 미안하다는 기타 선생님의 메시지가 도착했어. 이쪽 집주인이 무슨 부당한 대우나 언행을 했는지 묻자 기타 선생님은 그런 거 아니라고, 본인이 먼저 말 꺼낸 거래. 그런데 선생님, 웬만하면 사람 얼굴을 마주보든지 목소리를 듣든지 둘 중 하나는 해야 그의 말이 둘러대는 건지 사실인지 헤아리는 시늉이라도 할 수 있잖아, 세밀하게는 아니더라도, 설령 그 결과가 판단 착오를 가져오더라도. 세상 웬만한 사람들은 상대방의 상처에 손대는 대신 표정을 관찰하고 목소리를 듣는 게 보통이잖아. 나도 그 웬만한 사람들처럼 하고 싶었어. 마침 며칟날 외출 계획이 있으니 만나서 얘기하고 싶다고 했지.

  기타 선생님은 지도와 상호를 보내주고, 이 카페에서 파트타임으로 일하고 있으니 그리로 오라고 했어. 제대로 인사도 못 갖춘 채로 그만두어 미안하고 부끄러우니 너의 보호자에게는 비밀로 해주었으면 좋겠다는 말과 함께였어. 딱히 죄짓는 것도 아니며 기타 선생님을 만나는 걸 오언에게 숨길 일이 아닌데 오히려 당당하게 말해도 되지 않나 생각하자 왠지 좀 이상하더군. 이상한 것은 단지 내 감각에 불과하며 남들 상처를 파헤치고 그들 머릿속 생각을 끄집어내는 동안 신경이 과민해졌을 뿐이지만 강박적으로 조심해서 나쁠 건 없겠더라고. 무엇보다 기타 선생님이 잠깐 가르친 학생한테 연락하는데 평범하게 전화로 해도 문제되지 않는 걸 DM으로 접근했다는 점에서 나는 아무래도 오언이 기타 선생님을 내게서 떼어놓곤 시치미떼는 거라 여겨, 상호와 가게 전화번호를 외운 즉시 DM을 통째로 지우고 로그아웃한 다음 쿠키까지 삭제했어. 첩보영화는 많이 안 봤어도 모든 정보는 외워버리고 불살라 재로 만들어야 한다는 걸, 실은 메시지가 도착하는 그 짧은 순간마저도 안전하지 않고 핵심 정보는 오프라인에서 아날로그 방식으로, 서로 등이 맞닿은 벤치에 앉아 신문이라도 읽는 척하며 메모지나 작은 대화로 전달되는 게 좋다는 걸 아니까. 그렇게까지는 형편상 불가능했지만 DM이 오간 지 몇 분도 안 되어 지웠고, 그걸 복원이라도 하려면 물리적으로 시간을 들여야 가능할 거라고 생각하면서도, 경계를 늦추지 않았어. 출발하기 전 받은 백은 내 눈앞에서 품질 보증서와 태그를 떼어낸 새 제품이었지만 작은 수납 주머니를 하나하나 털어서 뭔가 들어 있지 않은지 살폈고, 블레이저의 주머니도 안팎으로 뒤집어보았지.

그런데 강실장이 내려준 지하철역 부근에서 한참 걸어가는 동안 뒤를 밟히는 느낌이 들었어. 내가 전화기를 열면 그 화면을 누군가가 연동시켜 같이 들여다보고 있을지도 모른다는 생각에 지도 앱도 켜지 않았고, 오로지 지도를 한 번 검색해본 기억에 의존해서 약속 장소까지 찾아가느라 적지 않은 골목을 꺾어 들어갔는데, 문득 고개를 들 때마다 아까 큰길가에서 비슷한 인상착의의 사람을 봤지 않나 싶은 순간이 두어 번 있었어. 그러나 내 눈에 띌 정도면 전문가는 아닐 테고 그저 지나가는 사람일 뿐 지나친 생각이다, 오랫동안 혼자 외출이 없었기 때문에 생긴 부작용이다…… 곱씹으며, 작고 특색 있는 점포들이 줄지은 골목을 빠져나와 다시 큰길가로 나갔어. 기타 선생님이 알려준 가게는 그 거리에서는 몇 안 되는, 서로 다른 방향으로 출입문이 두 군데 나 있는 대형 체인점이었지. 하나는 길가 쪽으로, 다른 하나는 빌딩 내부로.

카운터에서 눈에 띄는 자리에 가방을 내려놓고 음료를 주문하려는데, 분주하게 움직이는 직원들 가운데 기타 선생님은 보이지 않았어. 오늘 내가 온다고 했는데, 몇시가 되든 상관없이 기다린다고 했는데.

"저 혹시 직원 중에……"

매장에 흐르던 음악의 볼륨에 비하면 거의 속삭임에 가까운 소리로 우물쭈물할 때 카운터 직원 한 명이 내 앞에서 멈칫하더니 내 얼굴을 안다는 듯, 구체적으로는 사전에 나에 대한 언질을 받은 적이나 있는 것처럼 눈을 둥그렇게 떴어. 그건 분명 손님을 환영하거나 주문을 받겠다는 표정과는 거리가 있었고, 나는 왠지 입으로 어떤 소리도 내면 안 될 것 같다는 직감과 함께 냅킨을 한 장 뽑아다 그 위에 기타 선생님의 이름을 볼펜으로 휘갈겼어. 직원은 말없이 냅킨을 내려다보곤, 커피 도구들이 전시된 쇼케이스 아래 팬트리에서 명함보다 작은 쪽지를 한 장 꺼내더니 마치 그것이 내게 건네는 게 아니라는 듯 가볍게 청소라도 하는 동작으로, 우리한테서 조금 떨어진 빨대 상자 아래에 끼워놓으며 말했어.

"저희가 지금 녹차라테는 재료가 다 떨어져서요. 죄송합니다."

그녀가 엉뚱한 대답을 하는 순간 나는 몸속의 모든 두꺼비집이 올라간 듯 돌아가는 상황을 깨닫고 대답했어.

"예, 그럼 좀 둘러보고 정할게요."

말하면서 빨대 상자 밑에 끼워진 종이를 슬그머니 뽑아냈지.

자리로 돌아와 쪽지의 내용을 확인하고 그걸 손에 구겨 쥐어 주머니에 넣은 다음 체인점 안을 둘러보았어. 내 또래 여자아이들이 셋이나 넷씩 모여 2학기 조별 과제중인 것 같은 테이블이 네 자리, 남녀 커플이 앉은 테이블이 다섯 자리…… 그리고 혼자서 온 남자들이 각각 차지한 테이블이 셋. 그중 한 명은 지팡이를 빈 의자에 기대놓은 노인, 한 명은 노트북과 각종 클리어파일을 넓게 펼쳐놓고 일하는 회사원, 커피를 마시는 것 외에는 자기 전화기만 들여다보며 별다른 일은 하지 않는 중년 남자가 하나.

나는 아메리카노를 매장 전용 잔으로 주문하고서 음료를 받은 다음 십 분쯤 그대로 테이블에 머물렀어. 간간이 세 모금 정도 마시는 동안 손목에서 풀어낸 시계를 가방에 넣고, 카운터로 가서 물었어.

"여기 화장실이 어디일까요."

"나가셔서 건물 지하나 이층으로 가시면 되고요, 일층은 수리중입니다."

"감사합니다."

나는 눈에 잘 띄게 테이블에 가방을 올려놓고 누가 봐도 그 자리에 다시 돌아와 앉을 것 같은 티를 내면서 문을 나섰는데, 마지막으로 가게 안을 돌아보았을 때 지팡이를 짚으며 자리에서 일어나는 손님의 모습이 보였어. 저 사람이 노인이 아닐 수도 있겠다는 생각을 하면서 지하층으로 뛰어내려가선 복도 끝에 보이는 철문을 열었어. 그 철문 너머에 기타 선생님이 있었고, 반가워하기도 전에 기타 선생님은 손을 펄럭거리며 층계를 가리켰어. 한 층 더 지하로, 주차장으로 내려가는 층계였지. 그길로 달려가 선생님의 차를 탔어. 여기까지 와서 쪽지의 내용을 읽은 이상 그 사람이 기타 선생이니 아르바이트 생활자가 아니라는 건 잘 알겠고, 판단을 내릴 시간은 부족했지만 내 의지로 그 차에 올라탄 거야. 그 의지는 어쩌면 DM을 확인하고 얘기를 나누었을 때부터 일말의 믿음과 함께 피어난 것일지도 몰라. 테이블에 두고 온 가방 따위 누가 집어가든지 말든지, 나는 시계도 전화도 끄지 않겠다고 약속했을 뿐 그걸 계속 몸에 지니고 다니겠다고 한 적은 없지.

쪽지에는 이걸 보고 몇 분 뒤 지하 어디서 만나자는 것과 모든 건 나중에 설명해줄 테니 이대로 하라는 글이 적혀 있었는데, 거기까지였다면 나 역시 박실장의 당부도 있고 해서 경계심이 들었을 테지만, 마무리가 이랬는걸.

―더이상 그런 일을 하지 않아도 돼. 도와줄게. 나를 믿어.

그리고 마지막 한 줄로 쐐기를 박은 거야.
—네 판단이 그 사람도 구할 수 있어.

"선생님 뭐하는 분인지 나 좀 알 것 같아."

달리는 차 안에서 입을 열었을 때 기타 선생님은 전방 주시 상태로 딱딱하게 답했어.

"나중에 얘기하자. 일단 나쁜 놈 아닌 것만 알고 있어. 할 수 있는 한 너 안전하게 해주려고 그래."

"문화센터에서 일한 적은 있어? 카페에서 일한 적은?"

"없어. 다 가짜야. 실망시켜서 미안하다."

그날 농담처럼 건넸던 말, 선생님이 나를 꺼내준다면…… 이 이런 방향으로 실행에 옮겨질 거라곤 생각도 못했기에, 나는 아직 아무것도 하지 않았음에도 뭔가를 해낸 양 순간적인 고양감에 빠져 있었어.

"아니 그건 뭐 별로. 기타를 칠 줄 알고 가르칠 줄도 알면 그만이지, 실제론 어디서 일하는지가 뭐 중요해."

"그래도. 너는 속았다 싶을 거고 이용당했단 마음도 안 들 수 없지."

"선생님이 뭐든 그건 괜찮고, 문오언 잡아가려는 거 맞지. 그런 거면 이용당한 것도 잊어줄 수 있어. 할일을 했을 뿐이잖아. 나한테 친절하게 대해준 것도, 노래를 불러준 것도."

"그것도 나중에 설명하게 기회를 주고, 일단 운전에 집중하게 해주면 좋겠다. 너 보면 짠한 마음 들고 도와주고 싶다는 것까지 거짓말은 아닌 것만 알아줘."

"녹차라테 얘기하던 언니도 함께 일하는 사람?"

"거기 있던 애들은 영문 모르고 지시대로 협조만 해준 진짜 알바생들이야."

이제는 그렇게 부르면 안 될 것 같긴 한데, 기타 선생님과 도착한 곳은 작은 상가 건물이었어. 뒷골목 사채업자들이나 지파도 모를 수상쩍은 종교인들이 본거지로 얻었을 것 같은 느낌의 사무실로 들어가서 낡은 소파 아무데나 대충 앉으라고 손짓하곤 기타 선생님은 한숨을 돌렸어.

"속속들이 알려주기는 우리 방침상 무리가 있으니까 이해해라."

내가 손대고 난 뒤 살아남은 사람들 가운데 일부가 기타 선생님 쪽의 변변찮은 협력자이면서 정보원이 됐는데 그들이 하나같이 이상한 여자에 대해 언급했다는 것, 바로 그 여자한테 붙여줄 기타 선생님을 구한다는 얘기를 듣고 다방면으로 줄을 대어 우리집에 온 것은 집의 정황을 살피기 위함이었다는 것, 집의 규모와 구조와 구성원을 파악하고 집 어딘가에 보관됐을지 모를 어둠의 유통 쪽 비밀 장부와 USB 메모리를 훔쳐낼 동선과 출입문을 확인하는 한편 집안에서 사람이 오가는 사정을 확보하기 위해 응접실과 서재 그리고 식당에 장비를 부착했다는 것……까지 듣고 나는 대체 그 기간 동안 나와 거의 붙어 있었으면서 기타 선생님은 언제 그럴 틈이 있었는지 기억을 되살려보았어. 그래, 우리는 기타만 치고 노래만 부른 건 아니었지. 각자의 전화기에서 사진첩을 구경하면서 이런 풍경이 있고 저런 장소가 있는데 언제 한번 가보고 싶다는 일상의 잡담도 주고받은 한편, 집이 이렇게 생겼으니 구석구석 내가 모시고 다니면서 구경시켜드리기도 했고, 실장들도 그걸로 뭐라고 안 했어. 사용하지 않는 먼지 쌓인 방까지 굳이 보여드리지 않았고, 오언의 방문은 열지도 않아서 기타 선생님은 가장 중요한 방에 아무것도 달지 못했던 거야. 그러나 장부 같은 핵심 증거는 확보하지 못했어도 나라는 존재가 중요한 증인이 되겠다고 판단했을 때, 무엇보다도 그 증인이 될 만한 애가 오언의 옆에 있음을 괴로워하며 기회만 된다면 탈출하고 싶어한다는 확신이 들었을 때 레슨을 그만두겠다고 통보했다는 거지. 솔직히 상처를 어떻게 했다든지 생존한 사람들이 떠벌린 헛소리는 여전히 못 믿겠지만, 그 자리에 있었던 애라면 목격자로서는 충분하다고. 유통 물건이 아닌 폭행 관련으로 문오언의 행동반경에 제약을 걸어두고 붙들어놓자는 안건으로 윗선과 다투느라 시간이 좀 걸렸다고. 전후 사정 설명이 없었던 건 미안한데 지금으로서도 여기서 더 알려줄 수 있는 건 없다고.

"그 사람 옆에서 지내는 동안 본 것만 말해주면 돼. 기억하는 것도. 물적 증거는 결국 필요해지겠지만 당장은 급하지 않아. 그리고 네가 거기서 무슨 역할을 했는지는, 그래, 그건 지금은 얘기 안 하는 게 좋겠다. 믿을 사람도 없거니와 증거로서도 부족해. 그래만 준다면, 우리 쪽에서 널 보호할 거야. 너도 계속 그런 일을 하면서…… 그러니까 나쁜 일들에 가담하면서 살고 싶은 건 아니지?"

"물론이야."

"지금까지 제대로 된 계기가 부족해서, 그러니까 너 도와줄 만한 사람이 가까이 없어서 움직이지 못했다는 걸로 해두자. 네 나이나 여러 가지 정황으로 봤을 때 처벌을 피한다는 보장은 못해주지만, 무력으로 강요된 피해자에 학습된 무기력인 걸로 해서 최대한 애써볼게."

"상관없어, 실형 살아도."

"지금까지 한 일에 대해 대가를 치르겠다는 마음가짐은 바람직하지만 그런 말은 쉽게 하지 마라. 어찌됐든 평생 짊어지는 일이니까. 그래서 말인데, 이런 거 물어봐서 미안하지만 그 사람과 육체관계는 언제부터 있었지? 분명히 말하는데 유사 행위 포함해서야."

예진실의 문진처럼 건조하게 던져지는 갑작스러운 질의에 나는 얼굴을 붉힐 여유도 없었어.

"아직……이라고 하는 게 맞나, 믿어줄지는 모르겠지만 없었는데."

기타 선생님은 한동안 말을 잇지 못하다가 어깨를 으쓱해 보였어.

"믿기 힘든 얘기긴 하네. 미성년일 때부터 겪어왔다면 정상참작 요건이 될까 싶어서 물었을 뿐이야. 어쨌든 좋아. 지내는 동안 그 사람이 너에게 폭력을 휘두른 적은?"

"없어."

"나중에 누가 똑같이 물어보면 있다고 해, 질문자가 누구든 간에. 너 그거 스톡홀름 뭣이라는 그거야. 있지 왜 없어. 비록 지금 당장 구체적으로 공개할 수는 없다 해도 너한테 그런 일을 시킨 것 포함해서, 설령 그걸 시키지 않았더라도 타인에게 가해지는 폭행 상황을 지켜보게 한 것만으로 이미 폭력이야."

그 말이 맞는데 말이야, 선생님, 하나부터 열까지 틀린 말하나 없는 거 알거든. 그런데도 기타 선생님이 너는 그 사람과 동기화 상태라고, 자기 생각이라곤 없는 애처럼 단정하는 건 마음에 들지 않았어. 이름도 같고 생활 지원을 받았다 해서 내가 나이기조차 그만두어버렸다면, 왜 기타 선생님을 따라왔겠냐고. 나를 도와준다는 말, 그래야 그 사람도 구할 수 있다는 말에 왜 반응했겠냐고.

그런 반박을 할 기회가 나중에 얼마든지 있을 테니 일단은

절창

접어두고 일어나서 낡은 임대 사무실 안을 한 바퀴 거닐다가, 양문형 캐비닛의 손잡이 사이에 두껍고 촘촘하게 처진 흰 거미줄을 무심코 손가락으로 걷어내며 나는 혼잣말에 가까운 톤으로 물었어.

"그럼 이제 내가 무엇부터 하면 될까?"

"한숨 돌려. 같이 일하시는 분들이 몇 명 더 올 건데, 그분들이 물어보는 대로 대답하고 얘기 나누는 거 녹음 좀 할게. 그런 다음 너는 그중에서 여자분들하고 동행하게 될 거야. 그런데 지금."

기타 선생님은 시계를 보더니 고개를 기우뚱했어.

"나보다 먼저 와 있어야 하는데. 잠깐 앞에 나가서 보고 올 테니까, 너는 여기서 어디 나가지 말아줘."

"아, 여기서 통화해도 되는데. 나 어차피 무슨 얘긴지 못 알아들을 텐데."

"가만있어주기를 부탁할게. 할 수 있지?"

내가 고개를 끄덕이자 기타 선생님은 비로소 입가에 근육을 살짝 풀고 미소를 띤 다음 철문을 열고 나갔는데.

두 걸음 채 가지 못하고 사무실 안쪽으로 넘어져 뒹구는 기타 선생님을 걷어차며 한실장이 들어섰어. 기타 선생님이 일어나 반격하고 태세가 뒤집힐 뻔한 순간도 있었지만 결국 강실장이 선생님한테 전기 충격기를 꽂았고, 어느새 성큼 다가 온 한실장이 내 입을 틀어막았어.

 목에 주삿바늘이 꽂히기가 무섭게 희미해지는 시야에 문득 거미 한 마리가 여덟 개의 다리를 꿈틀거리는 모습이 환영처럼 지나갔어. 텅 빈 거미줄, 주인 없는 집인 줄 알았는데 네 것이었구나…… 그 생각을 끝으로 정신을 잃은 것 같아.

불빛의 조도와 까만 벽을 보니 기타 선생님네 사무실이 아니라 어딘가의 지하실이나 대여 창고인 듯했어. 눈만 떴을 뿐 약기운이 남아 있는 온몸의 신경줄은 바닥에 깔린 극세사 담요의 감촉에 녹아내렸고, 만약 등뒤에서 쿵쿵, 발로 바닥 치는 소리가 들려오지 않았더라면 다시 잠들었을 거야.

돌아보니 의자에 묶인 기타 선생님이 몸을 뒤틀고 있었어. 손발을 풀어주고 싶었는데 비닐 노끈이나 빨랫줄 정도가 아니라 새끼를 단단히 꼰 밧줄이어서, 붙잡아 흔들어보기도 했지만 내 힘으로 할 수 있었던 건 고작 입에 붙어 있는 청테이프를 떼어주는 정도였어.

"선생님, 어떻게 된 건지 모르겠어. 진짜로 내가 데려온 게 아니야, 그 사람들. 미안해."

"괜찮아. 무사했으면 됐어."

내가 잠들었던 동안 무슨 짓을 당한 건지 기타 선생님은 이미 피투성이가 된 채로 쉰 목소리였어. 다 뭉개지고 구멍난 발음으로 한 음절씩 떼어다가 힘겹게 말을 잇기를,

"저쪽에 쌓인 것 좀 한번 살펴봐줄래? 공구 상자나, 펜치 같은 거 없나."

무슨 용도의 창고인지, 고개 돌려보니 구석에는 나무와 종이로 된 상자가 두서없이 쌓인 게 보였어. 잡동사니 한가운데로 들어가 바구니며 상자를 뒤집어보는 동안 나는 다음에 어떤 일이 일어날지 예감할 수 있었어.

"선생님, 이제부터 아무 생각도 하지 마. 아니, 사람이 아무 생각도 안 할 수는 없는 거 알아. 다만 자기가 뭘 하려고 했는지, 자기 직업이 무엇이고 어디 소속이며 나하고 왜 만나려 했는지 그런 거 다 생각하지 마. 제발 다른 생각을 해. 하늘, 바다, 산, 나무, 기타, 노래, 혹시 애인이 있다면 그 사람의 얼굴 같은 것만……"

"무슨 소리지, 그게."

상자는 대부분 비어 있었고 그나마 발견한 건 현수막 같은 뜯어진 천 쪼가리, 폐지 묶음, 빈 플라스틱 화분들, 견출지나 클리어파일이며 서류 집게 같은 대체로 무해한 문구류들이었어. 마침내 손잡이에 캐릭터가 그려져 있고 끝부분이 뭉툭한 작은 유아용 가위를 하나 발견했을 때 철문이 열리며 층계를

밟아 내려오는 소리가 들려왔고, 내가 줄을 자를 시간은 없게 되었어. 뒷짐지고 묶인 기타 선생님의 손바닥에 거의 도움이 안 될 성싶은 가위를 올려놓고 나는 다시 한번 속삭였어.

"선생님, 부탁이야. 알았지? 딴생각."

강실장과 한실장을 앞뒤로 세우고 내려온 오언이, 먼지를 뒤집어쓴 채로 선생님 앞을 가로막은 나를 보고 기가 차다는 듯이 웃었어.

"너 아주 내가 우습지."

그 상황의 나는 변명조로 딴청을 부리는 것밖에 할 수 없었어.

"나 전화 끄지 않았어."

고개를 떨어뜨린 내 앞 바닥으로, 가게에 두고 온 핸드백이 던져졌어.

"그래서 버리고 갔다?"

"잠깐 자리를 비웠을 뿐이야. 돌아올 예정이었어. 당신이야말로, 나 원하는 대로 하게 해준다 그래놓고 쫓아오는 거 반칙이지. 무슨 수로 따라왔는지도 모르겠지만 나는 친구도 맘놓고 못 만나?"

"이거 이놈 글러브박스에 들어 있던 거거든."

오언이 코트 안쪽에서 권총 한 정을 꺼내다가 강실장에게 넘기는 걸 시선으로 따라가며 나는 얼어붙었어. 내가 타고 달린 차, 조수석 바로 코앞에 그런 게 있었을 줄은 몰랐거든.

"세상 어느 친구가 이런 거 갖고 다니는데?"

"나는 지금 처음 보는 거야."

이건 둘러대는 말이 아니어서 내 얼굴에 당혹감이 그대로 드러났을 테고, 오언도 거기에는 토를 달지 않았어.

"사무실까지 다 털었는데 신분증이 없네. 휴대전화는 생체인식 설정이 안 돼 있더라고. 숫자 불러주는 대로 입력했더니 계속 오류 내서 일부러 깡통을 만들었더라."

선생님이 왜 이미 이런 꼴이 됐는지 알 것 같았어. 잠금번호 하나 틀리게 불러줄 때마다 두들겨맨 거지.

"이놈 입으로 불게 할까, 아니면 네가 말할래. 이거 뭐하는 놈이야?"

"기타 선생님……"

내 말이 끝나기도 전에 강실장이 기타 선생님의 어깨에 칼을 꽂았고 한실장이 눈살을 찌푸렸어. 창고를 흔드는 비명을 들으면서, 나는 이것만큼은 선생님과 사전에 입을 맞춰놓지 않은 이상 절대 말하면 안 된다고 생각했지.

"정말이야, 몰라, 아무것도 못 들었어! 뭔가 얘기 비슷한 거 하기도 전에 강실장하고 한실장이 와서, 뭐하는 사람인지 나 하나도 몰라!"

"모르는데 덥석 쫓아가서 한 차에 탔다는 거지. 진짜 그동안 너무 봐주기만 했구나, 내가."

다가와서 내게로 한 손을 뻗기에 멱살을 끌어당겨 바닥에 패대기를 치려는 줄 알고 온몸에 힘이 들어갔는데, 오언은 내 블레이저의 가슴에 달린 카멜리아 모양의 시폰 코르사주를 천천히 떼어내더니, 무표정으로 나를 빤히 내려다보면서 침 부분을 뜯어내고 그걸 해체했어. 바닥에 떨어뜨린 위치 추적기를 발로 밟아 부수자 뿌드득 소리가 지하실 벽을 긁었어. 나는 있는 힘을 다해 그의 얼굴을 향해 주먹을 들었지만 곧바로 손목이 붙들리는 바람에, 그걸 뿌리치면서 고작 턱을 할퀴는 데 그쳤어.

"반칙 맞잖아. 이거 무슨 짓이야."

"척하는 데에는 같이 척해주는 게 예의지."

그것도 무슨 빌어먹을 셰익스피어의 한 구절 같긴 했는데 그 순간은 궁금하지도 않더라.

"네가 끄지 않겠다고 했을 뿐 버리지 않겠다는 말은 한 적 없는 것처럼, 나도 너 좋을 대로 다니라고 했을 뿐 위치를 안 알아보겠다는 약속은 안 했으니 도긴개긴이지."

이때쯤 나는 반박과 규탄을 접어두고 기타 선생님의 안전을 구걸해야 하는 단계라는 판단이 섰는데, 오언은 내가 머리 굴릴 틈을 주지 않고 다소 나른한 목소리로 추궁을 이어갔어.

"다시 한번 물을게. 이놈 왜 만났어?"

"내가 말해준다, 새끼야!"

기타 선생님이 잘 열리지 않는 입으로 쥐어짜듯 고함을 지르자 강실장이 선생님의 인중을 주먹으로 쳐서 말문을 막아버렸고, 한실장은 딱하다는 듯 고개를 가로젓더군.

"정말 들은 말이 없다면 지금 읽어보자. 손 이리 내."

심혈을 기울여 공략해도 쉽지 않은 두께의 밧줄을 그 손톱가위만한 유아용 문구로는 한 가닥도 못 썰었을 테고 소매 안에 잘 숨기기는 했으려나 불안한 마음과 함께 선생님 제발 딴 생각, 속으로 빌면서 오언이 이끄는 대로 어깨의 상처에 손을 올려놓았는데.

기타 선생님의 생각을 둘러싼 양막 같은 것이 전율하다 파열되면서 그 머릿속 내용물이 쏟아져들어오자마자 온몸에 힘이 풀리고 눈물이 절로 쏟아지더라. 그날 노래를 들었을 때처럼. 처한 상황은 전혀 다른데도.

"이놈이, 아니 이놈의 상처가 뭐래?"

"아무 말도 안 해……"

"그러면 안 되지. 좀더 깊이 쑤셔볼까? 네 손가락으로."

"정말이야. 믿어줘…… 나에 대한 의문, 분노, 이 영문 모를 상황에 대한 공포, 그런 것밖에……"

쏟아지는 눈물 때문에 딸꾹질을 해가며 띄엄띄엄 말했는데 이 눈물의 이유가 안심인지 슬픔인지는 불분명했어. 기타 선생님이 내 말을 진지하게 들어주어서 딴생각을 한 것인지 아니면 의식을 잃기 전에 몰려오는 꿈결 때문인지 몰라도, 나 진짜 들여다본 대로 말했거든. 한순간 위로가 됐고 만나고 싶었던 사람의 선명한 분노와 혐오와 낭패감을 읽는 게 나라고 좋을 리 없잖아. 그런 의미에서 내 눈물 자체는 꾸며낸 게 아니었어.

"그런 놈이 총을 갖고 있다 이거지."

"총이 자기 게 아닐 수도 있잖아. 정말 모르겠어, 총에 대한 건 보이지 않아."

"그걸로 끝이야?"

"그, 그리고!"

뭐라도 더 정보를 얹어주지 않으면 당장 기타 선생님을 죽일 것 같아서, 나는 읽은 것 가운데 비교적 선명한 이미지를 골라서 말했어.

"여자 얼굴이 하나 보여. 모르는 사람이야. 처음 보는 얼굴이야."

그러자 오언은 자기 전화를 열더니 사진첩에서 그동안 마크 대상이었던 유력 인사인지 바다 건너 남의 조직 누님인지 모를 여자들을 하나씩 밀면서 보여주었어.

"아니야. 이 사람도 아니야. 아니야. 이중에 없어."

"그럼 됐어. 한실장아, 이놈은 너희 둘이 알아서 해라."

"안 돼, 그러지 마!"

나는 주저앉아서 의식이 점점 옅어지는 듯한 기타 선생님의 무릎을 온몸으로 덮었어. 그렇게 하면 한실장과 강실장이 그분을 어디로도 데려갈 수 없다는 것처럼.

"본인 품속에 들어 있던 것도 아니고 그 장소에 총이 있었다는 이유만으로 그러지 마. 나와 한적한 데서 얘기하려고 차에 태워서 몇십 킬로를 달렸다는 사실만 갖고 그러지 마. 애초에 내 쪽에서 만나달라고 부탁한 건데, 우리집에 안 오기로 한 것을 이대로는 받아들일 수 없으니 만나서 얘기하자고 내가 먼저 그랬는데, 내 부탁에 응해주었다는 이유로 사람을 해치지 마. 정말 나를 만난 것 말고는 당신하고 아무 상관도 없는 사람이야. 시계 풀고 전화도 놔두고 나간 건 내가 지나쳤으니까, 이제 어디 나간다든지 누구 만난단 소리 안 할 테니까."

"지나쳤다. 너한테는 그게 지나친 장난 정도구나."

가라앉은 목소리로 중얼거리다가 오언은 진절머리가 난다는 듯이 고개를 저었어.

"기타 선생님하고 만나서 즐겁게 이야기꽃이라도 피우고 싶다 했으면 그걸 내가 뭐래? 오히려 집에 다시 모셔와줬겠지, 그 상황이 내 맘에 들고 안 들고를 떠나서. 그런데 너는 숨겼지. 그럴 만한 이유가 이놈한테 있다는 뜻이고, 넌 아무것도 몰랐다 쳐도 이놈은 담소 목적이 아니었겠지. 네가 먼저 말 꺼내지 않았다면 내 생각엔 결국 이놈이 보자고 하면서 어떻게든 너를 빼냈을 거 같은데, 뭐 이제 와서 그건 상관없고 알 수도 없는 일이지만."

"그래. 결국 우리는 차만 함께 탔을 뿐 별다른 이야기는 오고 가지 않았어. 강실장하고 한실장이 오면서 모든 게 일찌감치 중단됐어. 그러니까 이제 됐잖아. 치료받게 해줘. 돌려보내줘."

"너만 됐으면 다야? 바늘 한 개를 내놓으라고 해도 지금 그보다는 나은 태도로 부탁해야 할 거야."

나는 기타 선생님한테서 떨어져나와 무릎걸음으로 오언에게 다가가서 코트 자락을 붙잡고 매달렸어.

"뭐든지 할게."

그렇게 말한 순간 오언의 눈가와 콧날 등 얼굴 세부의 선을 따라 번져나가는 충격과 혼란을 목도하고서 나는 코트 자락을 놓고 고개를 떨어뜨린 채 차라리 선고라고 일러야 마땅할 반응을 기다리며 그의 구두코만 들여다보았어. 오언은 한동안 할말을 잃은 듯, 창고 안은 기타 선생님의 몸에서 새어나오는 여러 괴로운 소리 외에는 적막으로 가득했어. 더러운 바닥에 이마를 붙이다시피 하고 온몸을 접어서 심장 안으로 넣어버릴 것처럼 웅크린 내 앞에 이윽고 오언이 한쪽 무릎을 대고 앉더니 검지 끄트머리로 턱을 들어올렸는데, 여느 때와 다를 바 없이 악의로 충만한 미소가 얼굴에 떠올라 있었지만 거기 왠지 모르게 슬픔마저 배색되어 있었고 나는 그 빛깔의 농도를 감지하여 언어로 형상화마저 할 수 있었지. 너는 만난 지도 얼마 안 되고 심지어 누군지도 모른다는 이놈을 위해서는 뭐든 한다고 그러는구나. 입 밖으로 소리 내어 젖은 목소리로 그리 말하기라도 하면 어쩌나 싶었는데 다행히 거기까지는 가지 않더군.

"그런 말 함부로 하는 거 아니지. 너 내가 뭘 시킬 줄 알고."

그것이 무엇이 됐든 지금 상황만큼 큰일이란 없을 터였고, 당장 기타 선생님의 목숨줄을 놓고 흥정하는 만큼 오언의 신경을 거스르면 안 된다고 생각하면서도 그 미소가 서글픔 대신 분노의 기슭을 향해 최대한 떠내려가기를 바라며 나는 강조했어.

"그러니까 뭐든 상관없다고. 한다고 내가."

뒤에 '저분을 위해'를 덧붙이면 유효타를 넘어 결정타가 됐겠지만 그렇게까지는 나도 후환이 두려워서 안 되겠더라.

강실장과 한실장만 현장에 남겨두고 끌려나와서 떠밀리듯이 조수석에 올라탔어. 나도 손이 있는데 오언이 나한테 안전띠를 채우고 도어를 닫은 다음 운전석 쪽으로 걸어 돌아간 것은, 아마도 내가 냅다 뛰쳐나간다면 그전에 띠를 푸는 시간을

절창 249

더하기 위해서였을 거야.

오언은 시동을 걸고 예열되는 동안 한숨 섞인 목소리로 말했어.

"어디 더 안 들르고 이제 집에 갈 건데."

그 목소리가 왠지 떨리는 것 같기도 했지. 조금 전까지 기타 선생님이 큰일나겠다는 공포에 창고 바닥을 기어다니던 건 나였는데.

"혹시라도 벨트 풀어버리고 날뛰거나 운전을 방해할 생각이면 지금 말해. 손발 다 묶어서 뒷좌석에 채워줄 테니까."

"그래도 트렁크는 아니네."

"트렁크가 좋겠어? 그럼 그렇게 하고."

"가만히 있을 거거든. 선생님 풀어주기로 당신이 약속했으니까 나도 지킬 거야."

"그럼 이제 도착할 때까지 입도 벙긋하지 말고 움직이지도 마."

내가 팔짱 끼고 조수석 쪽 창문으로 완전히 얼굴을 돌렸을 때 차가 출발했어. 차가 달리는 동안 이제 무슨 일을 당하게 될지 알 수 있었어. 진작 벌어지고도 남았을 일. 나에 대한 그의 전적인, 그러나 성분을 규명하기 힘든 호의에 따라 오랫동안 지연되어왔을 뿐 실은 언제 생기더라도 이상하지 않았던 그 일이 기다리고 있을 것을 직감했어. 나는 어리지도 순진하지도 않고 하나도 무섭지 않다고, 그 정도는 기타 선생님의 안전을 위해 참을 수 있다고, 자포자기만이 아니라 그런 결심으로 따라온 거야. 그래도 그건 그거고…… 집까지 삼십 분 남짓 달리는데 아무 생각도 안 들 수는 없잖아. 그런 일이 일어날 것 같다고 짐작만 했지, 어디 한번 올 테면 와봐라 식의 마음만 앞섰을 뿐 맹금류의 발톱이 살 속에 얼마나 깊이 박혀서 표피를 넘어 진피층까지 찢어버릴 것인지 같은 일까지는 고려 대상에 넣지 않았단 말이야.

주차장에 도착한 다음 블레이저는 팔에 꿰지 않고 대충 어깨에 걸친 채로 내려섰다가 두 걸음도 걷기 전에 다리에 힘이 풀려 주저앉으면서 오른쪽 발목을 살짝 접질렸어. 흘러내린 블레이저 일부가 내 무릎을 덮자, 어둠 속에서도 선명한 피 얼룩을 보고 새삼스레 소스라쳤어.

"일어설 수 있어, 내가 걸을 수 있어!"

멱살이라도 잡아 일으켜질까 다급히 몸을 추스르며 비틀거리는데 말이 끝나기도 전에 내 몸은 허공에 떠올랐어. 오언이 한 손으로는 블레이저를 줍고 다른 쪽 팔로는 나를 짐짝처럼 안아올려서 집에 들어가는 동안, 나는 사형집행인의 도끼날에 빨간 구두를 신은 그대로 발목이 잘린 카렌을 생각했어. 설마 이건 앞으로 내 힘으로 내 의사로 못 걷게 된다는 예고인가 하고. 현관에 들어서자 박실장이 행주가 된 블레이저를 받아들곤 바닥에 떨어져 구르는 구두 두 짝을 집기 위해 허리를 깊이

숙이면서 나랑 눈도 못 마주치더라고. 코르사주 달린 옷을 건넨 장본인이다 이건가. 천만에. 그 정도로 쩔릴 인간 같으면 이 집에 오래 못 붙어 있지. 그저 내 꼴을 보기가 좀 그래서였을 뿐. 얼굴이며 옷 전부 엉망이 된 채 오언의 목에 팔을 감고 대롱대롱 매달린 나를 보고 박실장도 눈치를 챈 거지, 이제 얘네가 침실에서 뭘 하게 될지 알았다 이거지.

내려진 그대로 침대 가에 걸터앉아서 나는 오언을 돌아보지 않았어. 내 방 아니라 자기 침대에 내려놓은 걸 보면 오늘은 작정한 모양이고, 나는 톱으로 썰어놓은 지 오래되어 더는 숨 쉬지 않는 통나무처럼 꼼짝도 안 하고 조용히 견딜 테니 빨리 끝내라 제발 빨리, 생각뿐이었거든. 가만히 앉아 있는 동안 뒤쪽에서 여러 가지 소리가 들려와. 코트를 벗어서 의자에 걸쳐놓는 소리, 넥타이며 커프스를 풀어서 협탁에 올려놓는 소리, 포트로 잔에 보리차 붓는 소리 같은 것이.

"물 좀 마실래?"

냉면이 올라간 평화로운 식탁에서 겨자 필요해? 하고 양념통을 툭 건네는 것 같은 말투여서 뭘 잘못 들은 줄 알았어. 나 말고 여기 다른 누가 있나, 나한테 하는 말이 맞나.

"목 안 말라?"

이제부터 내게 가부를 묻지 않고 그 짓을 할 거면서 무슨 한가로운 소리인지, 사실 창고에서 끌려나오기 전에 몸속의 수

분이 바닥날 때까지 울기도 했고 긴장으로 목이 타들어갔지만 나는 여기 없는 사람인 양 고갯짓으로도 대답하지 않았어.

그다음 들려온 소리는 오언이 일어나 욕실로 가서 물을 트는 거였는데, 문을 닫지 않은 듯 물소리의 울림이 컸어. 세수하려나보네, 나 이대로 내 방으로 도망가버려도 되는 상황일까, 그러나 아직 기타 선생님의 무사 귀가가 확인되지 않았는데…… 같은 생각을 하며 슬그머니 몸을 반쯤 돌렸을 때 오언이 작은 대야를 들고 나왔어. 흰 수건 두 장이 걸쳐져 있고, 막 받아낸 더운물에서는 수증기가 모락모락 피어오르는.

"그대로 있어."

그러더니 침대 앞 바닥에 앉아 셔츠 소매를 전완 중간까지 걷어서 손목 안쪽의 푸른 정맥을 드러내곤 물수건을 짜다가 내 손을 닦기 시작했어. 그러고 보면 내가 피를 만진다고 그전에도 자주 신경쓰긴 했는데, 이러다 소멸하겠다 싶을 만큼 오랫동안 손을 쥐고 닦는 힘의 세기에서 왠지 모르게 라틴어 기도문이라도 외는 듯한 경건함이 전해져왔어. 손가락 마디마디 이미 뽀드득 소리가 나기 시작했는데 한참을 들여다보고 뒤집어보고. 손톱 밑 하나하나까지 코마사의 올이 보드랍게 훑고 지나가는 동안 나는 몇 번이나 손을 뿌리치고 이런 거 내가 알아서 한다고 말할 기회가 있었지만, 오늘은 그런 대응조차도 안 하고 아무 탁자 상부에서 부러져 떨어져나온 나뭇조각이 되기로 한 터라 가만히 앉은 채 그의 정수리에 난 곧은 가르마를 내려다보기만 했어. 어쩌자고 나한테 이런 식으로 대하는 걸까, 이러다가 어느 순간 갑자기 내 머리채를 잡아다가 바닥에 내동댕이치거나 대얏물에 얼굴을 처박아버릴지 모른다는 긴장을 늦추지 않았고 그 이상으로 더 나쁜 사태를, 최악의 대우를 상상하려고 애썼지. 무엇이든 시키는 걸 하겠다고 내가 그랬으니까. 지금 차마 입에 담기도 싫은 일들, 그러니까 나를 죽이는 걸 제외한 거의 모든 일을 염두에 두었기 때문에, 그의 입술이 내 손등에 잠깐 닿았을 때도 의외라는 마음이 앞섰어.

"조금 손댈 건데, 놀라지 마."

창고 바닥을 기어다니면서 더러워진 무릎을 새 수건으로 닦기 전에 예고부터 하는 모습 또한 내가 막연히 두려워했던 상황에는 포함되어 있지 않았어. 아마도 조금 이따가 할 일은 놀랄 정도가 아닐 텐데. 내 혼란의 크기를 짐작하기라도 하는 듯 오언은 문득 고개 들더니 미소 지었고 거기에는 흉계나 조롱이 한 가닥도 끼어 있지 않았어. 아무리 그런 표정으로 사람을 안심시키려고 한들, 두려움이 조금 줄어드는 것 외에 전체적인 감정의 색이 바뀌지는 않는데. 오언이 자기 무릎에 내 발을 올려놓고 다리를 닦는 동안 먼지에 가려졌던 긁힌 상처가 몇 군데 드러나긴 했지만 피가 비치는 정도는 아니었어. 닦고서도 오른쪽 복사뼈 부근을 한동안 매만지기에 아까 접질린 데를 살피는 것임을 알았지만, 너무 가까운 거리에서 샌들도 슬리퍼도 신지 않은 맨발을 보이는 건 꺼려졌어. 다리에 조금 힘을 주어 그 손에서 벗어나려 할 때 발목을 잡은 손에도 힘이 들어갔어. 그가 잡아서 살짝 끌어올린 발등에 입술을 대려는 순간 나는 반사적으로 가슴을 걷어차버리곤 조금 뒤에는 소용없어지는 반발인 걸 알면서도 이불을 몸에 감고 침대 반대쪽 사이드로 돌아누워서 엎어졌어. 맞은 데가 명치하고 가까웠는지 한동안 못 움직이는 것 같다가 기침하는 소리가 들려왔어.

오언이 침대 가에 걸터앉는 게 스프링의 움직임으로 느껴졌고, 나는 얼굴을 보이지 않으려 고개 돌린 채 한쪽 뺨을 베개에 파묻었어. 뒤통수 위쪽으로 감도는 적막을 깊은 한숨이 가르고 지나간 뒤 몇 분이나 흘렀을까, 몸을 덮은 이불이 살며시 걷혔어. 머리를 몇 번이고 가만히 쓸어내리던 손길이 목을 지나 어깨와 팔을 따라 내려갔어. 손목 위에 잠깐 머물렀다가 떨어져나간 손은 이어서 오른쪽 발뒤꿈치를 시작으로 발목을 또다시 오래도록 만지작거리곤 종아리를 훑으며 올라가다가 슬와 부근에서 멈추었는데, 그 자리를 덮은 원피스 자락을 들추고 허벅지와 좀더 위까지 올라가도 되는지 허락을 구하는 듯한 유예의 시간을 잠깐 가지는 것 같았지만, 거기서 조금이라도 움직이거나 소리를 내면 내 반응을 자기 좋을 대로 해석할까 싶어 숨까지 참고 있었더니, 옷단 아래로 들어가려던 손끝은 그대로 빠져나왔어.

이윽고 목에서부터 허리 깊이까지 원피스의 백 지퍼가 내려가는 촉감에 눈을 감고 손 닿는 대로 모슬린 시트를 구겨 쥐는 것밖에 할 수 있는 일이 없었어. 그대로 옷을 잡아채서 솔기 통째로 뜯어버릴 줄 알았는데 천천히 지퍼를 내리기만 했고, 와중에 머리카락 몇 가닥이 지퍼 고리에 걸려서 두피를 당겼는데 그걸 확 뽑아내는 게 아니라 조심스레 풀어내는 거야. 아까부터 내게 이런 식으로 나오는 것이 줄곧 의아하긴 한데 그렇다고 뭔가 입을 열어 말하는 것이 재촉이나 종용의 포즈로 오인될 거 같아서 꼼짝 안 하고 그다음을 기다렸어.

속옷 후크가 열리고 목뒤에 입술이 닿을 때 척추를 따라 감각의 등불이 차례로 켜지면서 나는 입속을 부유하는 비명 같은 단어들을 삼켰어. 입맞춤과 손길이 목덜미부터 어깨와 등에 완만한 템포로 이어졌고, 닿는 데를 따라 신경줄이 헝클어지면서 근육을 간질였어. 온몸의 관절 마디마다 전기가 차올랐기 때문에, 넘실대는 바다에 닿은 소금 기둥처럼 허물어지려는 스스로를 인정하지 않으면서 부동성을 유지하는 데에는 아이러니하게도 상당히 큰 에너지가 필요했어. 이런 식으로 나와버리면 완벽히 증오할 수 없게 되고 마는데. 내가 견뎌야 하는 것이 고통과 모욕이 아닌 환희와 열망의 중첩이 되리라곤 생각 못했는데. 시트를 움켜쥔 손안에 혈류의 움직임이 느껴질 만큼 힘을 주어가며 소리 내지 않는 데에는 가까스로 성공했지만, 다음으로 귓바퀴에 입술과 함께 고요한 숨결이 내려앉고 머리카락 사이사이로 손가락이 들어와 새가 부리로 깃털을 고르듯 쓸어내릴 때 내 손에는 악력이라고 할 만한 게 더는 남아 있지 않았는데, 그럼에도 일순 힘 풀린 손등에 오언의 손바닥이 겹쳤을 때 그대로 넋 놓고 있다가 깍지라도 끼면 어쩌나 싶어 시트와 함께 다시 주먹을 꼭 쥐어버렸고, 아니나 달라, 그의 손가락이 내 손가락 사이사이로 부드럽게 파고들려는 듯하다가 내가 열어주지 않으니 그만두었어.

얼마나 시간이 흘렀을까. 나는 어린 날 입속에 넣고도 아까워 깨물지 못한 채 오래도록 혀로 굴린 캐러멜을 생각하고 있었어. 입천장과 혀 사이에서 녹아 사라질 때까지 내내 머금고만 있었던가. 아니면 충분히 녹진해지고 줄어들었을 때 어금니를 댔던가. 그게 사과맛이었나 커피맛이었나······

······같은 사소한 디테일들로 머릿속을 수놓으며 출렁이는 마음이 침몰하지 않도록 붙들 때, 어느덧 몸에서 입술을 거두고서 오언은 후크를 걸고 지퍼를 목뒤 끝까지 채우더니 내 어깨에 무게를 살짝 실어 오래도록 끌어안은 채로 숨을 고르다가, 이불을 덮어주고 불을 끈 다음 방을 나가버렸어.

미세한 경련을 일으키던 근육과 달각이던 관절들이 몸속에서 제자리를 찾아가는 더딘 움직임이 종결됐을 때 비로소 정적과 평화가 깃들었어. 어둠 속에서 사고가 선연해지면서 언젠가 오언이 했던 말이 떠올랐어. 네가 원한다고 말해. 그게 어려우면 대답만 해. 손만 잡아. 내 몸은 그중 어느 것도 하지 않았고 옹이가 맺힌 마음의 매듭은 풀리지 않았지.

너무나 불 보듯 뻔했던 일이 나의 혼신을 다한 무응답과 함께 끝내 일어나지 않고 밤의 언어가 탕진되자, 이제는 뭔가 항복이라는 기분이 들고 말았어. 오언이 어떤 사람이든 간에 나는 그토록 아니고 싶었던 마음이 실은 더할 나위 없이 그렇다는 사실을 인정하지 않을 수 없다고. 아무리 모르고 싶어도 그렇게 소중하게 대해주는 것까지 모를 수는 없다고. 그럼에도 그건 그거고, 오언이 사회에 해악이 되는 행위를 기왕 저질렀으면 나만은 그 사실을 있는 그대로 받아들이고 그를 설득해서 중단하게 해야 한다고. 함께 죗값을 치르자는 순진한 제안까지는 통하지 않을 테니 최소한 이제라도 그만두고 어디 다른 나라로 함께 도망가자고, 아무도 우리를 모르는 곳에서 시작하자고 말해볼 수는 있지 않을까. 그렇게 하겠다고 그가 대답만 해준다면, 나는 마지못해서가 아니라 마음의 잔을 기울여 그가 기다리는 대답을 누설하겠다고.

우리 사이에 처음부터 잘못 기입된 글자를, 늦었지만 이제라도 지우고 고쳐 써나갔으면 좋겠다고.

그 밤 내내 그의 침대에서 그런 허무맹랑한 꿈을 꾸기도 했지. 적어도 다음날 오후까지는.

기타 선생님의 사망 사실을 인터넷 뉴스로 알게 되기 전까지는.

퇴근한 지 얼마 안 된 차림 그대로 누군가의 업무 보고를 받던 오언은, 한 손에 기타를 들고 응접실에 나타난 나를 보자 상대방에게 말했어.

"잠깐만. 이따 다시 통화합시다."

오언이 종료 버튼을 누르고 전화기를 바지 뒷주머니에 꽂기도 전에 나는 기타를 휘둘렀고, 울림통이 큰 기타가 그의 머리를 가격하면서 텅 하고 비명을 질렀어.

"개새끼가, 나를 속였어!"

두번째 세번째는 연거푸 빗나갔고 나는 그가 뒷걸음치며 피하는 대로 따라갔지만 실은 마구잡이로 휘두르고 있어서, 응접실 탁자 모서리를 친 기타가 끊어진 줄로 마지막 음을 연주하면서 부서졌고 탁자를 덮은 유리가 깨지는 소리는 그 장면에 불협화음을 보탰어. 충실한 실장들이 달려와 한실장은 나를 제

지하고 박실장은 손잡이만 남은 기타의 일부를 빼앗아갔어.

"어디 한번 입이 있으면 말해봐, 네가 무슨 짓을 했는지!"

인터넷 기사는 단신 수준으로 짧게 다루어져서, 나도 무심코 들여다보지 않았다면 지나쳤을 정도였어. 헤드라인이나 리드가 간밤의 사고 소식으로 표현됐거든. 자루에 담긴 사십대 남성 시신 발견, 이거라면 경악하면서 즉시 클릭했을 텐데 제목이 이랬거든. 바다에 빠진 사십대 남성, 어선에 구조됐으나…… 나는 그게 기타 선생님인 줄 모르고 클릭한 거야. 적어도 전날 지하실의 상황이 그렇게 종결됐을 때는, 뭔가 문제가 생기더라도 그 배경이 바다가 될 거라는 예상은 할 수 없었지. 그런데 밤바다에 나와 있던 어선이 물에 빠져 허우적대는 남자를 끌어올렸고, 그때까지 숨이 붙어 있었지만 자기 이름을 말하기도 전에 의식을 잃은 남자는 응급실로 이송되고 DOA 판정을 받았다는군. 다른 경로를 통해 남자의 신상이 밝혀졌다고 함께 정보가 뜨는데, 기사 본문에서 블러 처리한 사진이 섬네일에서는 대강 알아볼 만큼 선명하게 나타나기도 한다는 거 나는 그때 알았어. 그 눈 코 입과 얼굴 윤곽 그리고 옷 색상이며 포즈까지, 기타 선생님이 자기 휴대전화에서 보여준 적 있는 자연스러운 일상 사진들 가운데 하나가 분명했어. 왜 '42, 회사원'이라고만 공개됐을까. 아무리 보아도 그는 보통의 회사원이 아닌데. 그가 바다에 들어간 경위는 왜 단지 '조사중'이라는 걸로 기사가 끝났을까. 거기부터는 일반인이 궁금해하지 않을 영역이겠지, 보통은. 신상을 비관한 평범한 남자가 제 발로 물속에 걸어들어갔나보다. 또는 술 취해서 발을 헛디디고 물에 빠졌나보다. 다들 그러고 잊어버리겠지. 이튿날이면 또다른 사건 사고의 희생자가 세상 어디서든 생겨날 터여서 그 전날의 희생자가 더는 자극적이지 않고, 내 지인이 아닌 한 남자의 사고 사망은 관심사이기를 멈추고 말지. 기타 선생님이 정말은 누구인지, 무슨 일을 하는 사람이며 어떤 일이 생겼는지는 소수만이 알고 묻히는 단계에 있는 중이겠지, 생각이 드는 순간 나는 피가 역류했어. 한실장은 아우성치는 내 어깨를 뒤에서 부둥켜안고 그 자리에서 끌어내며 말했어. 사고라고요 사고, 일이 잘못된 겁니다, 지시대로 이행하려고 했습니다, 우리도 외주를 준 거라서…… 닥치라고 네 말 안 듣는다고, 나는 끌려가지 않으려고 버티다가 바닥에 드러눕다시피 했고 한실장은 고래고래 소리를 지르면서 변명을 이어가더군. 잠깐만 바깥으로 모시려고 했다고요, 우리 쪽 일 좀 가다듬을 동안만 아주 살짝만, 서로 거치적거리는 거 없게, 시간만 좀 벌려고! 근데 저쪽 애들한테 어찌어찌 급하게 부탁해서 배를 수배했고! 그거 좀 가만히 있다가 물 건너 며칠만 편안히 다녀오시면 서로 정돈되고 좋은데! 그걸 굳이 그 몸 상태로 그 한밤중에 안대 벗고 포박 풀고 자루 찢고 나와서 바다

한가운데로 점프하실 줄은! ……그 말에 기타 선생님의 소매 안에 들어 있었을 가위가 떠올라 멈칫했어. 그때 오언이 다가와 그만 놓아주라는 손짓을 했고, 붙든 힘이 느슨해져서 나는 한실장을 밀쳐내며 일어났어.

"그런 거 다 소용없어."

기타 선생님에게 쥐여준 가위, 그것이 아예 없었다면 선생님도 단념하고 입수까지는 안 했을지도 모른다는 사실을 떠올리지 않으려고 애쓰면서 나는 머리를 흔들었어.

"원래는 어떻게 하려고 했다는 말, 계획이 틀어졌다는 해명 따위 필요 없어. 너희가 애초에 그런 짓만 안 했어도 이런 일 없었어!"

본의 아니게 약속을 지키지 못하게 되어 유감이라는 식의 하찮고 건조한 변명조차 없이, 오언은 낭패감이 응축된 미소를 띠며 빈정거렸어.

"그러고 보니 살려서 보내주겠다고 했지. 그게 어디가 될 거라는 말은 안 했지 내가. 그 과정에서 그놈이 쓸데없이 움직이려다 벌어진 돌발 상황까지 내 책임인가?"

어떻게든 무게를 나눠 지겠다고, 그것이 불안이든 죄악이든 간에…… 같은 느긋한 생각이나 하며 침대에서 뒹굴거린 전날 밤의 나를, 할 수만 있다면 지워버리고 싶었지.

"네가 그렇게 지극정성으로 그놈 감싸주려고 했는데 딱하게 됐지만, 그놈 어떤 놈인지 내가 알아내지 못할 리가 없잖아. 약속대로 살려는 주려고 했거든? 그 기회 발로 차버린 게 그쪽이야. 네가 몸 던져가면서까지 지켜주려고 했는데 참 보람도 없게. 그렇지?"

아직도 피부 위에 머물러 있는 것만 같은 지난밤의 감촉을 떨어내는 말마디가, 그럼에도 불구하고 기름 등잔을 고쳐 쥐며 어둠의 심부를 비추어보려는 내 마지막 손짓을 뿌리쳤어.

"그리고 쓰레기는 잘 버렸어야지."

발밑에 넝마가 된 종이쪽지가 떨어졌어. 암만 그래도 내가 스파이 흉내는 못 내니까, 기타 선생님이 줬던 메모지를 구겨서 입속에 넣고 삼켜버리기까지는 못했고 다만 몇 등분으로 찢어서 조수석 오른쪽 도어 커버의 홈에 버렸는데, 혹여 누군가 볼 수도 있을 커피숍 쟁반에 메모 조각을 그대로 두고 오지 않은 것만으로도 썩 괜찮은 선택이라 믿었단 말이야. 기타 선생님의 차를 타고 출발하는 데 성공했을 때 왠지 내 힘으로 관문을 하나 통과한 것만 같은 안도감과 함께 찢은 것을, 차 안은 기타 선생님의 영역이었으니 흔적이 남는다는 고민도 안 하고 거기다 방치한 거지. 오언의 실장들이 차 안을 뒤지다 발견한 그 조각들을 일일이 짜맞춰볼 줄은 모르고.

"네 선택이 그 사람도 구할 수 있다. 이런 걸 보고 무슨 의미인지 몰랐다는 건 말이 안 되지. 너는 이걸 봤을 때부터 바보가 아닌 이상 이미 그놈이 뭐하는 놈인지 정도는 염두에 두었던 거고, 몇 마디 허울좋은 말에 홀랑 넘어가서 나를 팔아넘기려고 들었던 거야. 그런데 그보다 더 맘에 안 드는 건."

말하고서 뻗어오는 손이 목을 잡아 누를 것처럼 핏줄이 불거져 있어서 오히려 눈을 부릅떴는데, 오언은 내 귓불이며 뺨을 가볍게 만지작거리다가 돌아섰어.

"떠나려고 수작 부렸단 거고. 여기를."

여기를.

말하면서 오언은 자기 가슴을 손끝으로 서너 번 두드리는데 끝으로 갈수록 동작과 마찰음이 커졌어. 그것이 실은 떠나려던 게 아니었을지도 모른다고, 당분간 표면적으로는 떠나는 것처럼 보이나 궁극적으로는 함께하고자 하는 마음이 없지 않았음을 설명하는 시도조차 무의미하다는 생각이 들었어.

"너 못 떠나. 알면서 그러지."

내 의도가 뭐 중요하겠어. 최소한 오기誤記를 고쳐 쓰는 시늉이라도 한 다음 그나마 괜찮은 형태와 본질을 바탕으로 함께 있기를 바랐다는 게 무슨 소용이겠어, 그쪽이 영원히 그것을 원하지 않는데.

"그래도 또 나는 관용을 베풀어서 너한테 선택권을 줄 거야."

오언은 몇 걸음 뒤에 흩어져 있던 유리 파편을 줍더니, 나도 한동안 잊고 지냈던 언젠가의 그날처럼…… 이번에는 손바닥

절창 265

이 아니라 쇄골의 튀어나온 부분 아래쪽을 그었어. 한순간 심장이 얼음의 모서리에 찔린 듯 혈관 내벽을 차갑게 할퀴는 경악과 혼란 정도로 기겁하여 고개 돌리기엔, 나는 이미 그동안 너무 많은 장면을 보아버렸지.
"이리로 와. 네가 직접."
피 흐르는 흰 손을 내밀며 나직하나 타협 없는 음성으로 명령하고 기다렸던 언젠가처럼, 오언은 제 가슴의 상처로 다가오라고 말하고 있었어.
"내용은 줄줄 읊지 않아도 되니까, 나를 읽어."
내게 정말은 무엇을 바라며 자신의 마음이 어떤지는 아무리 진부하기 그지없더라도 자신의 언어로 직접 들려주어야 한다는, 태곳적 이후로 인간의 기초적이면서도 견고하며 그나마 타격 정밀도가 높은 의사소통 방식의 존재를 잊어버린 사람처럼 그는 말했어.
"줄곧 내 옆에 있으면서 나만, 그러니까 그것이 무엇이든 간에 나를……"
말하다가 잠깐 다문 입술이 살짝 떨리는 순간을, 그 얼굴에 수습 불가능한 얼룩처럼 번져가는 그림자를 나는 못 본 척했어.
"나만 읽겠다고 약속해주면, 최소한 앞으로 네가 싫어하는 그 일들은 시키지 않겠다고 나도 약속해줄 텐데. 그게 싫다면 너는 지금까지보다도 더 많은 인간들의 머릿속을 더 자주 들여다보면서 살게 될 거야."

 그 정도 선에서 협의했다면 뭔가 조금쯤 달라졌을까. 본인은 지금까지 해오던 일이 뭐든 계속할 거고 너만큼은 끌어들이지 않겠다는 말을, 내가 안도하는 마음으로 수락했어야 할까.

 "뭐라고 말 좀 해보는 게 어때."

 그런 방식으로 옆에 붙어 있는 걸, 존재한다고 일컬어도 될까. 상처를 읽는 행위로써만 상대방을 이해할 수 있다면, 그걸 가리켜 어떻게 관계라고 정의할 수 있을까. 그 괄호 안에 스스로를 던져 넣기에는, 짧지 않은 시간 무르익어온 적개심의 농도가 묽어질 가능성이 별로 없었어.

 "아니야. 이제 됐어."

 아니라고 한다면 그땐 어쩔 셈이지?

 아니지 않음을 알게 되는 게 먼저일 거야.

 언젠가 그런 대화가 오갔던 게 떠올랐고, 지금이 답을 내릴 때였어. 오언에게로 다가가는 대신 두 손을 등뒤로 감추고 오히려 한 걸음 더 물러나는 동안, 우리가 앞으로도 서로 다른 두 개의 좌표에 찍힌 점과 같으리라는 예감은 이취를 풍기는 흙 속에 더 깊이 뿌리를 박았지.

 "무슨 말을 하겠어. 난 이제 더는 당신하고 뭐든 개선할 여지도 의지도 없다는 것만 알겠어. 시키는 일은 할게. 난 어차피 그런 일을 위해 고용된 노비니까. 당신한텐 그거면 됐지?"

나는 말하는 내내 그의 얼굴이 아니라 흰 드레스셔츠 위로 혹한 속 만개한 동백 꽃잎처럼 번져나가는 피에 시선을 두고, 대신 울어주는 사람은 곡비라고 하는데 대신 읽어주는 사람은 그럼 뭐라고 불러야 하나…… 따위를 생각하고 있었어.

"어느 날 내가 갑자기 죽어버릴 때까지, 필요하다면 세상 모든 인간을 읽어줄 수도 있어."

아니지 않더라도, 아니기를 선택한다면.

나는 고개 들어서 오언의 얼굴에 드리워진 패착의 그늘과 길 잃어 흔들리는 눈동자를 올려다보며, 마지막 한마디의 선언으로 그를 힘주어 밀어냈지.

"하지만 당신만은 절대로 안 읽어."

그날 이후로 오언은 보복이라도 하듯이 나를 바깥으로 돌리기 시작했는데, 쉽게 말해서 사채업자나 클럽이나 이런저런 어둠의 종사자들에게 나를 대여했다는 뜻이야. 그렇게 혼자서만 끼고 지냈던 날들이 거짓말인 것처럼.

 그런 처우에 나는 조금의 충격도 상처도 받지 않았음을 가장하기 위해 보란듯이 곳곳에서 실력을 행사했고, 내가 읽어낸 사람들이 얼마나 깊은 부상을 당했든지 그들이 나중에 어떻게 되든지 개의치 않았어. 시시하고 사악하거나 대체로 나로선 의미를 알지 못하는 숫자와 글자에 불과한 정보를 누군가의 머리에서 뽑아내기 위해 나를 초대한 자들은, 내가 읽은 결과에 만족하며 오언과 친밀하게 지내려고 했어. 원치 않는 일들을 저항 없이 해낸 이유라면, 한동안은 그런 일을 할 때에만 정문 밖으로 나갈 수 있었거든. 다시 보통의 외출을 할 수 있게 되기까지는 시일이 더 걸렸고, 어느 때나 예외 없이 실장들 동반으로.

한편 내가 어느 날 갑자기 자의로 죽어버릴까봐 오언은 자기 방까지 포함하여 온 집안에 CCTV를 달아놓고 나의 위치를 수시 파악하도록 하는가 하면, 나로 하여금 기타 선생님의 죽음을 알게 한 인터넷을 끊고 전화기를 회수해갔어. 처음부터 이 집에 내 것이란 없었으니 그건 별로 불만이 아니었는데, 바깥으로 이어지는 경로가 다 차단되자 가파른 속도로 일상에 무기력이 배어들었어.

그때부터였을 거야, 데스크톱이 치워진 서재에서 책을 들여다보며 머무는 시간이 예전보다 길어진 건. 책에 얼굴을 파묻고 있을 때는 실장들이 공연히 기웃거린다거나 참견하지 않았거든. 칼과 가위, 연필깎이나 볼펜 그리고 만년필 같은 건 치워졌어. 선생님이 지금 쓰시는 그거, 초등학교 교실 책상 아래 굴러다니는 돌돌이 색연필만 남았지. 그럼에도 책 속의 인물들과 사건들이, 때로는 그런 것 없이도 그저 글자에 불과한 것들이 내면의 적막을 지탱해주었으니 그걸로 충분했어.

내가 뭘 기대한 건지, 그보다는 성별이 같은 사람이라고 혹시나 이해의 파편 정도는 구할 수 있지 않을까 착각했던 걸 텐데, 어느 날 박실장을 붙들고 매달렸어. 그렇다고 긍휼히 여기어 함께 애곡해달라고 울부짖은 게 아니라 그저 담담하게 대수롭지 않다는 태도를 가장하며, 도대체 내가 어떻게 해야 이 집을 벗어날 수 있을까? 한탄 정도로 말이야.

"회사도 사표 던지고 돌아서는 사람 억류하면 불법이지 않나. 박실장님은 여기서 이런 꼴 보면서 지내는 거 안 질려? 오언이 도대체 얼마를 주기에."

"급여만으로는 저는 사실 큰 차이가 나지 않아요. 회사 다녔을 때보다 조금 오른 정도인데 대신 여기서는 종일 근무나 다름없으니까요."

실장들 셋이 다 오언이 믿는 사람들이어서 데려왔다는 건 알고, 그들이 각각 한두 가지씩 약점 잡혀 있거나 각별한 사이라는 사실을 예전에 간략하게 듣기는 했어. 가령 강실장은 중학교 후배라든지, 한실장은 어머니들끼리 친구였다든지. 박실장은 아마 오언의 외숙모 쪽으로 손가락을 꼽는 게 의미 없을 만큼 먼 친척일 거야. 박실장은 예전에 자기가 한 짓이 있으니 내 말을 무시하지는 못하고 고백하더군.

"그런데 제 자매가 일인실에서 걱정 없이 쾌적하게 케어받을 수 있는 게 대표님 덕분이에요."

박실장에게 아픈 자매가 있다는 구체적인 얘기는 처음 들어서 조금 마음이 약해질 뻔했는데, 그런 애틋한 자매가 있는 사람이 나한테는 위치 추적기가 붙은 옷을 건넸다고 생각하니 그럴 수밖에 없던 정황은 이해가 가지만 그렇다고 해서 용서까지 되는 건 아니더라고.

"미안한데 나는 그런 말에 흔들리는 사람이 아니야. 그런 가족이라는 것부터가 나한테는 없었으니까."

"딱히 이해해달라고 하는 얘기는 아니고요. 아가씨가 물어보셔서 대답한 것뿐인데요."

"좋아, 각자의 사연팔이는 집어치우고, 이런 꼴 보고 사는 건 어때. 마음에 들어?"

"제가 좋고 싫고를 판단할 문제는 아닙니다. 대표님이 결정하신 걸 따를 뿐이에요."

"나한테 찔리는 마음이 조금이라도 있다면 말인데, 무슨 사고를 쳐야 여기서 떠날 수 있겠는지 뾰족한 아이디어 좀 내봐. 상대방을 죽이고 내가 감옥살이를 하거나 반대로 내가 시신으로 실려 나가서 정원 어딘가에 암매장을 당하는 방식은 제외하고. 일단 그럴 생각은 없으니까."

박실장은 잠깐 생각하는 듯하다가 입을 열었어.

"남자가 자신을 원하지 않는 여자를 곁에 묶어두는 확실하면서 비효율적이고도 비인간적인 수단이 있었던 시절에 대해 말씀드려볼까요."

"이 상황에 선녀와 나무꾼 얘기가 하고 싶어?"

"저의 어머니 때까지만 거슬러올라가도 그런 건 일상다반사였는걸요."

어릴 때 읽은 전래동화집 속의 사슴은 아이를 셋 낳을 때까지 날개옷을 꺼내주면 안 된다고 귀띔했는데, 초등학교 도서관에서 본 다른 버전에서는 네 명 낳을 때까지라고 나왔던 기억이 나. 세 명만 낳고서 나무꾼이 날개옷을 꺼내주는 바람에, 선녀는 둘을 양팔에 끼고 하나는 다리 사이에 끼고 날아갔다고 말이야. 셋이든 넷이든, 단 한 명이라고 해도 아이를 낳은 여자가 선뜻 도망가기 어렵다는 건 구닥다리 사고이긴 하지만 여전히 엄존하는 현실이기도 할 거야. 일단 낳은 다음에는 그 아이에게 매달리고 하루종일 들여다보고 숨은 쉬는지 살아는 있는지 틈날 때마다 확인하며 아이가 주는 행복과 고통이 번갈아 횡격막을 드나드는 바람에 그 아비를 증오하는 시간과 빈도가 상대적으로 줄어들 수는 있겠는데, 그건 증오를 잊거나 증오가 다른 것으로 변질되어서가 아니라, 당장 눈앞에 태어난 작고 연약한 인질을 돌보는 데 온 에너지를 투입하는 바람에 생각의 칼날이 무디어지고 원인 제공자를 증오할 여력이 모자라서가 아닐까. 번뇌나 한탄의 여유 없이 촘촘한 노동으로 세월은 흐르고, 어느새 장성한 자식은 떠나가고 자신에게는 곧 벗어야 할 허물 같은 몸만 남아 증오가 별다른 힘을 못 쓰게 되고. 옛날 옛적 박실장네 어머니나 할머니 세대라면 많이들 그러고 살았겠지.

"대표님이 여태 그렇게 하시지 않는 걸 다행으로 여기라고까지는 말씀 안 드리겠지만, 최소한 그런 부분만큼은 아가씨를 존중하고 계시다는 걸 알아주었으면, 그게 어떤 의미인지 생각해봤으면 해요."

"그러니까 지금 상태가 감지덕지인 줄 알고 떠난다는 생각은 꿈에서도 접어라? 결론이 그거라면 어떤 의미인지 더욱 생각하고 싶지 않아."

그날 이후로 나는 박실장에게도 무언가 더 떠보는 일을 그만두었어. 이 집에 내 편은 아무도 없음을 새삼 확인하고서 하루의 대부분을 서재에 틀어박혀 위에서부터 한 권씩 뽑아 읽어내려갔어. 다 이해하는 것은 아니고 다 재미있지도 않았는데, 그래도 사람의 머릿속을 읽을 때보다는 책을 읽는 편이, 그냥 눈앞의 글자를 읽는 행위에 불과하더라도 한결 살 것 같았어, 사용되는 동사는 같은데도.

한편 이야기를 읽고 나면 그뒤에 존재하지 않는 속편을 나름대로 생각해보게 되는 재미가 잠깐은 있었는데, 얼마 지나지 않아 그건 그만두었어. 나는 누군가의 이야기에서 속편을 없애버리는 데 가담한 사람이니까. 내 이야기 또한 속편이 없어야 마땅하니까.

현재 분위기와 주제를 좀 파악하고 체념하든지 가능한 한 긍정적으로 받아들이라는 데에 가까운 그 하나 마나 한 조언

외에 박실장이 나한테 뭔가 구체적인 협력을 해준 건 아니지만, 그래도 나를 아예 안 보고 있던 건 아니어서, 나한테 읽기 선생님을 붙여주는 게 어떻겠냐고 오언에게 부탁한 게 박실장이야. 이제 선생님이라는 말만 들어도 학을 떼시겠지만 그래도 잘 알아보고 연세 좀 있으신 경력 단절 여자분 정도를 아예 집안에 숙식으로 모셔두면 시야에서 크게 벗어날 일 없지 않겠느냐고, 박실장 본인은 열 줄 이상 넘어가는 글 앞에서 잠이 쏟아진 지 오래됐고 그렇다고 아가씨가 읽은 책 이야기를 대표님과 나누고 싶어할 것 같지도 않으니 다른 누군가를 말벗 대신으로라도 고려해보시면 어떨까, 저러다 아가씨 말라 죽겠다고.

그게 어떤 징조나 맥락이 없이 그냥 나온 얘기가 아니라, 실장들 동반으로 보통의 외출이 다시 가능해졌던 시기와 궤를 같이하는데, 그때쯤 내 상태가 조금 달라졌거든. 소위 점괘가 틀리는 경우가 늘기 시작했어. 뜰채에 구멍이 나서, 상처 입은 사람의 머릿속 내용물을 잘못 건져내곤 했다는 얘기야.

처음에는 뭐 그럴 수도 있지, 그새 물건의 위치가 옮겨졌을 수도 있지, 오래전 초등생에게 손을 물어뜯긴 노친네가 애초 생각해낸 핑계와 달리 정작 입을 열어 말할 때는 마음을 바꿔 먹었던 언젠가처럼. 상처 입은 자가 착각했을 수도 있지, 혹은 상처 입은 자를 읽는 내가 그날따라 컨디션이 안 좋았을 수도 있지. 그렇게 생각했는데 몇 번 연달아 그러고 나니 나를 대여해간 쪽에서 불만이 나오기 시작했고, 나도 당혹스러워졌어. 처음부터 합당한 논리를 갖고 발생한 일이 아니었던 만큼, 이런 일에 이유를 찾을 수 없음을 알면서도 자꾸만 원인을 분석해보려 했어. 어쩌면 당연한 귀결이라고, 그전에는 어쩌다 한두 번 일했을 뿐 이렇게 일주일이 멀다 하고 끌려나가 일하지 않았으니, 급작스레 활용 빈도가 잦아지는 데 따라서 오류가 늘어나는 것도 이상하지 않다고. 사람이 늙어가면서 신체 기능이 떨어지는 것과 마찬가지로 누군가를 읽는 재능이라는 건 타임리미트가 있을지 모르며 나는 그것을 빠르게 소모했다고. 그게 아니면 기타 선생님이 그렇게 되고 난 이후로 나는 충격과 함께 마음이 무너져 더는 누군가를 읽을 수 없는 몸이 되어가는 중인지도 모른다고. 또는 민간설화에서나 생각할 수 있는 일이지만 가장 그럴듯한 설명이라면, 이제 비로소 나는 그동안의 대가를 치르기 시작하는 거라고. 읽기 재능이 눈에 띄게 퇴락하고 있다는 직감과 함께 내 안에서 동시에 솟아난 불안과 쾌감의 크기를, 세상에 약속된 어떤 단위로도 표시할 수 없을 거야. 이제 나는 봄날의 쓸모를 다한 목련 꽃잎처럼 떨어질 수 있겠구나, 버려지겠구나.

  오언은 좀더 이성적인 추론을 하더군. 이런 일에 이성이라니 웃기지도 않는 것과는 별개로, 나를 바깥으로 마구 대여하는 동안 읽기 재능을 가진 여자에 대한 구체적인 소문을 듣고 경계심을 갖게 된 사람들이 일부러 틀린 정보를 흘리고 다니는 케이스가 늘었다고 보는 게 개중 합리적이라고.

"당분간은 아주 중요한 사안이나 거절할 수 없는 일 아닌 다음에는 남들 자리에 내보내는 건 반려할 테니까, 수고했어."

나의 읽기 실패가 가져온 여러 가지 난처한 상황이 있을 텐데도 오언은 그렇게 말했어. 차라리 탓이라도 하면 좋았을 텐데. 너 때문에 내 체면이 말이 아니게 됐다고, 신용을 잃고 웃음거리가 됐다고, 혹은 거래가 틀어졌다고. 그랬다면 나는 조만간 버려질 징조를 감지하고 내 발로 떠날 준비를 잘할 수 있었을 텐데.

"그게 정말 남들이 장난질을 쳐서 착오가 생긴 건지, 나한테 문제가 생겨서 그런 건지는 모르는 일이잖아."

"일단 고의로 틀리게 읽은 건 아니지?"

말하는 동안 오언은 책상 위 스탠드 옆에 놓인 스프링 장식 인형의 머리를 깊숙이 한계까지 눌렀다가 그것이 잭인더박스의 뚜껑을 열 때와 같은 탄성으로 더욱 높이 튀어오르는 것을 내려다보고 있었어. 눌렀다가 튀어오르고, 다시 눌렀다가 튀어오르기를 반복하는 모습을.

"그랬다면 어쩔 건데."

이윽고 인형의 머리를 손으로 감싸듯이 짓누른 그대로 오언은 나를 돌아보았어.

"나를 거스를 작정으로 일부러 그러는 거라면, 바로잡으면 그뿐이야. 하지만 그런 것치곤 너 스스로도 꽤나 충격받은 표정이던데."

그때쯤 내 시선은 오언의 얼굴이 아니라 인형 머리로 가 있었어. 저러다 머리 깨지겠다. 아니, 스프링이 끊어지는 게 먼저일까.

"아쉽게도 고의는 아니야. 다만 나 이제 필요 없지 않냐고. 나한테서 완전히 아무것도 안 나올 때까지 뽑아먹기에는 리스크가 크지 않냐고."

"필요가 있고 없고를 네가 결정하게 둔 적 없는 걸로 아는데."

그 말을 듣고 내 안에 번져나간 게 낭패감만은 아니었음을, 안도를 닮은 무언가도 없지 않았음을 나는 부인하지 않아. 사람은 그게, 그렇게 선뜻 되지 않아. 자기가 그토록 기다려온 거라도, 막상 가시화되면 그게 정말로 바라던 것이었는지 의심하게 돼. 혹은 그래, 바다에 던져진 램프와 마찬가지의 경우야. 몇백 년이 흐른 뒤 한 어부의 그물에 램프가 걸려들고, 그 안에서 분노 게이지가 끝까지 차오른 요정이 튀어나와 말하기를, 처음 백 년은 누군가가 나를 이곳에서 꺼내준다면 그자의 소원을 들어주어야지, 다음 백 년은 누군가가 나를 자유롭게 해준다면 그자에게 세상 전부를 주어야지, 마지막으로 다음

백 년은 지쳐버린 끝에, 누구든 이 램프 뚜껑을 열기만 한다면 그자를 죽여버려야지, 했다고. 엉뚱한 데다 화살을 돌릴 만큼 혼란과 광기에 사로잡힌 그런 상황에서는 자신이 정말 간절히 바라던 것이 무엇인지를 확신할 수 없게 돼. 무엇보다 나는 인생의 오분의 일 이상을 오언과 함께 살아왔어.

"그러니까 고의 사구를 던질 생각은 안 하는 게 좋을 거야. ……아무튼 한동안은 좀 쉬어둬."

그뒤로 나는 전처럼 오언과 직접 관련 있는 트러블만 대응하게 됐는데, 그 결과는 예전만큼 정확하거나 만족스럽지는 않았지만 사용 빈도가 줄어든 만큼 완전히 어긋나는 일 또한 없어서, 물건을 절반만 찾아내거나 장소를 오차 범위 내에서 어렴풋하게만 밝혀내거나 하는 식이 되었어.

그리고 무엇보다 달라진 건, 누군가를 읽어내는 데에 예전보다 더 크고 더 깊은, 때로는 치명상에 가깝다고 할 상처를 필요로 하게 됐다는 점이야. 읽는다는 게 익숙지 않았던 시절, 그러니까 오언을 처음 만났을 때를 포함하여 초기 몇 차례의 혼란 이후로 컨테이너에서 본격적으로 사람들을 읽기 시작했을 때는 뭐랄까, 작고 가벼운 상처에서도 생각을 바닥까지 긁어낼 수 있다는 느낌이어서, 되도록 얕은 상처로만 골라 디디고 싶다는 마음으로 나는 강실장에게 저들을 깊게 말고 살짝 흠집 정도만 내주면 안 되겠느냐는 부탁까지 종종 하곤 했거든. 이를테면 우물만큼 깊지 않으면서 그렇다고 대문짝만큼 넓지도 않게, 다만 이만큼이면 충분하다고 할 수 있을 정도로. 이제는 읽을 수 있는 상처의 역치가 높아져서 이대로 가다간 죽음을 담보로 잡은 상처가 아니면 어떤 것도 읽어낼 수 없을지 모른다는 예감이 들었어.

그러다 어느 날 현관이 조금 소란스러워 층계참에서 내려다보았는데, 강실장이 오언을 부축하며 들어오는 모습이 보였어. 오언의 얼굴에서는 피가 흘렀고 옷은 흙바닥에서 굴렀는지…… 그보다는 걷어차이거나 짓밟힌 것처럼 더러워지고 구겨져 있었어.

누구를 밟으면 밟았지 밟히지는 않을 것 같은 사람이 웬일로 어디서 업보를 치렀나 했는데, 한실장과 박실장이 법석을 떠는 소리가 들려왔어. 닥터 누구를 이 시간에 호출할 수 있네 없네 같은 대화를 나누면서. 응, 그때는 집에 가끔 부르던 의사가 있어서 그쪽이 포터블 엑스레이를 갖고 다녔는데, 다행히 표면적인 골절은 안 보이지만 미세 골절은 이걸로는 못 찾는다며 링거 놓고 약 주고 소독하고, 날 밝으면 정형외과 MRI실로 모시겠다는 약속 외에 딱히 해줄 수 있는 일이 없었던 것 같아.

의사가 간 뒤 한실장이 나한테 거의 읍소하더라, 그 덩치에.

누구 덕분에 대표님이 저렇게 된 거 같냐고. 나라고 왜 짐작 못하겠어. 저 사람도 어디 다른 데 가서는 누군가의 아랫사람일 텐데, 밖으로 잘만 돌리던 애를 또 숨겨놓고 안 내놓겠다니까 그 누군가는 얘기가 다르다면서 두들긴 거겠지. 징징대는 꼴 보기 싫어서 돌아서는데 한실장이 덧붙이더군. 단 하나라도 대표님에게 고마운 구석이 없지 않다면 아가씨가 좋은 대답을 들려주기만 하면 되는 일이라고, 어렵게 먼길 돌아가지 말아달라고.

 글쎄, 오언이 뭘 하는 사람이든 나도 발을 깊이 담근 한패라고 같이 짊어져야 한다면, 다만 그뿐이라면 그랬을지도 모르지, 실제로 그럴 생각도 있었고, 어디까지나 기타 선생님이 그렇게 되지 않았더라면. 하지만 누구에게나 돌이킬 수 없고 넘을 수 없는 하나의 실선은 존재하는 법이야, 비록 나 같은 사람이라도. 그건 양보와 수용의 문제가 아니야. 기타 선생님이 세상에 더는 존재하지 않는다는 걸 알았을 때부터, 오언과 나 사이에 펼쳐진 끝간 데 모르는 폐허에 새로운 싹이 돋는 일은 없으리라는 걸 확인했어. 오기라고 해도 좋아. 지금의 내게서 오기마저 걷어내고 나면 남는 것은 무얼까. 나한테도 미래라는 게 있다면, 그 여백에 오언의 이름을 기입할 일이 없다는 사실만큼은 번복할 수 없어.

 그럼에도 엊그제 막 세상에 태어난 것 같은 얼굴로 잠든 오언을 내려다보는 동안 단 한 점의 저릿한 감각마저 들지 않는 건 아니어서, 혈색이 돌아올 때까지는 옆에 있어주자 싶었어. 당신은 어쩌면 나를 만나 이렇게 됐구나…… 아니야, 그거랑은 또 별개. 그 정도로 감상적인 생각은 들지 않고. 나를 만나지 않았더라도 불의를 저지르며 지냈겠지. 다만 굳이 관계하지 않아도 되는 일, 갖지 않아도 되는 감정에 휘둘리게 됐구나. 처음 만났을 때만 해도 그쪽이나 나나 서로 별생각 없었을 뿐더러 존재도 잊고 지냈는데, 내가 명함을 진작 버리고 연락만 안 했더라도 오언은 그대로 나를 잊고 살았을 텐데. 그냥 공상을 즐기며 거짓말하는 아이가 호텔에서 잠깐 소란을 피운 적 있었지 같은 사소한 디테일도 떠올리지 못했을 텐데. 다시 만났을 때 내 말을 제대로 믿기 시작하지 않았다면, 나를 붙들지만 않았어도. 나에게서 유용성을 발견하지 않았더라면, 그야말로 적선이나 몇 푼 해주든지 아무데라도 일자리나 좀 알아봐주고 그대로 작별했더라면, 그는 나쁜 것을 팔다가 일찌감치 꼬리가 밟혀 파국에 이르고 대가를 치렀을 수도 있는데, 내 존재로 인해 그것이 지연되어 죄의 가짓수가 늘어나고 더 많은 업보를 쌓고 있다는 생각. 서로에게서 해방되어야만 가능할 결론을 짓지 못하고 있다는 데에서 오는 난감함. 존재 자체로 서로를 침식하는 날들을 언제까지 이어갈 수 있을지 모른다는 아득함.

문득 새벽에 오언이 잠의 한 귀퉁이를 접고서, 약기운 때문인지 기진한 어조와 성량으로 그리 불편하게 있지 말고 옆으로 들어오라 중얼거릴 때, 나는 조건을 달았지.

그 상처를 내 몸에 닿게 하지 않는다면.

그래서 나는 침대에 누웠고, 눈을 감기 전에 다시 한번 다짐했어.

"그 제안은 이미 거절한 거니까 더는 묻지 마."

"일단은 접수하지. 지금은, 당분간은."

아직도 오언은 '아니지 않음을 알게 될 거'라고 선언했던 그 무렵에서 벗어나지 못했나 싶더군. 그때와는 모든 것이 달라졌는데.

"그리고 나는 최근 들어 자주 그랬듯이 얼마나 더 오답을 내놓을지 몰라."

"틀릴지도 모른다는 생각을 하니까 자꾸만 신경 쓰여서 더 틀리는 거야."

"신이 주신 게 맞다면, 이제 나한테서 그 재주를 거둬가고 있다고 보는 게 합리적이지. 내가 자꾸 나쁜 데다 써먹으니까, 응징의 벼락을 내리꽂는 대신 그냥 줬던 거 반납해라, 신호를 보내는 거라고."

"교회 오래 다녔댔지. 믿음도 깊었던가."

나는 단지 수사적인 차원의 반응에 불과했는데 오언이 그렇게 말하니 조금 당황스러웠어. 그런 질문이 내게 얼마나 무용한지를 말하려면, 시설에서 지낸 동안의 거의 유일한 관심사가 오늘도 무사히 하루를 보내야 이곳을 떠나는 날이 하루씩 가까워진다는 정도였음을 밝혀야 했는데, 나는 오언과 그런 이야기까지 나누는 사이가 될 수도 있다는 어떤 가능성도 열어두고 싶지 않았어.

"원에서 지냈을 때는 다 같이 교회도 다니고 예배도 봤는데 주일학교까지 마치면 요구르트나 캐러멜을 받을 때가 종종 있었거든. 그런 건 믿음과 무관하지."

공짜 간식을 위해 하나님이라고 불리는 분쯤은 얼마든지 믿을 수 있다는, 오언이 평생을 두고 알 일이 없는 세계의 이야기를 하는 동안 등뒤에서 머리카락을 살며시 빗어내리는 손길이 거의 닿을락 말락 하게 느껴졌고 그것이 상처가 아니어서 나는 뿌리치지 않았어.

"신이 뭐라고 생각하는데, 너는."

본인과 인연이 없는 세상의 이야기를 하면 금세 흥미를 잃을 줄 알았는데 그렇게 묻더라. 나는 어두운 창고에서 사람들의 상처를 읽는 동안, 한편으로는 드넓은 서재에서 별 영혼 없이 넘겨본 책들을 바탕으로 얼마든지 내 생각을 대체하여 일별할 수 있었어. 그 무엇도 아닌 무엇, 그 어디도 아닌 장소 같은 말들로. 그러나 그중 어떤 것도 내 생각과는 일치하지 않을 뿐더러 평소 성질대로 신은 다만 일종의 신경증에 불과하다고 대답하기엔 얘기가 좀 길어질 것 같아서, 어린 날 주일학교 시간에 졸다 깨다 하던 대로 대충 아무렇게나 열거했지.

"그냥 뭐 옛날이야기 속에 등장하는, 파워 있고, 걷지 못하는 자를 일으키고 안 보이는 눈을 뜨게 하고 나병환자를 고쳐주고 오병이어의 기적도 일으키고, 호산나 호산나 구하옵나니 구원하소서, 나한테는 딱 그 정도."

"그렇구나."

"그러는 당신은."

"글쎄, 내 경우는."

한숨인지 말소리인지 모를 것이 시트를 타고 전해져와서 몸속을 울렸어. 오류인 동시에 진리, 혼돈인 동시에 질서, 부재인 동시에 편재……와 같은 대답이 아니면 윌리엄 블레이크의 한 구절이 어깨를 타고 건너오겠거니 생각했는데 오언은 이렇게 말했어.

"신이라는 건 있잖아, 그냥 하나의 오래된 질문이라고 생각해."

경전을 읽고 기도하는 사람들 가운데 다수가 신을 응답의 존재로 간주하며 신이 대답을, 특히 그중에서도 축복에 가까운 무언가를 내려주지 않으면 멋대로 증오하거나 부정하기 일쑤인데 질문이라니, 그건 좀 사고의 전환 같았어.

"죽기 전에는 끝나지 않는, 누구도 답을 알아낸 적 없는 질문."

대답 없는 질문만이 영구히 계속되는 무덤과, 이미 그 이름이 새겨진 까닭에 뿌리까지 뽑아내지 않고선 번복할 수 없는 묘비. 그런 신을 모시는 사람은 믿음으로 충만하다고…… 스스로 복되다고 할 수 있을까.

그렇다면 당신의 질문은 무엇이지?

속삭임의 톤으로 혼잣말에 가깝게 물었을 때, 이미 오언은 잠들어 있었어.

어쩌면 내가 질문했어야 하는 것은, 당신의 질문이 무엇인가 혹은 누구인가 따위가 아니었을 거야. 처음부터 물었어야 하는데 그리하지 못한 것들, 그러나 이제 와서 묻기엔 너무 늦은 말들이 뒤늦게 어둠 속에서 내 의식을 찔러댔어.

당신은 왜 그런 짓을 하는가.

그런데 이유를 알면 뭐가 좀 달라지나. 이유가 명백하면 그가 해온 짓이 악행이 아니게 되나. 최소한 이해와 동정이 가능한 범주로 굳히기에 들어가기라도 하나. 세상에 차고 넘치는 게 각자의 사연이며 자신의 마땅한 근거를 갖지 않은 사람 하나 없다고 지난 시간에 선생님은 말씀하셨지만, 나는 그래, 세상에는 어떤 이야기도 부여받아서는 안 되는 사람이 있다고 믿어.

물론 나를 포함해서.

그러나 선생님이 내 이야기를 지금까지 잠자코 들어주셨다는 걸 생각해보면, 이런 믿음 또한 모순이겠지. 그러니 조금 다르게 말해볼게. 이야기가 존재하고 그 이야기를 알고 나서 혹시라도 오언을 이해하게 되어버리기라도 한다면, 내가 나를 용서할 수 없을 것만 같았다고. 그래서 나는 가장 중요한 물음을 처음부터 건네지 않고 내내 외면했다고.

그런 시간이 흐르고 일의 빈도를 현저히 낮춘 뒤 어느 정도 내 상태가 안정됐다고나 할 때 선생님이 이 집에 온 거야.

우리가 처음 이 서재에 마주앉았을 때, 선생님이 나한테 하신 얘기를 기억해?

—나는 네가 나를 마음에 안 들어하는 줄 알았어. 처음에 인사도 하는 둥 마는 둥 눈길을 피하고 영 삭막한 표정이어서. 그게 그냥 낯선 사람 관찰하는 정도가 아니라 약간 이 집에 들어오지 마라, 접근 금지, 암막 커튼을 쳐버리는 느낌. 아무래도 처음 보는 사람인데 그…… 안 좋은 현장에서 맞닥뜨려서 그랬나보다, 나중에 가선 그리 생각했지.

그렇게 말씀하셨지. 확실히 내가 처음에 눈 마주치는 걸 피했는데 그건 선생님이 마음에 안 들어서가 아니라, 고개 들고 얼굴을 바라보기까지 결심의 시간이 필요해서였어.

바로 어제 일이나 되는 것처럼, 보자마자 기억해내버렸기 때문이야.

선생님의 얼굴을.

아가씨는 내가 이 집에 우연히 온 게 아니라는 사실을 처음부터 눈치챈 겁니다. 단 한 번 포착한 적 있는 내 얼굴을 기억하고서요. 그것도 직접 본 게 아니라, 정신이 아득해진 가운데 나를 떠올린 내 남편을…… 남편의 상처를 통해서. 남편은 그 위험하고 고통스러운 순간에, 어떤 책무나 병석의 부모님이 아닌 오로지 홀로될 나를 염려하고 있었나봅니다.

그걸 알게 되자 일말의 위안이 마음속에서 포자처럼 증식해나갔습니다……

……그럴 리가 없지요. 나는 이 집에 온 목적을 잊지 않았습니다. 내가 의뢰를 넣은 전문가, 그러니까 해결사 업체에서 공들여 세팅해준 나의 가짜 이름과 가짜 가족관계를 잊지 않았습니다. 보스가 받은 이력서와 모 사교육 기업체의 추천장, 그의 실장들이 나름의 경로로 얻어냈을 조사서에는 내가 누군

가와 이혼한 뒤 고단하게 살고 있는 독신 여성으로 기재됐겠지요. 그 누군가란 해결사 업체의 아웃소싱 인력으로서, 우리는 서로의 인적사항과 생활과 취미 등 기본 지식을 교환하고 암기하며, 그럴 일은 없겠지만 우연히 마주친다거나 유사시에 당황하지 않고 갈라선 부부처럼 데면데면한 사이를 연기할 수 있도록 꼭 한 번 줌 미팅을 가졌습니다. 초기 세팅과 부속 자료 확보 및 가공 절차가 까다로울 뿐, 한 사람의 거짓 이야기를 만들어내기 자체는 얼마든지 가능하니까 말입니다. 출신 대학이며 전공과 업력만을 한 방울의 진실로 첨가하고, 그들이 갖다붙여준 팔다리를 활용 및 구성하여 나는 지나치게 튀지 않으면서 너무 진부하지도 않게 가짜 남편과의 결별 스토리를 완성했고, 한때 세상에 실제로 존재했던 진짜 남편과의 시간을 압도할 만큼 그 판의 기보를 복기하며 아귀가 맞지 않는 부분들을 편집 정돈했습니다. 나라는 사람이 이 집에 입주하여 아가씨와 책을 읽기에 얼마나 적당한 홀몸인지를 어필하기 위해. 한편 내가 그러는 동안 각종 위험한 일을 은밀히 대행하는 그 해결사 업체—떼인돈받아드립니다각종불편불능업무대행OK;대행자들 말입니다—에서는 호텔 총무부를 가장하고 사보 외주 기획실에 말을 흘렸지요. '외주자 가운데 독서 교육 경험이 있는 사십 세 남짓 독신 여성 없나요? 입주 가정교사를 할 만한 분으로요.'

아가씨는 용서를 구하고 싶어하는 눈치였지만 이야기가 그 쪽으로 흘러가기 전에 내가 잘랐습니다. 내 남편이 그렇게 된 게 완전히 아가씨 때문만은 아님을 이성으로는 인정한다고 한들 너의 죄를 사하노라고, 아가씨의 감정까지 돌봐주어야 할 의무는 없고 그럴 만한 여유도 없었습니다. 내게 일어난 일은 그런 식으로 맞닿은 솔기를 감춰버릴 만큼의 크기가 아니었을뿐더러, 일단 나는 혈혈단신으로 적진에 뛰어들어 초긴장 상태이기도 했고, 아가씨가 그의 죽음을 사과하고 내가 '그건 너의 탓이 아니'라고 섣불리 답하여 구두점을 찍어버리는 건 겉으로는 숭고해 보일지 몰라도 이후에 생길 재판 과정을 고려하면 현명한 선택이라 보기 어려웠습니다.

아가씨는 내가 우리 대화를 녹음하고 있다는 사실을 알고―파일은 지난번 넘겨드린 게 전부입니다. 첫날부터 장비에 문제가 좀 있었는데 대행자들과 원활히 연락할 상황이 아니었으니 아가씨의 모든 음성을 녹음하지는 못했고 유실된 파일도 있다는 점을 참고해주세요―보스와 처음 만났을 때부터의 이야기를 들려준 것이며, 아가씨의 그런 마음이 고마웠지만 증언만으로는 부족했습니다. 남편도 그 당시 음성이나 서면 증언보다는 아가씨 본인을 확보하려고 했을 정도였던 걸 생각해보면 그렇습니다. 지금 추세라면 앞으로 점점 더, 녹취로만 남은 증언은 재판에 별다른 단서조차 주지 못할 겁니다.

AI가 학습하여 제작한 음성은 점점 실제 사람의 육성과 일치하여 얼마든지 조작 가능해질 테니까요. 과거 음향 쪽에서 일하던 전문가들이 AI 음성으로 실존하는 사람의 목소리를 구현하여 주로 명예훼손이나 지라시 생성 용도로 가짜 음성 파일을 제작 공급하기를 일삼다가 기소되는 사례도 나오기 시작했지 않습니까. 아가씨의 입으로 당시 일의 전말을 들은 이상 나는 문오언이라는 자를 어둠의 유통 관계자로서만이 아니라 납치 감금 협박 및 상해치사로 몰아가야 할 필요가 있었습니다. 그러기 위한 단서를 찾을 수 있을까 한 올의 지푸라기를 탐색하는 마음으로 이 집에 왔고, 그 과정의 끄트머리에서 비록 적극적이었다든지 안전장치가 충분하다고 생각되지는 않았으나 당신들의 협조에도 조금은 감사합니다. 애초에 내 남편이 제안하고 승인까지 받아낸 대로 당신들이 손발 맞게 움직여주었다면 더할 나위 없었을 테고, 그가 다발성 장기 손상과 저체온증으로 돌아올 수 없는 길을 떠난 뒤 즉시 초동수사에 들어가주어서 사고사로 덮어지는 걸 막기만 했더라도, 내가 여기까지 올 일은 없었겠지요. 당신들이 절차와 규정과 법리를 문제삼으며 미적거리지 않고 움직여주었더라면, 하다못해 나를 행정 처리하기에 번거로운 유족으로 취급하여 멀리하지 않고 내 분노와 절망을 가까이에서 헤아려주기만 했더라도, 당신네에 대한 신뢰를 잃고 남아 있는 모든 날들을 걸면서까지 대행자들을 찾아가지는 않았을지도요.

  원래 계획은 대행자들에게 뒷조사와 진행까지 완전 일임하는 거였고 스스로 이 집에 들어온다는 데까지는 엄두도 내지 않았습니다. 때마침 입주 튜터를 구한다는 정보가 없었다면 말입니다. 하고많은 분야의 튜터 가운데 독서 교육 경험자를 구한다니, 마치 나를 기다렸다는 것처럼. 이렇게까지 나한테 알맞은 판이 깔리다니 오히려 무언가의 함정일지 모른다는 지나친 상상으로 전율이 일었습니다. 피아노나 그림, 체스나 바둑 선생님이라면 대행자들이 수행 가능한 인력을 섭외했을 텐데 착수금을 흥정하던 중 정보가 도착한 겁니다. 나는 그전까지의 의뢰 방향을 크게 바꾸어 직접 가서 들여다보고 싶다고 했습니다. 민간인에다 비전문가에 무경험자를 들여보낼 수 없다고, 서포트도 어려울뿐더러 이후 그 무엇도 책임질 수 없다고 대행자들은 경악했지만, 그들 부사장이 인지상정에(그보다는 돈에) 취약한 사람이어서 고맙더군요. 이만한 적임자를 앞에 두고 어디 다른 데서 구하시게요, 유족인 내가 가지 않으면 도대체 누가 간단 말입니까, 거기를! 같은 절규로 설득했지요. 애초에 바란 건 누구를 때려잡고 법의 가시광선 아래 끌어내고, 거기까지 간다면 더할 나위 없겠지만 그 이전에 일단 알고 싶었던 거라고, 확인하고 싶었다고. 남편에게 무슨 일이 일어난 건지를.

이 지경이 되기까지 외면했잖습니까, 당신들이 내 고통을.

아가씨는 그 기회가 언제 어느 날 갑자기 올지는 모른다고 했습니다. 평소 실장들이 드나드는 데에는 몇 가지 패턴이 있는데, 한 달에 한 번꼴로 박이 혼자 나가는 때만 제외하곤—나중에 알고 봤더니 그게 아픈 자매를 문안 다녀오는 날이었다고 합니다—다른 실장들은 개인 용무로 집을 비우는 일이 거의 없다고 했습니다. 제일 흔한 경우로는 보스와 아가씨의 외출에 강실장만 따라가는 겁니다. 운전 전담이어서 강은 거의 매번 움직인다고 보면 되고요. 아가씨가 병원 진료차 나설 때는 실장 셋 중 박과 강이 동행하고 한이 집에 남는다고 했습니다. 보스의 지시에 따라 타인을 읽는 일을 할 때는 대체로 밤이며 무력을 쓰는 일이 생기는 게 보통이라 한과 강이 함께 움직이고 박만 집에 남는다고, 내가 집안을 돌아다니며 지푸라기를 주워볼 시도라도 할 수 있는 때는 마지막 경우의 그 몇 시간이 되리라는 얘기였습니다.

"모니터룸은 거의 한실장 전용이고 관리도 직접 해. 강실장은 오언 옆에 붙어다니는 게 일이라, 오언과 함께가 아니면 거기 들어가지 않아. 박실장은 온 집안을 돌아다니면서 하는 일이 많다보니 조정실엔 거의 들어간 적 없고, 지금쯤이면 모니터 사용법도 잊어버렸을 수 있어."

아가씨는 만일의 경우가 생겼을 때 한보다는 박을 상대하기가 그나마 나으리라는 뜻으로 그렇게 말했고, 성별 외에 달리 근거는 없지만 누구라도 그 점에는 동의할 겁니다. 그러나 나는 박의 눈에 띄지 않고 그녀가 일하는 동선과 겹치지 않도록 살피면서 이 넓은 집에서 내가 찾던 걸 찾아낼 수 있을지도 의문이었을뿐더러―기회는 어쩌면 단 한 번일 거라는 예감이 들더군요―언제가 될지 모르니 항상 대기하면서 촉각을 곤두세우고 있어야 하는데 그게 가능할지도 알 수 없었습니다. 물론 당신들이나 대행자들은 그게 주요 업무여서 익숙하겠지요, 기약 없이 무한히 잠복하고 대기하고. 그러나 예정과 동선이 변경되거나 보스의 변덕으로, 내가 이 집에 면접 보러 온 날과 같이 대낮에 집 뒤뜰에서 일이 생길 수도 있었지요. 그런 여러 변수를 생각하면 나는 언제 올지 모를 그 언젠가를 막연히 기다리고 있을 수만은 없었습니다. 대담함인지 조급함인지 모를 것이 나를 쏘삭였습니다. 몇 번이고 말씀드릴 수 있습니다, 이게 다 당신네가 신속하게 혹은 시원하게 움직여주지 않았기 때문입니다. 내게 적용될 법률적 책임을 회피하겠다는 게 아니라, 사적제재가 횡행할 수밖에 없는 구조적 문제를 짚고 싶을 뿐입니다.

그 무렵 어느 새벽에 이런 문자메시지가 도착했습니다.

―책이 이상해요

나는 독서교실에서 아이들이 썩 마음에 들지 않는 책을 읽어야만 했을 때 '선생님 이 책 너무 이상해요'와 같이 불평하는 걸 숱하게 들었으므로, 발신자가 누군지 알 수 없었던 처음에는 옛날 폐업한 학원의 수강생이 새 학원에 가서 공부하다가 나한테로 메시지를 잘못 보냈나 하고 방향을 좀 착각했습니다. 숱한 정도가 아니라 '선생님 이거 무슨 소린지—무슨 이야기를 하고자 하는 건지, 어떤 교훈을 주는지, 주인공들은 왜 이러는 것이며 이걸 읽고 무엇을 느껴야 하는지—하나도 모르겠어요' 다음으로 자주 나온 말이었거든요. 그럴 때마다 척수반사적으로 대답했던 시절을 떠올렸지요. 너의 마음에 들지 않는 점을 구체적으로 말하는 건 귀담아들어줄 테고 그것에 대해 이야기를 나눌 수 있지만, 그 모든 걸 통틀어 단순히 이상하다고만 해버리면 안 된단다. 첫번째는 여기가 그래도 일단은 독서교실이기 때문이고, 두번째는 그것을 읽으면서 그리 이상하지 않다고 느낀 다른 친구들에게 예의가 아니기 때문이지. 그러면 아이들은 남자 주인공이 이렇게 지질하게 구는 심리가 이해 안 되고 여자 주인공은 영겁의 고통을 받는데 웬만큼 변화 발전한 지금 세상에는 안전하면서 유익한 이야기들도 많은 터에 이 불편한 걸 굳이 읽는 이유가 무엇인지 구체적으로 반문했습니다. 들은 바가 많고 공부도 많이 한 학생들은 여기서 '트라우마를 자극하지 않는 이야기'라는 표현을 쓰기도 하며, 최근 콘텐츠들은 대부분 웹사이트에서 해시태그를 달아 주요 소재를 미리 알려주고 트리거 요소를 명시하여 결제 전 이상한 걸 알아서 피해갈 수 있으므로 같은 값으로 효능감을 얻을 가능성이 높은데, 구시대의 이야기들은 그렇지 않으니 이상한 걸 피하지 못하고 앉아서 당하는 게 안타깝다고도 했습니다. 이때 나는 이튿날 학부모의 전화를 받지 않기 위해 되도록 신속 명료하게 대답해야 했는데 실제로는 그렇게 하지 못했습니다. 일단 너는 이 학원에 머리를 식히기 위해 온 게 아니라는 사실은 알고 있겠지. 아니, 학원 커리큘럼도 지금은 잊어버리자. 이상한 거 피할 수 있으면 좋지. 평생 이상한 거 안 마주치고 살 수 있다면 얼마나 좋겠어. 선생님도 너희의 두 배 넘는 시간을 사는 동안 이런저런 트라우마라면 섭하지 않을 만큼 있고 말이야. 해시태그는 전적으로 안심이나 위로 혹은 여흥이 필요할 때라면 큰 도움이 되겠지만 그만큼 너에게 뜻밖의 만남을 가져다줄 가능성을 줄여서 인생의 스펙터클 가운데 하나를 포기하는 것과 같다는 생각이 드는데, 그건 지금 분야와 좀 다른 것 같으니 우리 책상 위의 책으로 돌아오면. 너의 마음을 평화롭게 다독여주거나 진취적으로 북돋아주는 흠결 없는 사람들이 등장하여 바람직한 이야기를 들려줌으로써 안식처를 제공하는 소설이었다면 그것의 존재를 오늘날의 우리가 몰랐을 수도 있어. 책 속에 그토록 마음에 들지 않는 이들이 등장하는 까닭은 인간이라는 텍스트가 얼마나 복잡하며 해결 불가능한 문제와 총체적인 모순으로 빚어졌는지를 보여주는 것이지. 너 어릴 때 사십 권은 족히 넘어가는 컬러 만화로 그리스 로마 신화를 읽으면서 무슨 생각 했니? 불륜은 일상에다가 틈만 나면 강간에 수간을 일삼고 복수하고 불태우고 독살하고 거꾸로 매달아 살가죽을 벗기고 오체분시, 누구 하나를 꼽을 것도 없이 죄다 이기적이거나 정신 나간 자들이 구역질나는 짓거리를 하는 게 주요 내용인데 그건 너무 오래된 신화의 세계여서 익스큐즈 가능한가? 그러면 우리 민담의 세계로 한번 넘어와볼게. 권선징악의 세계관을 확보한 그림 동화에서조차, 착한 바보들은 복을 받고 왕관을 차지하기 전까지 문제 많은 주변 인간과 악마를 거치며 이루 말할 길 없이 부당한 세계에 맞서야 해. 세월이 흐르는 동안 대부분의 인간은 자신이 초인이 아님은 물론 세계란 언제까지나 부당한 것임을 자각했고, 그에 따라 옛날이야기 속에서 주변 배경에 불과했던 문제투성이 인간이 자연스럽게 주인공으로 득세했을 뿐이지. 사람은 보통 자신과 닮은 사람에게 이끌리는 한편으로 자신보다 상태가 안 좋은 사람을 보며 그래도 나는 저 지경까진 아니지, 따위의 비열한 위안을 받는 존재니까. 등장인물들이 터무니없는 말과 행위로 우리를 고통스럽게 할 때, 우리는 그를 반면교사로 삼게도 되지. 인물은 사력을 다해 얼빠진 짓을 함으로써 우리를 기함시키고, 때론 참괴의 감정을 느끼게도 해. 그런데 너는 앞으로 세상에서 이보다 더한 사람들을 숱하게 만나게 될 테고, 한 명의 사람을 한 권의 책 대하듯 다각도로 읽어야 인생이라는 이름의 위기를 그나마 덜 고통스럽게 감당할 수 있을 거란다. 모면은 아니고 어디까지나 감당이라고. 통과는 해야 한다는 걸 알아두렴. 어쩌면 훗날 너 자신이 이보다 더한 사람이 되어버릴 가능성마저 있고. 그런 의미에서 이 책은 예방접종이 될지도 모르지. 바이러스에 맞서 싸우기 위해 바이러스를 몸속에 주입하듯이, 이 말도 안 되는 인간의 이야기를 읽고 절대 이런 인간만큼은 되지 않아야겠다면 그걸로 우선 땡큐지. 지금 이 소설 속의 못난이나 미친놈들을 마음 다해 사랑해주라는 것도, 공감하거나 이해하라는 것도 아니야. 무언가를 반드시 이해해야 한다는 강박에서 벗어나보는 건 어떨까, 우리. 지난 시간에 인간의 욕망에 대해서 얘기했던 거 기억나니? 인간의 욕망이 충족되는 것은 대체로 죽음을 목전에 두고 있을 때라고. 물론 죽고 나서도 충족되지 않을 때가 더 많고, 주체가 사라진 다음에는 욕망의 의미 자체가 소멸하지만 말이야. 마찬가지로 무언가를, 또는 누군가를 비로소 이해하는 것은 그가 행하거나 그를 둘러싼 모든 사태가 끝장나기 시작할 때지. 그러니 우리는 불이해 혹은 오해를 이해인 양 착각하면서 살아가는 게 고작이야. 이해란 자기만족에 불과할 수 있고, 나의 이해와 타인의 이해는 서로 달라서 둘의 이해가 충돌하게 마련이니까. 공감? 그저 옳지 옳아 끄덕끄덕 하려면 책 같은 거 왜 읽는데. 그러니 네가 이상하다고 느끼는 건 지극히 당연한 일이고 그 이상함을 제공하는 것이 책의 일이며, 이상함의 원인을 분석하거나 때론 원인 따위 결국 알아내지 못하더라도 자기 자신만큼은 이상해지지 않겠다는 마음에 이르는 것이 읽는 사람의 일이야. 한 권의 책을 펼칠 때 잊지 말아야 할 게 있다면, 세상의 코어를 이루는 것이 반드시 희망 내지 사랑만은 아니며 도저히 화해할 수 없는 인간들과 혹은 도저히 견딜 수 없는 나 자신과 필연적으로 상종하거나 공존하는 것이 인간의 삶이자 태초부터 운명지어진 비극이라는 사실이지. 그리고 그 비극을 견디는 게 인생의 거의 전부야. 그렇다면 인생에는 무슨 의미가 있는지, 인생의 목표라는 게 다 무슨 소용인지 되물을 필요는 없다. 자연은 우리에게 목표를 부여하지 않았고, 우주는 우리의 의미 따위 알지도 못할 뿐더러, 신은 우리에게 별 관심 없으니까. 동양사상으로 예를 들자면, 노자의 『도덕경』 가운데 한 줄을 불러줄 테니 이건 받아 적으렴. 일단은 수업시간인데 한 줄이라도 남겨야지. 천지불인 이만물위추구天地不仁 以萬物爲芻狗, 하늘과 땅 같은 자연은 그냥 존재할 뿐이지 딱히 어진 마음을 갖고 있지 않으며, 인간

따위 만물의 입장에서는 짚으로 엮은 개만도 못하다는 뜻이야. 그러니 너의 눈앞에 있는 한 권의 소설은 그 무의미의 운명에 어떻게든 의미 비슷한 걸 부여해보고 죽으려던 예술가들의 오랜 싸움과 필연적인 패배의 흔적이야. 아이들은 그런 이야기를 듣고 미심쩍은 표정을 감추지 못한 채 일단은 고개 끄덕였는데요, 이튿날 학부모님의 전화가 걸려올 때도 결국은 있었답니다(선생님, 안 그래도 애들 입시 공부에 힘들어하는데 왜 스트레스를 가중시키는 건가요?). 그러고 보면 폐업할 만도 했네요, 저.

그토록 여러 가지 방향으로 혹은 아예 다른 맥락으로 읽어낼 여지가 있는, 모호하기가 이루 말할 수 없는 문자메시지가 도착하여 나는 그걸 보낸 사람이 대행자라는 사실을 처음에는 눈치 못 챘습니다.

정기 청소일에 그 집을 다녀간 청소 용역업체 직원 가운데 외벽 창문을 닦던 두 명과 실내 청소를 하던 한 명이, 내 의뢰를 받아준 대행자들이었습니다. 평소 한과 박은 그들의 업무대장을 관리하면서, 비록 자주 보는 얼굴은 아니지만 그런 만큼 가능한 한 구성원 변동 없이 고정 인력이 왔으면 좋겠다고 용역업체측에 일러두었는데, 불특정 다수의 파트타이머가 수시로 들고 나게 마련인 외주업의 특성상 그건 비현실적인 요구에 가까웠으므로 십장을 비롯한 주요 일꾼 몇 명 외에는 매번 얼굴이 바뀌었습니다. 대행자들은 그 틈을 파고들어가서, 비록 굳게 잠긴 보스의 방은 청소를 건너뛸 수밖에 없었지만 방 외벽의 유리창 구석에 집음 장치를 부착하는 데에는 성공했습니다.

통상의 도청 장치였다면 통화시에 왠지 모를 잡음이 들어가는 걸 보스가 바로 알아차렸거나 한이 발견하고 처리했을 겁니다. 대행자들이 부착한 집음 장치는 정밀도가 아주 높지는 않지만, 그 방 안에서 보스가 무언가를 말하거나 통화를 하면 음성의 진동이 부착한 장치에 전해지는 방식입니다. 대행자는 전송받은 진동을 음성으로 변환하여 대략의 내용을 파악하고요. 나는 일층 조정실 앞을 천천히 지나치면 그때 잠깐 주머니 속 휴대전화에 안테나 두 줄이 더 뜬다는 사실을 알게 된 뒤 틈틈이 문자메시지로 그들의 보고를 받았으나, 거기에는 유통장부와 관련하여 이렇다 할 내용은 없어서 한동안 초조했습니다. 이대로 다음번 청소가 돌아오는 날까지 내가 이 집에서 더 버틸 수 있을지, 그보다 창에 부착한 것이 그때까지 발각되지 않을 수는 있을지 걱정스러웠을 무렵 정원을 관리하는 사람들이 집에 왔습니다. 누구는 가지를 쳐내고 누구는 약제를 살포하여, 약제 살포 시에는 집의 모든 창문을 닫고 안에서 머물러야 했지요. 그중 한 명이 키 큰 나무의 가지치기를 위해 사다리를 타고 올라가면서 장치를 회수했다고 나중에 들었습니다.

집음 장치로 얻어낸 정보가 딱히 없음을 확인하고 얼마 지나지 않아 실내 청소를 담당했던 대행자로부터 간략한 문자 보고를 받은 것인데, 웹 발신으로 미저장 번호가 떠서 스팸인 줄 알았을뿐더러 책이 이상하다니, 그 자체로 말은 되나 고민에 고찰을 거듭하지 않으면 무슨 뜻인지 알 수 없는 암호 같기만 했습니다.

그러다가 그 청소일에, 아가씨와 둘이 서재에서 얘기를 나누던 중 한 일꾼이 갑자기 문을 열고 들어왔던 게 떠올랐습니다.

─어이쿠, 뭐 하시던 중이었네요. 실례했습니다.

나는 당시에는 청소 용역업체 가운데 대행자들이 섞여 있다는 사실도 몰랐으며 후일 사정을 전해 받고서도 그중 누구인지는 못 들었는데, 내 얼굴에 긴장한 티가 날까봐 그들이 사전에 방문한다는 언질을 주지 않았던 겁니다. 처음에 내가 직접 이 집에 들어온다는 것부터 그들이 뜯어말렸던 걸 생각하면 그럴 만도 합니다. 사모님, 이왕 돈 쓰시는데 우리한테 일임하셔야 합니다. 끼어드시면 저희가 컨트롤하기가 더 복잡해집니다. 사모님이 직접 들어갔다가 위험해지고 못 돌아오면 누가 우리에게 잔금을 지불합니까. 그렇게는 못 도와드립니다. 처음 예상 견적에서 착수금 5에 잔금 5였던 것을, 120퍼센트로

견적을 높이고 9 가까이 착수금을 지불하고 나서야 나는 이 집에 들어올 수 있었던 겁니다. 그 돈의 출처를 물어보실 줄은 몰랐네요. 살던 집으로 병원비와 장례비 등 일체의 빚 변제를 했다는 건 거짓말이 아닙니다. 예, 나는 보잘것없지만 내 오빠와 남동생은 사업이 잘돼요. 두 사람한테서 평생 먹을 욕을 다 들어가면서 이자 없이 빌렸습니다. 조금씩이나마 나 죽기 전까지 갚을 거고요.

당시 아가씨와 나는 대화를 중단한 채로 대청소 날이려니 하고 잠자코 일꾼이 나가기를 기다렸는데, 그는 입으로는 실례했다면서 느린 걸음으로 서재를 한 바퀴 둘러보았다 했지요.

—우아, 정말 책이 많네요, 완전 도서관이네. 이 집 어른이 공부하는 분인가보다. 어디 교수님이세요?

뭐라고 반응해야 할지 알 수 없어서 나는 웃으며 대꾸하기를, 그렇지요 책이 많지요, 그런데 저희가 지금 수업중이어서요, 혹시 저희가 자리를 비켜드려야 할까요…… 한실장이 쿵쾅거리며 층계를 올라와선 어이! 그쪽 아니오 들어가지 마시오, 복도만 닦는 거라고 얘기 못 들었소? 약간 날을 세웠던 것이 그저 일꾼의 일머리가 없음을 탓한 건지 아니면 아가씨를 외부인에게 노출한 게 문제인지 싶었을 뿐입니다. 일꾼들 가운데 일부 대행자들이 섞여 있었다는 보고를 나중에 받았을 때도 외벽 창문 쪽만 생각했지요. 그 모든 일꾼 가운데 서재까지 들어온 사람은 한 명뿐이었고, 만약 그에게서 온 문자가 맞다면 이건 서재에 뭔가 있다는 뜻으로 해석할 수 있었습니다.

―책이 이상해요

뭐가 어떻게 이상할까.

그러다가 나는 이 집에 온 첫날 조정실에서 둘러보았던 바둑판 같은 화면들을 떠올렸습니다.

기억하실지 모르겠습니다만, 제가 조정실 모니터를 처음 보았을 때를 이렇게 묘사했을 겁니다. 소등 상태여서 제목까지 읽을 수는 없었지만 유도등 빛과 해상도 덕분에 그것이 책등이라는 걸 알아보기에는 충분했다고요. 말하자면 서재의 카메라는 중앙 테이블이 아니라 벽에 붙은 책장 가운데 어느 한곳을 집중적으로 비춘 상태였고, 그것은 아가씨와 내가 마주앉아 책 읽는 모습을 볼 수 있는 각도가 아니었습니다.

아가씨가 어디 있는지를 파악하는 용도의 카메라라고 분명 들었는데, 테이블 아닌 책장만 비춘다는 게…… 처음에는 박이나 한이 청소하다 건드려서 위치가 틀어졌나 싶었습니다. 그러나 한이 조정실을 비웠을 때를 틈타 서재로 가 카메라를 붙들고 비틀어보려는데, 회전은커녕 꿈쩍도 하지 않아서 자세히 들여다보니 드라이버와 나사로 그 자리에 고정된 것이었습니다. 오로지 벽에 붙은 책장 어느 한곳만을 비출 수 있도록.

카메라의 시선을 눈대중으로 따라가보니 책장 위에서부터 다섯번째 혹은 여섯번째 단을 향해 있었습니다. 거리가 멀어 확실치 않은데 어쩌면 네번째 단일 수도 있겠다는 생각에, 서재에서 책을 둘러보며 필요한 책을 찾아 뽑아내는 게 조금도 수상한 일은 아니었으므로 나는 일부러 카메라를 의식하지 않고 느긋이 위에서부터 책장의 책들을 일별했습니다. 『모비 딕』을 지나, 『달과 6펜스』를 지나, 『신곡』을 지나, 여러 작품을 모은 두껍고 큰 『해럴드 블룸 클래식』을 지나…… 각 출판사에서 각 잡고 시리즈로 펴낸 세계문학전집들은 판형과 디자인이 일정하여 깔끔한 책등을 한눈에 훑어볼 수 있었지만, 전집 이외의 단행본들은 저자와 분야는 물론 크기도 제각각이라 어떤 건 책등이 튀어나오고 어떤 건 다른 책들 사이에 파묻혀 눈에 잘 띄지 않는 등 어지러웠는데, 책이라는 물건이 존재하며 책을 구입하기를 전면 중단하지 않는 한 그 정도는 필연적인 엔트로피 상태임을 나는 익히 알고 있었습니다. 한마디로…… 이상하게 눈에 띄는 책이라고 할 만한 게……

책 사이에 책 아닌 것이 끼어 있었습니다.

그것도 내게는 익숙한 일이었습니다. 책이 많은 일터와 집 그 어디서도 나는 그리 정돈된 성격은 아니어서, 책들 사이에 수첩이나 공책이 끼어 있기 일쑤였고 명함첩이나 지난해의 탁상달력은 물론 어디다 두었는지 잊었던 손거울에 카드지갑,

심지어 사용 기한이 지난 튜브 타입의 피부 연고나 일회용 안약이 책과 책 사이에서 출토된 적도 있습니다. 그러나 그건 충분한 부동산을 갖지 못한 상태에서 책을 머리에 이고 살다시피 했던 내 경우고, 이 책장에 책 아닌 것이 책인 것처럼 슬그머니 끼어 있는 건 이상하다고 볼 수 있었습니다.

겉보기에 그럴듯하게 꾸며놓은 카페들 있지요, SNS에 인증 사진을 올리기 좋은 그런 곳들 가면 흔히 보셨을 겁니다. 속은 텅 빈 플라스틱이고 책등만 라운드 타입 양장본처럼 꾸며서 책이 꽂힌 것처럼 보이게 하는, 순전한 데커레이션 용도의 페이크북 말입니다. 그게 카페나 무대나 스튜디오 같은 곳에 있다면 이상하지 않습니다. 일반 가정에서도 인테리어가 목적이라면 그럴 수 있습니다. 책장을 채웠는데 한 줄 정도 비었다든지, 손님이 자주 오는 집이라면 겉으로 보이는 게 중요하겠지요. 그런데 이미 빼곡하게 채워져서 더 꽂을 데가 마땅찮은 책장에 굳이 이만큼, 구체적으로 사백 쪽 안팎의 양장본 서너 권 정도의 폭을 차지한 페이크북의 존재는 어색했습니다. 인테리어로서도 효과적이지 않았을뿐더러 그것이 꽂힌 위치는 무릎 높이 정도로 쭈그리고 앉아야 볼 수 있는 자리였으므로, 오롯이 시각적인 아름다움을 위해 거기 두었다고는 생각하기 어려웠습니다.

책등 네댓 권 정도가 붙어 있는 모양으로 꾸며진 그 플라스틱 덩어리―책등과 앞뒷면까지는 고급스러운 소장용 한정판인 사철 양장본에서 종종 볼 수 있는 책의 재질과 형태를 취하고 겉에는 명상 잠언집인 양 영문 제목까지 음각되어 있었으므로, 페이크북이라는 티가 덜 나도록 만들어진 정교한 주문 제작품일 터였습니다―를 슬며시 끄집어내는데, 속이 비었을 터인 플라스틱이 원래 이렇게 무거운가…… 자세히 보니 그건 페이크북 모양을 했지만 그것조차도 페이크였고, 책배 부분에 자물쇠 번호판이 붙어 있는 손금고였습니다.

내가 어떻게 해야 했을까요? 내용물이 무엇인지 알아볼 타이밍은 물론 그것을 열 만한 도구가 여의치 않은 상태에서 발견 즉시 금고를 통째로 끄집어 들고 도망쳤어야 할까요, 아가씨를 그 집에 버려두고. 남편에게 도대체 무슨 일이 있었는지 알고 싶다는 초기 목적은 달성했는데 하필 아가씨가 눈에 밟히기도 했고 아가씨의 이야기가 어디까지 사실인지 아니면 꾸며냈는지 알 게 뭐냐 싶어 망설였다는 허울좋은 구실은 접어두지요. 페이크북 모양의 손금고를 발견한 순간 브레이크는 이미 풀렸고, 나는 고작 그만한 데에서 멈추기 위해 거액을 들여가며 사람을 산 게 아니었습니다. 최소한 그 안에 들어 있는 게 비밀 장부라는 확인 정도는 되어야 그다음 움직임을 결정할 수 있었습니다. 수납 방식으로 보아 무엇이든 중요도가 낮은 물건은 아닐 텐데, 굳게 잠긴 보스의 침실이 아니라 누구나 드나들 수 있는 광활한 서재에 보관해둔 것은 그럴듯한 선택이었습니다. 아무렇게나 던져진 듯이 꽂혀 있어서 결코 거기만은 아니라고 생각되는 곳에 나라의 운명을 뒤바꿀 편지를 숨기는 것은 부주의가 아닌 계산의 행위인데, 에드거 앨런 포가 쓴 이후로 그건 모르는 사람이 없는 방법이지요. 손금고를 책인 양 꾸며둔 것은 최소한의 눈속임이었던 것 같습니다.

이런 페이크북이 책장 구석의 어중간한 자리에 꽂혀 있다는 사실을 아가씨도 나도 미처 몰랐던 까닭이라면, 그 넓은 서재의 벽에 빙 둘러서 꽂힌 책들이 눈대중만으로도 일만 권은 족히 될 법했다는 것도 있지만, 그보다는 책장 하단으로 내려갈수록 승부 전략이나 시장 판도를 이야기하는 경제 경영 전문 분야의 실용 도서가 꽂혀 있어서였을 겁니다. 우리에게 필요한 건 주로 문학이었으므로 시선도 손도 자연스레 책장의 1에서 3단 위주로 맴돌았고 더 아래로 허리를 굽힐 것도 없이 필요한 책은 그 범위 안에서 거의 다 발견되었기에, 나는 책에 둘러싸였을 때만큼은 이 집에 온 원래 목적을 잊다시피 하고 관찰에 소홀했던 겁니다. 그러나 잠깐 방문한 대행자는 특정 분야의 책이 필요한 사람이 아니어서 카메라의 위치와 방향을 제일 먼저 빠르게 확인했을 테고, 자연스럽게 낱낱의 나무가 아닌 숲을 한눈에 둘러보다가 뭔가 구색이 맞지 않아 보이는 책을 발견했겠지요. 괜히 전문가가 아니었습니다.

그런데 지금 저에게 그걸 물어보시는 건, 제 나이 여섯 살 때 들었던 의문과 크게 다를 바 없군요. 어째서 인어공주는 나뭇가지를 집어다가 모래톱 위에 글로 그림으로 자신이 왕자의 구조자임을 표현하지 않았을까. 어째서 사악한 공주는 구두라는 대답을 정해놓고 바꾸지 않았을까. 마찬가지로 손금고 발견보다 앞서서 아가씨의 이야기가 일단락됐던 날, 내가 어째서 그 연약한 손목을 잡아채어 그 집을 빠져나오지 않았는지 이해가 안 되신다는 말씀이지요? 사람들은 그런 말을 퍽 쉽게 하곤 합니다. 뒤늦게 세상에 자기 목소리를 내기 시작한 유년기의 학대 생존자에게, 왜 진작 부모님의 집에서 도망치지 않았어? 우리 사회의 시스템이 굴러가는데, 쉼터를 비롯한 각종 기관이 있는데. 상사에게 피해를 입은 사원을 추궁하며 왜 그때 거부하지 못하고 이제 와서 딴소리냐, 결국 너도 동의하고 선택한 거 아니야? 그렇게 개별 상황이 아닌 자신의 상식으로 묻습니다. 내가 왜 그랬을지는, 내 남편이 사전 예고까지 하고 아가씨를 빼냈는데 그때까지도 체계와 근거를 문제삼으며 시간 맞춰 장소에 도착하지 않은 분들에게 물어보시는 게 좋겠습니다. 무엇보다 나는 근무 첫날 내 차 키를 한실장에게 넘겨야 했는데요, 개인 용무로 외출할 때는 행선지를 밝히고 키를 요청하라더군요. 그렇게 키를 받아서 나가면 최소 한 대의 미확인 차량이 뒤로 따라붙으리라는 생각이 들었고 그것이 결코 망상만은 아님을 아가씨의 이야기를 통해 확인했는데, 더 이유가 필요할까요.

카메라가 고정된 자리에 늘 보이던 페이크북이 사라지면 안 되니 우선 그대로 꽂아두고 내 방으로 돌아왔습니다. 책장에서 손금고를 발견했는데 내용물이 내게 필요한 것인지를 알 수 없다는, 문자메시지로는 길게 전달하기 어렵겠다 싶은 제보를 업체에 직접 건네야 했습니다. 한실장이 '화면만' 보인다고 얘기했던 걸 떠올리면, 아가씨와 나 사이에서 오가는 대화는 누가 듣지 않더라도 최소한 내 방에 있는 유선 전화기에는 뭔가 장치가 붙어 있을 가능성을 배제할 수 없었기에, 나는 들을 테면 어디 한번 들어보란 듯이 그걸로 대행자의 세컨드 휴대전화에 연락을 취했습니다. 사전에 말을 맞춰놓은 대로 대행자측에서는 "○○기획입니다"라고 전화를 받았고, 내가 가명을 대고 통상적인 안부 인사와 함께 신규 브로셔 번역 일을 받고 싶다고 말하여, 신호를 알아차린 대행자와 만날 약속을 잡았습니다.

그리고 바로 다음날 한에게 차 키를 받아 나갔습니다. 기존 신세 진 거래처의 사보 담당자와 오랜만에 미팅이라고 다녀오겠다는데 그런 것까지 한실장이 가타부타하지는 않았습니다만, 선생님이 몇시에 어디 볼일 보러 간다더라는 보고 정도는 했을 겁니다. 실제 존재하는 사보 기획사인지 알아보는 것 이상의 시간 여유를 주지 않기도 했고, 보스가 보낸 심부름꾼이 내 뒤로 따라붙기까지 했으리라는 생각은 사실 안 드는데, 그렇게까지 엄밀하게 관찰했다면 내가 지금 여기 이렇게 있지는 않을 테니까요.

 돌이켜보면 보스가 아마도 나를, 어느 정도는 믿었던 것 같습니다. 처음부터 너무 센 걸 보아버렸는데도 일관되게 침착했던 나의 태도를 보고, 이 사람이라면 어디다 무언가를 섣불리 발설하지는 않겠다는 최소한의 신뢰가 생겼던 걸까요. 지켜보았다가 나중 가면 편을 삼아도 괜찮을 것 같은 사람이라는. 그보다는 내가 아가씨의 앞을 가로막고 비켜서지 않았을 때 좀더 선명하게 알아차렸을 겁니다. 아가씨를 해할 성싶지 않고, 필요하다면 그에게서조차 아가씨를 지켜줄 것 같은 사람이라고.

 결국 그런 믿음을 저버렸다는 가책이 조금 드는 것은, 내가 지금 이상한 게 맞지요?

 세피아톤 렌즈를 끼운 안경 너머의 눈동자를 가까이서 들여다보면 아가씨와 거의 비슷한 또래의 여성 대행자가, 모자를 쓰고 마스크를 끼고 나이들어 보이는 옷을 입고 나와서 얼굴 사진이 정면으로 찍히지 않을 만한 자리에 착석하곤 쾌활하게 떠들었습니다. 요즘 종이 사보가 사라지는 추세여서요, 이제는 웹진이나 앱진으로들 많이 발행하니까요. 그런데 그거 솔직히 누가 굳이 클릭해서 보나요, 내가 직원이라도 이번달 사보 링크가 전송되어오면 스팸메일함으로 보낼걸요, 그러니 이러지도 저러지도 못하고 최소 발행 부수만 남겨두고…… 탁자에는 여러 회사의 사보와 영문 브로셔를 올려놓고 만반의 준비를 했지만 본격적으로 목소리를 죽인 다음부터 이어진 실제 대화는 길지 않았고, 그쪽의 입장은 이랬습니다. 저희가 손금고를 훔쳐내는 게 불가능하지는 않지만 굳이 경보장치를 울리게 하여 도둑 들었다고 광고하는 건 좋지 않아요. 오히려 그쪽에서 경계 태세를 더 갖추게 되고 만일의 경우 사모님도 의심받아서 그 집에 머물기 힘드실 거예요. 순전히 안전만 생각한다면 저희가 금고를 빼내면서 사모님도 같이 몸만 빠져나오시면 어떨까 했는데요, 그러면 설령 금고 안에 무슨 쓸데없는 게 들었더라도 다음 기회는 없는 거거든요. 그래서 생각해봤는데 다음 분기 대청소 때까지 한번 두고 보아주시면 어떨까 해서요. 그사이에 뭔가 변동 사항이 있다 싶으면 수시로 알려주시고요. 청소 때는 사람이 여러 명 드나들고 살짝 부산스러우니까 실수인 척 전기 좀 끊고 그사이에 어떻게든 빼올 수 있어요. 바로 다음주가 그 집 정수기 필터 교체 관리 시기인데 그때는 어려운 이유가, 준비 기간도 부족한데다 그게 한 명만 가서 하는 일이라 예전과 다른 사람이 나타나면 얼굴 다른 거

금방 알아보고 담당자가 바뀌었냐는 둥 이상하게 여길 테고, 일단 정수기와 서재가 너무 멀리 떨어져 있어요. 사모님 우리 가요. 현실에서 우리 일은 두 시간짜리 영화가 전 과정을 압축해서 보여주는 것처럼 그렇게 뭔가 착착, 아다리가 맞게 이루어지지 않아요. 착수금을 거의 완불에 가깝게 지불해주셔서 불안하실 수밖에 없는 것도 이해하는데 그건 사모님이 적진에 직접 뛰어들어서 발생한 위험 부담금 같은 거고, 이대로라면 사실상 저희 견적도 지난번 예상보다 더 나올지도 모르고요, 저희 어느 날 갑자기 연락 안 되고 잠수 타고 그러지 않아요. 되든 안 되든 끝을 볼 때까지 일할 거니까 믿고 맡겨주세요. 솔직히 당분간 잊어버리고 지내시기를 권하고 싶어요.

그리하여 내게 주어진 일은, 한이 모니터 앞을 잠깐씩 비울 때마다 페이크북의 사이즈를 정확하게 재고 최대한 여러 각도로 사진도 찍어서 대행자측에 전달하는 것이었습니다. 그냥 한 권짜리 덩어리로 된 기성품이 아닌 각 부위의 디테일이 살아 있는 주문 제작품이라면 색상과 장식 구현도 신중하게 해야 했습니다. 원래의 물건이 사라졌음을 가능한 한 오래도록 눈치채지 못할 만큼 제대로 만들어서 다음 분기에 바꿔치기하겠다는 답을 받기까지, 우리는 각 회사의 무의미한 브로셔를 넘겨보며 검토하는 동작을 취했습니다. 설령 그렇게 공들여 꺼내간 금고 안에 들어 있는 게 장부가 아니고 다른 쓸 만한 무엇도 아니라는 보고를 추후 받게 되더라도, 여기까지 오는 데만도 이미 충분한 시간과 인내심을 지불한 나는 섣불리 무너지지는 않을 것이었습니다.

그런데 말입니다, 이건 안 믿어주셔도 좋은데, 그 페이크북 모양의 손금고 안에 내가 필요로 하는 것이 반드시 들어 있다는 강박에서 벗어날 수 없었던 이유가 있습니다. 대행자를 만나고 온 날 밤, 남편이 서재 바닥에 앉아서 책장을 물끄러미 들여다보고 있었거든요. 그가 나를 돌아보기 전에, 구체적으로 그 손금고를 손가락으로 가리키기 전에 잠에서 깨어나지만 않았다면, 나는 그 이상의 어떤 확신도 불요하다는 확신과 함께 이튿날 즉시 그걸 집어서 도망나왔을지도 모릅니다.

내 조급증과 강박과 꿈 등의 비이성이 뒤엉켜 충동적으로 선택한 결과이긴 하지만, 예정이 크게 뒤틀린 변수는 긴급 휴가를 낸 박실장이었습니다. 그날은 모든 것이 평소와 다를 바 없었습니다. 보스와 강은 출근했고 한과 박도 원래의 포지션에서 일하며 나와 아가씨는 서재에서 책을 읽는, 언제나와 같은 풍경일 터였습니다. 병원에서 걸려온 전화를 박이 받기 전까지는요. 오래 앓아온 자매의 상태가 나빠져서 가족을 호출하는 전화였습니다. 그건 제가 시킨 일도 아니고 누가 조작하지 않았으며 실제로 병원에서 온 연락이 맞습니다. 이 우연이 그냥 찾아온 게 아니라 내게 주어진 운이라는 생각에, 대행자들과 협의한 예정도 계획도 잊었습니다. 박의 자매가 오늘 또 내일을 무사히 넘길지에 대한 우려나, 타인의 위기를 나의 기회로 삼는 데 대한 인간으로서의 죄책감은 들지 않았습니다.

박은 한에게 점심 준비가 다 되어 있으니 알람에 맞춰 데워만 주시면 된다고 말한 뒤 서둘러 집을 나섰습니다.

한이 조리실로 가느라 조정실을 비운 시간은 십오 분이 채 되지 않았을 겁니다. 나는 조용히 하라는 뜻으로 아가씨에게 손가락을 들어 보이고 문제의 페이크북을 끄집어냈습니다. 자물쇠 잠금번호를 풀 수 있으리라는 기대는 없었고―그럼에도 직업병에서 비롯한 서사적 클리셰라는 낭만을 버리지 못하고 두 가지 번호를 일단 넣어보긴 했는데 보스의 생일과 아가씨의 생일 둘 다 아니었습니다―매일 아침저녁으로 꺼내어 먼지를 털어주고 세부 상태를 체크하지 않는 한 그것이 그 자리에 가만히 있으면서 온전한 책등을 노출하기만 하면 된다고 편할 대로 간주하며, 나는 책배 부위를 이루는 플라스틱을 깨고 찢었습니다. 그럴 만한 도구가 있었냐고요. 돌돌이 색연필로는 어림없지요. 이 집에 들어오던 날 짐 검사를 가까스로 통과한 레터오프너였습니다. 새벽의 정원에서 깨진 돌멩이를 하나 주웠다고 하지 않았습니까. 내 방 카메라의 사각지대에서 매일같이 돌로 열심히 갈았습니다. 날카롭게. 이것이 단 한 번의 기회라는 생각, 이 안에 들어 있는 서류가 장부와 조금도 인연이 없음이 확인된다면 케이스 훼손이 발각되기 전에 서둘러 여기를 떠나서 지금까지 들인 모든 공력과 금력을 수포로 돌려야 한다는 불안과 낭패, 이 순간에는 그런 것들이 떠오르지 않았습니다. 처음에는 무슨 일인지 어리둥절해하다가 점점 아연실색하는 아가씨의 표정을 외면하고서, 거침없이 책배를 뜯었습니다. 플라스틱 자체의 두께는 고만고만했지만 생각만큼 수월하게 깨지지는 않아서, 손가락이 들어갈 만한 구멍을 내자마자 다급한 마음에 잡아 벌렸습니다. 심장이 입 밖으로 튀어나와 뛰는 듯했고, 양손이 찢어져 피가 비치기 시작했습니다.

안에 들어 있던 건 총 한 정과 탄환 다섯 개였습니다.

그립 패널 부분에 예리한 도구로 새긴 이니셜 세 글자가 작게 보였습니다.

그것이 한동안 불릴 일 없었던 내 원래 이름을 가리킨다는 사실을 깨닫고 얼마쯤 시간이 흘렀을 때도, 나는 뒷일을 생각하지 않은 채 차가운 권총을 품에 안고서 눈물 한 방울 흘리지 않고 가만히 그 자리에 앉아 있었습니다. 분명 어깨는 출렁거렸음에도 아주 조금, 관절염에 걸린 무릎으로 몸을 일으키는 정도의 신음 외에는 몸밖으로 울음이라 할 만한 것이 나오지 않았습니다. 두려움이나 슬픔 내지 분노 같은, 명명 가능한 감정들이 고갈된 것 같았습니다. 아가씨가 나를 두어 번 불렀고 나도 이럴 게 아니라 서둘러 움직여야 한다고 머리로는 생각하면서도 망연한 채로 오랫동안 있었습니다.

"선생님, 정신 좀 차려. 이러다가 들켜."

재촉하듯 말하면서 아가씨가 찢긴 손을 잡았을 때 나는 반사적으로 홱 뿌리쳤습니다.

아가씨의 얼굴에 가벼운 충격이 번져나가다가 고통으로 변색되는 걸 보고 내가 무슨 짓을 했는지 알아차렸습니다. 아가씨의 그것은 내 상처를 파헤쳐 읽으려던 게 아니라 다만 마주앉은 인간을 향해 내미는 손길이었을 뿐인데요.

"아니, 별다른 뜻은 없었어. 정말이야. 지금은 내가 좀."

손가락이며 손바닥에 흐르기 시작한 피를 다른 쪽 손등으로 비비면서 그리 말한다고 직전의 거절이 없던 일이 되지는 않았습니다. 어색한 공기를 떨쳐내며 아가씨가 손사래를 쳤습니다.

"어, 괜찮아, 나야말로 무심코 실수했어. 이런 건 내가 신경써야 하는데."

무거운 근육을 일깨운 것은 마침 울린 서재의 전화벨이었습니다. 식당으로 내려오라는 한의 호출에 침착한 목소리로 대답한 뒤, 나는 페이크북을 제자리에 꽂았습니다.

"먼저 내려가 있어. 이것 좀 숨기고 갈 테니까."

이때부터 물건 거래의 흔적이며 장부 같은 결정적인 물증의 필요성은 저 뒤로 밀려났습니다.

보스와 강이 현관에 들어섰을 때 한은 그 앞에 마중나가 있었습니다. 아가씨가 앞장서고 나는 뒤따라 층계를 내려갔는데, 귀가 마중이라는 걸 해본 적 없는 아가씨가 천천히 현관 앞으로 걸어나오는 걸 보고 보스는 바로 상황을 파악한 눈치였지만, 그가 강과 한에게 지시를 내리는 것보다 내가 아가씨의 뒤통수에 총구를 겨눈 것이 더 빨랐습니다. 굳은 표정의 그들과 충분히 거리를 둔 상태에서 우리는 멈춰 섰고, 아가씨는 두 손을 귀에 올렸습니다.

"알지, 움직이면 어떻게 되는지."

인질이든 위협이든 살면서 한 번도 동원해본 적 없는 수단이었으므로 내 목소리는 떨렸습니다. 그러나 당신들도 일하다 보면 알고 계실 텐데요, 끔찍한 무언가가 세상에 드러나려면 지옥과 밤의 도움을 얻어야 한다는 걸요.

"원하는 거 말씀하세요."

보스의 목소리는 평온했고 예의 미소를 띠며 여유를 가장하는 듯싶었지만, 제 영지를 침범당한 통치자 같은 표정을 완전히 감추지는 못했습니다.

"길만 열어드리면 됩니까? 웬만하면 그냥 보내드릴게요, 평화롭게. 그런 짓 하시는 이유는 별로 알고 싶지 않고."

그러다 총을 보고 보스는 끄덕였습니다.

"아…… 유품의 주인이 나타나셨구나. 한실장아, 진작 꺼내드리지 너 뭐했냐."

"나불대지 말고. 강실장은 지금 타고 온 차 키 이쪽으로 밀어요."

강이 차 키를 들어서 보여주고 내 발치로 밀어 보냈습니다. 나는 여전히 한 손으로 아가씨의 머리를 겨눈 상태로 주머니에서 꺼낸 케이블 타이 뭉치를 한에게로 던졌습니다.

"강실장하고 둘이 서로 알아서 묶어, 손발."

보스가 시키는 대로 하라고 눈짓을 보내자, 강과 한은 현관 문턱을 넘어 복도로 올라와서 각자의 발부터 시작하여 상대의 양손을 묶은 뒤 힘있게 손과 발을 당겨서 확인시켜주었습니다.

"내려가. 앉아서 엉덩이로 밀 생각 말고 굴러."

강과 한은 차례대로 모로 누워서 현관 옆 지하실로 통하는 층계를 굴러내려갔습니다. 털썩, 털썩 두 사람의 몸이 층계와 마찰하며 일으키는 소리가 어둠 속으로 멀어졌습니다. 둘 중 누군가가 굳게 닫힌 철문에 잘못 부딪혔는지 쿠당탕하고 제법 큰 소리가 났는데 내 알 바는 아니었지요. 창고 철문은 잠긴 걸 확인했고, 한이 그 열쇠를 상시 갖고 다니지만 않는다면 펜치 같은 도구가 문 너머에 있다 한들 소용없을 테지요. 앞니가 맹수처럼 날카롭대도 지하실의 어둠 속에서는 그렇게 빨리 케이블 타이를 끊기 어려울 테고요. 묶인 손발로 층계를 다시 올라오려면 조금은 시간이 걸릴 터였습니다.

"키 주워."

총구로 아가씨의 등을 누르자, 아가씨는 천천히 바닥에 무릎을 대어 키를 집었습니다.

지금도 나는 그 구도가 최선이었다고 생각합니다. 내가 운전대를 잡는다면 아가씨를 향한 총구를 거둘 수밖에 없는데, 이제 내 목적은 아가씨만을 그 집에서 빼내는 게 아니라 보스를 데리고 가서 자기가 해온 짓을 스스로 말하게 하는 쪽으로 바뀌었으니까요. 말을 하고 또 하다가 기억과 망각이 자리바꿈을 하고, 그러던 끝에 이야기가 소진되고 자신이 행한 일과 상상으로만 품었던 짓과 꿈에서도 먹어본 적 없던 마음 들이 뒤섞여 무엇이 진실인지 분간하기 어렵게 될 때까지 게워내게 할 작정이었으니까요. 하여 운전석에는 보스가, 조수석에는 아가씨가, 조수석 뒤 보통 사장님 자리라고 부르는 곳에는 내가 탄 것이었습니다. 보스의 머리에 총을 들이대는 건 그에게 거의 위협이 되지 않으리라는 걸 알고 있었고, 조금만 틈을 보여도 힘으로 총을 빼앗길 수 있기에 처음부터 끝까지 총구는 아가씨한테로 고정할 생각이었습니다. 보스가 운전 도중 갑자기 손을 뻗더라도 정확히 잡아채지 못하도록 나는 아가씨의 머리 오른쪽 위를 총구로 내리누른 상태를 유지한 채 왼팔을 들어 총을 가리고, 보스에게 무조건 마을을 빠져나가라고 지시했습니다. 강과 한이 케이블 타이를 끊고 따라붙기 전에 거리를 충분히 벌려야 했습니다.

"어디까지 가세요? 기름 채우고 올 걸 그랬네. 너무 멀리까지는 못 가요."

"시끄럽고, 차나 몰아. 가는 동안 알려줄 테니까."

저택으로부터 한 블록을 벗어나니 마을을 빠져나가기도 전에 안테나가 모두 솟아나서, 휴대전화를 스피커 모드로 돌리고 통화했습니다. 예전 멤버들 가운데 꼭 한 분, 고팀장님을 찍어서 전화를 건 이유는, 그 마음속까지는 몰라도 남편의 옛 동료들 가운데 내 울분을 하찮게 취급하거나 나를 대놓고 피하지 않은 유일한 이였기 때문입니다. 일을 돌이킬 수는 없지만 최소한 참회에 가까운 무언가를 말했고, 고개를 숙인 채 손을 마주잡아주었지 눈살을 찌푸리지는 않았습니다. 그로부터 얼마쯤 지나 내 시부모님의 장례 때도 얼굴을 비쳤고 그뒤로는 서로 격조했지요. 그분 외에는 내가 갑자기 연락하더라도 받아줄 만한 분이 달리 떠오르지 않았습니다. 예, 맞습니다, 솔직히 고팀장님도 크게 당황하셨고 본인은 지금 외근중이라면서, 전화기 너머로도 부담스러워하는 게 느껴지긴 했습니다. 조직 개편과 담당자 변경 이후 본인은 그 건을 더는 다루지 않는다고 하셨지만, 그럼에도 무조건 책임질 테니 어디로 데려오라고 위치를 찍어서 보내주셨습니다. 그대로 그 자리에 차를 멈춰서 출동을 기다리라 권하고 싶지만 당신이 그 잠깐의 대기 지연조차 용납하지 않을 것을 안다고, 본인이 담당자들에게 지시를 해둘 테니 그자를 넘겨달라고요.

아가씨가 내비게이션에 장소를 입력하고 안내 버튼을 터치한 뒤, 보스가 계속 시비 걸듯이 농담을 던지는 것 외에는 한 오 분 정도 차 안에 침묵이 유지되었습니다.

"이거 길 이상하게 알려주는데. 업데이트를 한참 안 했거든요. 좀 돌아갈 것 같은데요. 빨리 갈 수 있는 길로 갈까요."

"안내 음성대로 몰아요. 어디 딴 길로 틀 생각 말고."

"그러지요."

정작 총이 겨누어진 채 앉은 아가씨는 한마디도 안 하고 얌전히 앉아 있는데, 보스는 내 집중력을 분산시키려는 셈인지 자꾸만 쓸데없이 입을 열었습니다.

절창 327

"솔직히 조금 놀랐습니다. 보통 분 아닌 것 같다고는 생각했지만요."

"운전이나 하세요."

"저희도 알아본다고 했는데도 놓친 게 있는 걸 보면, 선생님이 더 대단하십니다. 원한을 품은 사람이야 한두 명 아니지만 이렇게 직접 찾아오고 일을 꾸미는 건 아무나 못하거든요."

"입 다물고 차나 몰라고. 이 아가씨 머리에 바람구멍 나기 전에."

"안 그러실 거잖아요."

"내가 못할 것 같지. 이 아가씨도 공범인 거 빤히 아는데."

나는 마음에 없는 소리를 하며 아가씨의 머리를 더 힘주어 총구로 밀었습니다.

"사용법은 아시나 모르겠네."

그 말을 듣고 나는 오래전의 신혼여행 관광지에서 실탄 사격장에 들러본 경험이 전부라는 사실을 떠올리지 않으려고 애썼습니다.

"당신이 죽인 내 남편만큼은 아니지만, 쓸 줄은 알아요."

"미안한데 죽이지는 않았어요."

"그건 가서 말하고 가려냅시다. 지금은 운전에 집중해요."

"선생님하고는 좀더…… 여러 가지로 얘기를 나눌 시간이 있을 줄 알았는데 아쉽네요."

"법정에서 얼마든지 해봅시다."

"선생님 뜻대로 된다면, 우리가 선생님 바깥분한테 어떤 대접을 해드렸는지도 자세히 말씀드릴 기회가 있겠군요."

"안 되겠다. 속도 줄여. 오른쪽에 차 대. 네 눈앞에서 얘 머리 날리고 도로에 버릴 테니까."

그전까지 내내 고요했던 아가씨의 호흡이 한순간 큰 파도를 일으키자 보스는 비로소 입을 다물고 운전대에 집중했습니다. 구불거리는 이차선 도로가 끝나고 사차선 도로가 나왔습니다. 잠시 후 우회전입니다. 다음 안내시까지 직진하세요. 내비게이션의 음성만 울려퍼졌습니다. 목적지까지는 십 분만 더 달리면 되었습니다.

"앞으로 말할 기회가 없을 것 같아서 지금 하겠습니다."

"뭔지 알고 싶지 않고, 하지 마세요."

"미안합니다."

"사람 죽여놓고 미안하다는 말 지금은 들어봤자입니다. 입에 발린 말 같은 것들 모두 나중에 변호사 통해서 하세요."

"그게 아니라, 뜻대로 해드릴 수 없을 것 같아서요."

보나마나 어마어마한 기득권 중심의 로펌을 동원할 테니 나로선 달걀로 바위치기일 텐데 그만한 정도는 각오하고 있었습니다. 그때 보스가 말을 이었습니다.

"그것이 지금이라면 앞으로는 오지 않을 테고, 다음번이 아니라면 지금 오겠지요."

　귀기울이지 않으려 했으나 그 말이 「햄릿」의 대사이며 그 지시대명사가 가리키는 바가 죽음이라는 사실을 내가 알아차린 순간은 육차선 도로의 다음번 가드레일이 나오기 직전이었고, 보스는 황색 실선 두 줄을 침범하여 옆 도로로 넘어갔습니다. 마주 오던 SUV의 경적이 길게 울리며 차바퀴가 도로를 찢는 소리가 들렸습니다. 아가씨의 비명이 차를 흔들고 충돌음과 함께 눈앞이 깜깜해졌습니다.

　잠깐 정신이 돌아와 고개 들었을 때, 레커차며 구급차의 사이렌에 뒤섞여 불분명했지만, 아가씨가 그의 이름을 부르는 소리가 들려오는 것 같았습니다. 깨져서 피 흐르는 그의 머리에 아가씨가 손을 올리는 모습이 보였습니다. 하지 마. 나는 입술을 움직인 것 같다고 착각했는데 말소리는 내 머릿속에서만 울렸을 겁니다. 손대지 마. 너는 그것 때문에 고통받았잖아. 쥐고 있던 총은 어디로 날아갔는지 보이지 않았습니다. 내가 스스로의 순발력이나 대응력을…… 무엇보다 내 손을 믿을 수 없어서 차에 타기 직전 안전장치를 다시 잠가두곤 여전히 풀어놓은 척 위협으로 일관했는데 현명한 선택이었지 싶습니다. 읽지 마. 그의 소원을 들어주지 마. 그 외침은 꿈속이었는지 아가씨에게는 들리지 않았나봅니다. 아가씨의 손은 눈 감은 채 머리를 떨어뜨린 그의 상처에 머물렀다가 천천히 뺨을 쏠며 목으로 내려갔습니다. 아가씨가 그에게 나직하게 말을 거는 듯 중얼거리는 소리가 한순간 주파수에 잡힌 유령의 속삭임인 듯했습니다. 그러다 아가씨는 그에게로 얼굴을 가까이 하여 귀를 대어보더군요. 그걸 보면 그가 입을 열어 아가씨에게 뭐라고 말하려 하나 목소리가 나오지 않는 상태로 짐작됐는데, 그때까지는 우리 모두 정신이 붙어 있었을 겁니다. 그로부터 얼마 지나지 않아 두 사람의 실루엣이 희미해지며 거의 눈앞에서 지워지다시피 했지만, 나는 그 짧은 동안에 보아버린 아가씨의 옆얼굴을—표정을 잊을 수 없을 겁니다. 그의 상처가 뭐라고 말해? 너는 그에게서 무엇을 읽었어?…… 이 물음 또한 현실과의 점착력을 잃은 의식 한가운데서만 메아리쳤을 겁니다.

문득 눈길을 돌려보니 뉴스 화면 위로 헤드라인 자막이 지나가고 있었습니다. 마스크를 끼고 모자를 눌러쓴 강과 한이 연행되는 장면이었습니다. 그 자리에 박이 함께 있지 않은 이유는 아픈 자매가 있어서 도주를 포기했기 때문일 겁니다. 그 자매는 그날 세상을 떠나지 않았고 그뒤로도 한동안 오늘내일을 반복하는 상태였다고 하는데 지금은 어찌됐는지 모르겠습니다만, 보스가 요양비를 지불하던 병원에 더 머물기는 어려워졌을 겁니다.

처음 들어간 응급실에서 나는 육인실로 옮겨졌다가 사건 관련자라는 지시 아래 일인실로 바뀌었습니다. 이 과정에서 고 팀장님이 관여 후 얼마 지나지 않아 자료를 정식으로 인계했는지 새 담당자가 찾아왔기에, 나는 그분에게 일의 처음부터 설명하지 않을 수 없었습니다. 내 의뢰를 받아주었던 사람들의 세부에 대해서는 지금과 마찬가지로 밝히지 않았는데, 사고 소식을 본 대행자들이 곧바로 자기네 채팅방을 폐쇄하고 종적을 감추었으니 말해보았자 건질 만한 건 없었을 겁니다. 그런데 정말이지 예상대로군요. 최우선으로 잡아 족쳤어야 할 대상은 문오언인데, 합법적이지 않은 심부름꾼들을 고용한 나만 갖고 여태 문제삼는 걸 보면 말입니다.

중환자실로 들어간 보스는, 엄중히 다루어져야 할 인물인 만큼 상태가 조금 안정된 뒤에는 다른 대학병원으로 이동할 예정이었습니다. 그쪽에서는 보통의 환자들이 접근하기 어려운 VIP 병실을 이미 세팅해놓고 기다렸다고 합니다. 그 문 앞에는 항상 누군가가 지키고 서 있으면서 정해진 의료진을 제외한 모든 이를 차단하는 그런 곳 말입니다. 한편 나는 이동 없이 일반적인 일인실에 머물렀는데, VIP보다는 조금 루즈하지만 어느 분의 배려인지 그 앞에도 두 분 정도 교대로 지키면서 살펴주셨더라고요. 혹시 알고 계신다면 감사 인사를 전해주실 수 있을까요. 물론 그 덕에 내 오빠와 남동생까지 문 앞에서 입장을 거절당했고, 내가 퇴원하던 날 복도를 거닐던 환자들이 수군거리긴 했습니다만.

아시다시피 보스는 끝내 전원하지 못했습니다.

사고 처리 같은 거 자주 보셨을 테니 익숙하시겠네요. 우리 도로교통법의 환경에서 충돌 순간 웬만한 운전자는 본능에 따라 자기도 모르게 왼쪽으로 스티어링휠을 꺾게 마련이고, 사망 확률이 제일 높은 자리는 보통 조수석이 된다는 걸요.

그는 휠을 오른쪽으로 꺾었더군요. 그건 분명 보편적이지 않은 방향이었고, 이때는 운전석이 최대로 위험하여 즉사해도 이상하지 않은 자리였습니다.

보스가 중환자실에 있던 닷새 동안 레스토랑의 매니저와, 본사 호텔의 비서가 모자와 마스크 차림으로 몰래 다녀갔다고 합니다. 철저히 외면하기로 한 건지, 그보다 기자들 눈에 띄는 걸 염려하여 그랬을 테지만 본사와 계열사의 혈연들은 단 한 명도 나타나지 않았다고 합니다. 모기업과는 무관한 일이라고 선을 긋기 위해서였을 텐데, 그럼에도 결국은 본사의 장부를 제출해야 했다지요. 속속들이 압수됐는지 여부는 제 관심사가 아니고. 장례도 비공개로 치른 걸로 들었어요. 직원들이 시신을 인계받아 화장했을 겁니다. 가족묘에 묻히지 않은 건 확실한데 뿌렸는지, 납골당에 두었는지 그건 모르겠어요. 어찌됐는지 혹시 아시나요? 무슨 말씀을, 천만에요. 납골당의 소재를 안다고 제가 이제 와서 뭘 더 하겠습니까, 부관참시할 목이 붙어 있지도 않을 텐데요. 모르시면 그걸로 됐습니다.

경계 태세를 비롯한 각종 조치에 따라, 아가씨하고는 만날 수 없었습니다. 아가씨는 응급실에서 제일 먼저 의식이 돌아와서 다른 병원의 VIP실로 옮겨졌다고 합니다. 만나게 해달라고는 안 할 테니 아가씨 상태가 어떤지만이라도 알려달라고 하자, 거기 파견나간 경호원이 인증 사진까지 보내주지는 않았지만, 머리와 어깨 그리고 다리에 붕대를 감은 아가씨가 보통의 대화도 가능하며 건강하다고, 걱정하지 말라고 전해주었습니다. 친절한 경호원은 본인이 상세한 내막을 전해받지 못한 사건에 대해 어떤 개입이든 해선 안 된다는 것을 알면서도 아가씨에게 할말이 있으면 알려달라고, 앞으로 법정에서 만날 것으로 예상되는 두 사람인 만큼 길고 자세한 이야기는 어렵지만 간단한 전언은 가능하다고 했습니다.

보스는 내 남편의 사망에 중대한 책임이 있는 자였습니다. 아가씨가 보기에 나는 보스의 사망에 간접적으로 관여한 사람이라고 할 수 있을 것이었습니다. 내가 아가씨에게 무어라고 전해야 했을까요. 불문곡직으로 법정에서 만나자? 목 씻고 기다려라? 상대가 보스라면 좀 그래도 됐을 것 같습니다. 소식 들었을 텐데 문오언의 일은 본의 아니게 미안하게 됐다? 그러기에는 내 쪽이 받아야 할 사과의 몫이 더 크게 느껴졌다가, 한편으론 이 일에 연루된 것 이상으로 아가씨의 존재 자체가 큰 가해이며 죄악인가 싶어졌다가, 마침내 용해되지 않는 감정들과 이가 빠지고 비어버린 다공질의 언어들이 내 안에서 소용돌이쳤습니다.

절창

점심때 받은 진통제를 삼키고 오래도록 고민한 끝에, 수화기 너머의 경호원에게 대답했습니다.
―없습니다. 할말 같은 건.

남편의 총이 사라진 건, 아쉬운 정도가 아니라 안타깝지만 저는 괜찮습니다. 차체 어디서도 파편으로라도 그것이 나오지 않았다니 이상한 일입니다. 나는 어쩌면 내 손에서 영원히 잃어버리기 위해 그 총을 찾아낸 게 아닐까 합니다. 물론 중요한 증거품이 사라지는 바람에 남은 인생을 걸었던 결심이 소용없어진 것도 절망적이고, 누군가가 현장에서 주워다가 빼돌렸다면 실탄이 들어 있는 총이 어딘가에서 돌아다닌다는 게 우리 모두를 위해 좋은 일이 아니며 저의 책임 문제도 앞으로 큰일이지만, 생각해보면 이미 한 번은 없어졌던 총입니다. 남편의 동료들을 포함해 모두가 총을 잃어버렸다는 위험한 사실을 여태 비밀로 하지 않았습니까. 이상한 생각이지만, 나는 그것이 앞으로도 어디서든 발포되지 않을 것 같습니다. 어쩌면 내가 정신을 잃은 동안 그 자리에 남편이 와서 회수했을지도 모른다는 상상마저 해보게 되네요. 총을 찾아주어서 고마워, 이건 내가 갖고 갈게, 하고요. 그날의 반파된 차 안이 온통 주술적인 공기로 가득했다고 말하고 싶은 건 아닙니다. 당신들에게는 큰일이겠지만 그냥 그렇게 생각해두니 제 마음이 한결 낫네요.

보스는, 그날 내가 앉은 자리에서는 옆얼굴 일부만 보였고 그마저도 피로 뒤덮여 있어서 불분명했지만, 뭔가 오랜 기도의 때늦은 응답이나 신탁을 받은 자의 표정을 하고 있었을 거라고 생각합니다.

아가씨가 사라진 건 그로부터 열흘 남짓 지나서였습니다. 붕대도 풀어놓고, 부러진 데며 금간 데가 덜 붙었을 텐데 그 다리로 어디를 갔을까요. 이름은 물론 아는 사람도, 소속도 없는 아가씨는 어디로 사라졌을까요.

예, 몇 번이나 말씀드렸다시피 아가씨는 저에게도 예전 이름, 그러니까 제대로 된 서류상의 이름을 알려준 적 없습니다. 실장들도 모를 겁니다. 그전에 생활했던 시설 이름도 듣지 못했습니다만, 아가씨의 출신지인 그 광역시에 존재하는 모든 시설에서 과거 기록을 받아다가 현재 나이와 대조해보면 범위를 좁힐 수 있을 테고 본명 정도는 알 수 있을지도 모르겠는데 그건 이미 하고 계시겠군요. 만약 폐업 신고한 지 좀 된 민간 시설이라면 기록의 일부 혹은 전부가 유실됐을지도요. 그런데 보스가 아가씨의 이름까지 새로 만들면서 과거 기록을 그대로 남겨두었을지는 의문입니다. 대행자들 업체에서도 내게 그 정보는 넘기지 않은 걸 보면, 원래의 신상은 봉인이 아니라 말소되었으리라 추측만 해봅니다.

그렇게 사라져버릴 줄 알았더라면, 그쪽 병원에서 근무 서시던 분이 작은 호의를 베풀었을 때 뭐라도 한두 마디는 전해 줄 걸 그랬습니다.

아가씨는 어디로 간 걸까요.

앞장서서 안내하는 동안 수녀는 말한다. 다음번 오는 배를 타고 어디로든 떠나서 다시는 돌아오지 않을 텐데 그것이 생을 마감한다는 의미는 아니라 하기에 아무것도 묻지 않고 그 외부인을 하룻밤 재워주었으며, 공교롭게도 그때 이 마을에서 첫번째 전염병 환자가 나와 역학조사로 배 운항이 한동안 중단되고 마을 간 왕래가 통제되는 바람에, 수녀는 사제의 반대에도 불구하고 그간의 경로와 출신지에 대해 집중 추궁당할 외부인을 성당 안에 깊숙이 숨겨주었다고. 비록 질병 관리 차원에서는 잘한 일이 아니라는 걸 알지만—나중에 수녀는 고해성사와 보속을 이행했다고 한다—마을에서 삼 주간 총 아홉 명 발생한 환자 가운데 그 외부인은 포함되지 않았고, 다행히 사망자는 없었으며, 조사관들이 떠난 뒤 운신이 자유로워진 그녀는 성당 밖으로 나오더니 누구의 부탁도 받은 적 없음에도 마을회관에 격리된 환자들을 위해 일했다고. 격리 기간 동안 발생한 빨래와 폐기물 청소를 도맡는 한편 시간 맞춰 도시락과 약 배부, 체온 재는 일 등을 해주어서, 주로 어린이와 노인이었던 환자들이 돌봄노동을 각자 해결하기가 힘들었는데 그녀의 존재가 적지 않게 도움되었다고 한다.

한 달 지나 배 운항이 재개됐을 때는 마을의 얼마 안 남은 어린이들이 그녀에게 정을 붙이는 바람에, 그녀는 간다 간다 하다가 그만 여덟 달째 성당에 붙잡혔다는 것이다. 마을 사람들이나 방문객들 보기에 어떨지 몰라 견습도 아닌데 견습인 척 머리카락을 가리고 이런저런 허드렛일을 해주는데, 제일 많은 시간을 차지하는 것은 다섯 명의 아이를 돌보는 거라고 한다. 부모들이 일 나간 동안 한 명이 잠깐 부탁하더니 한 명이 두 명 되고 지금은 성당이 어린이집이나 된 양 맡겨놨다는 것이다. 그중 두 명이 내년에는 초등학교 들어갈 예정이며 하나는 이사를 간다 하니 그때 맞춰 떠날 예정이라고, 그런데 쉽지 않아 보인다며 수녀는 웃다가 잠깐 나를 돌아본다.

"그동안 무슨 사연이 있는지 묻지는 않았는데, 그래도 우리 자매한테 언니가 있으셨단 게 사실이라면 조금은 안심이 되네요."

나는 대답 대신 머쓱한 미소만 지어 보인다. 언니라고 둘러 댄 것을 수녀가 믿어주었는지는 모를 일이다. 제보 자료를 받고 사전 약속도 없이 성당으로 다짜고짜 찾아온 것은, 먼저 전화로 양해를 구하려는 시도 따위를 했다간 수녀나 사제가 분명 본인에게 사실 여부를 묻고 가족이라 주장하는 사람과 만날 건지 의사를 확인하려 들었을 것이기 때문이다. 내가 찾던 아이가 아닐 수도 있어서 그렇습니다. 멀리서 보고 그애가 아니면 바로 돌아가겠습니다. 들이닥친 방문객에 난처해하던 사제와 수녀는 나의 간절한 어조와 먼길을 쫓아와 수척해진 행색을 보고 마지못해 허락해주었다.

"저깁니다."

구릉 아래쪽으로 멀찍이 보이는, 광활하지만 별반 탈것이 마땅치 않으며 시니어를 위한 운동기구가 드문드문 녹슬어가고 있을 뿐으로 그저 공터에 가까운 간소한 놀이터에서, 한 명의 여자와 다섯 명의 아이가 노래하고 있다. 여자는 기타를 친다. 능숙한 베리에이션이 있지는 않으며 동요 멜로디에 맑은 목소리를 정직하게 얹는다.

"아래쪽으로 조금만 내려가서 들어도 될까요."

수녀는 흔쾌히 대답한다.

"위험한 분이 아니라고 믿으니까요. 저는 여기서 보고 있겠습니다."

어느덧 한 곡이 끝나고 동요가 성가로 바뀌는 걸 들으면서 나는 한 발자국씩 그녀에게로 거리를 좁힌다. 나는 포도나무…… 너희는 가지……

절창 343

그러다 문득 무슨 문제인지 몰라도 한 아이가 다른 아이의 얼굴을 때린다. 그녀가 기타를 내려놓고 두 아이를 떼어놓는다. 맞은 아이는 얼굴을 가리고 운다. 그녀는 때린 아이의 어깨를 가만히 붙들고 말한다. 친구를 다치게 하면 안 돼. 너 얘랑 친하잖아. 얘도 너 좋아하잖아. 좋아하는 사람을 이렇게 때리고 할퀴고, 상처를 주면 안 돼. 사과할 거지?

그녀에게로 조금 더 다가간다. 아직 닿으려면 멀었고 그 얼마 안 되는 거리가 아득하게 느껴지지만 이제는 말할 수 있을까. 상처는, 그래, 나도 아픈 거 싫어하고 다치지 않고 싶다. 상처 입는 것도 입히는 것도 안 했으면 좋겠다. 그러나 상처는, 나 이제 그녀의 선생도 무엇도 아니지만, 말할 수 있을까, 아니 오히려 아무것도 아니기에 전할 수 있을지도. 상처 없는 관계라는 게 일찍이 존재나 하는 것인지 나는 모르겠다. 상처는 사랑의 누룩이며, 이제 나는 상처를 원경으로 삼지 않은 사랑이라는 걸 더는 알지 못하게 되었다. 상처는 필연이고 용서는 선택이지만, 어쩌면 상처를 가만히 들여다봄으로 인해, 상처를 만짐으로 인해, 상처를 통해서만 다가갈 수 있는 대상이, 세상에는 있는지도 모르겠다고.

그녀에게로 좀더 가까워진다. 무엇부터 물어볼까. 예를 들어 지금도 너는 상처를 읽을 수 있나. 나는 이제 그에게 네가 하나의 중요하고도 항구적인 불가역이자 불가침의 사건이었음을, 또한 그가 너에게 유일한 흉터임을 안다. 부서진 차 안에서 그의 상처에 손을 댔을 때 무엇을 읽었나. 그의 입술에 귀를 댔을 때 그는 마지막으로 너에게 무엇을 말했나. 혹은 처음으로 그의 피 흐르는 손이 얼굴에 닿았을 때 그 상처는 너에게 무엇을 이야기했는지, 그동안 오랜 변색과 각색의 과정을 거쳤겠지만 이제는 들려줄 수 있나.

무엇을 어떻게 표현한들 저속한 호기심 같다. 그러면 무엇부터 말할까. 예전에 미처 알려주지 못한 것이 있어서 왔다고 운을 떼는 게 좋을까. 내가 처음 만난 날 그에게 물은 적 있다고. 그 아가씨는 당신에게 무엇입니까……

어쩌면 어느 날 밤,

—그렇다면 당신의 질문은 무엇이지?

그가 잠들어서 네가 듣지 못했다던 대답을, 내가 갖고 있을지도 모르겠다고.

이제 와 그런 건 중요하지 않다고 한다면 다시, 무엇부터 시작해볼까.

이름. 그래, 이름이 좋겠다. 너의 원래 이름은 뭐지?

그녀가 우는 아이의 눈물을 닦아주려던 찰나 세찬 바람이 그녀 손에서 낚아챈 손수건을 허공으로 날려보낸다. 그녀는 한쪽 발을 느리게 끌면서 손수건을 쫓아 올라오다가 나를 발견하고 멈춰 선다. 손수건 한 장이 너울거리며 순간 시야를 가

절창 345

린 까닭에 그녀가 어떤 표정을 짓는지 보이지 않고, 나는 내 쪽으로 날아오는 그것을 잡기 위해 나도 모르게 손을 뻗는다.
 딸기무늬 손수건이다.

| 인용 구절 출전 |

* 제사에 인용한 「한여름밤의 꿈」의 대사 원문은 다음과 같다.
—I wooed thee with my sword And won thy love doing thee injuries.

* 117쪽에 등장하는 「사랑의 헛수고」의 대사 원문은 다음과 같다.
—A jest's prosperity lies in the ear Of him that hears it, never in the tongue Of him that makes it.

* 163쪽에 나오는 『피그말리온』의 마지막 문장 원문은 다음과 같다.
—Galatea never does quite like Pygmalion: his relation to her is too godlike to be altogether agreeable.

* 166쪽에 나오는 「리어왕」의 대사 원문은 다음과 같다.
—O, reason not the need! Our basest beggars Are in the poorest thing superfluous. Allow not nature more than nature needs, Man's life is cheap as beast's.

* 205쪽에서 말하는 "뱀의 몸통을 손으로 붙잡는" 것은 불경의 『맛지마 니까야』에 나오는 독사의 비유를 가리킨다. 뱀의 몸통이나 꼬리를 손으로 잡으면 그것이 도리어 내 손발을 문다. 뱀을 잡으려면 손이 아니라 끝이 갈라진 막대기로, 꼬리가 아니라 머리를 눌러 제압해야 한다. 어떤 진리나 지혜라 해도 그것을 잘못된 방식으로 움켜쥐면 도리어 해를 입는다는 비유로 쓰인다.

* 「Measure for Measure」는 역자에 따라 '법은 법대로' '눈에는 눈 이에는 이' '준 대로 받은 대로' 등 여러 제목으로 알려져 있으며 가장 널리 알려진

제목은 '자에는 자로'다. 207쪽에 등장하는 두 대사는 모두 5막 1장에 나오는 것으로 각 원문은 다음과 같다.
—For your lovely sake, Give me your hand and say you will be mine.
—Dear Isabel, I have a motion much imports your good, Whereto if you'll a willing ear incline, What's mine is yours, and what is yours is mine.

* "척하는 데에는 같이 척해주는 게 예의"(244쪽), "바늘 한 개를 내놓으라고 해도"(248쪽)는 각각 「자에는 자로」의 3막 2장에서 공작의 대사와, 2막 2장에서 클라우디오의 친구 루치오의 대사를 변형한 것으로 각 원문은 다음과 같다.
—So disguise shall, by th' disguisèd, Pay with falsehood false exacting And perform an old contracting(위장에는 위장, 거짓에는 거짓을 지불하여 지난 약속을 이행하라).
—You are too cold. If you should need a pin, You could not with more tame a tongue desire it(당신은 너무 냉정해요. 하물며 핀 하나가 필요해도 그보다는 부드럽게 말해야 할 거예요).

* 280쪽의 우물과 대문짝의 비유는 「로미오와 줄리엣」 3막 1장에서 머큐쇼가 죽기 전 자신의 상처를 언급하는 대사를 변형한 것으로 원문은 다음과 같다.
—No, 'tis not so deep as a well, nor so wide as a church door, but 'tis enough. 'Twill serve. Ask for me tomorrow, and you shall find me a grave man(우물만큼 깊지 않고 교회 문만큼 넓지 않지만, 내일 나를 무덤에서나 찾을 수 있을 정도로 충분한 상처라네).

* 323쪽의 "지옥과 밤의 도움"은 「오셀로」 1막 3장에서 이아고의 대사를 변형한 것으로 원문은 다음과 같다.
—Hell and night Must bring this monstrous birth to the world's light(지옥과 밤이 틀림없이 이 끔찍한 것의 탄생을 세상의 빛 속에 가져다줄 것이다).

* 329쪽의 "그것이 지금이라면"으로 시작하는 문장은 「햄릿」 5막 2장의 대사로 원문은 다음과 같다.
—If it be now, 'tis not to come ; if it be not to come, it will be now.

* 기타 선생님이 부른 노래는 보즈 스캑스의 〈We are all alone〉이다.

문학동네 장편소설
절창
ⓒ 구병모 2025

1판 1쇄 2025년 9월 17일
1판 9쇄 2026년 1월 10일

지은이 구병모
책임편집 김영수 | 편집 김봉곤 최예림 오동규
디자인 최윤미 이주영 | 저작권 박지영 형소진 주은수 오서영 조경은
마케팅 정민호 서지화 한민아 이민경 왕지경 정유진 한경화 정경주 김혜원 김예진 이서진
브랜딩 함유지 박민재 이송이 박다솔 조다현 김하연 이준희
제작 강신은 김동욱 이순호 | 제작처 한영문화사

펴낸곳 (주)문학동네 | 펴낸이 김소영
출판등록 1993년 10월 22일 제2003-000045호
주소 10881 경기도 파주시 회동길 210
전자우편 editor@munhak.com
대표전화 031) 955-8888 | 팩스 031) 955-8855
문학동네카페 http://cafe.naver.com/mhdn
인스타그램 @munhakdongne | 트위터 @munhakdongne
북클럽문학동네 http://bookclubmunhak.com

ISBN 979-11-416-0245-1 03810

* 이 책의 판권은 지은이와 문학동네에 있습니다.
  이 책 내용의 전부 또는 일부를 재사용하려면 반드시 양측의 서면 동의를 받아야 합니다.

잘못된 책은 구입하신 서점에서 교환해드립니다.
기타 교환 문의 031)955-2661, 3580

www.munhak.com